Zwijgen is zilver...

Rachel Gibson

Zwijgen is zilver...

Karakter Uitgevers B.V.

Oorspronkelijke titel: *Nothing but trouble*
© 2010 by Rachel Gibson
Published by arrangement with Sterling Lord Literistic, Inc.
Vertaling: Corry van Bree
© 2011 Karakter Uitgevers B.V., Uithoorn
Opmaak binnenwerk: ZetSpiegel, Best
Omslag: blauwblauw-design | bno

ISBN 978 90 6112 796 3
NUR 340

1

Hij had het gelukkig overleefd, maar dat betekende niet dat hij daar blij mee was.

'Gisteravond heeft je hockeyteam zonder jou de Stanley Cup gewonnen. Hoe voelt dat?'

Voormalig NHL-superster en vechtjas Mark Bressler keek langs de zee van microfoons en een muur van camera's naar de verslaggevers in de mediaruimte van de Key Arena. Hij had de afgelopen acht jaar voor Seattle gespeeld, en was de laatste zes jaar daarvan de aanvoerder geweest. Hij had het grootste deel van zijn leven gewerkt om de Stanley Cup boven zijn hoofd te kunnen houden en het koude zilver in zijn handen te voelen. Sinds hij zijn eerste paar schaatsen had aangetrokken, leefde hij voor ijshockey. Hij had zijn bloed op het ijs achtergelaten en had meer botten gebroken dan hij zich kon herinneren. Professioneel ijshockey was het enige wat hij kende, het enige wat hij was, maar gisteravond had zijn team zonder hem gewonnen. Hij had in zijn zitkamer gezien hoe de jongens met zijn beker hadden rondgeschaatst. Hoe dacht iedereen verdomme dat hij zich voelde? 'Natuurlijk had ik graag met de jongens op het ijs willen staan, maar ik ben dolblij voor ze. Absoluut dolblij.'

'Na je ongeluk zes maanden geleden is de man die naast je zit aangetrokken om voor jou in te vallen,' zei een verslaggever, waarmee hij de ervaren ijshockeyspeler Ty Savage bedoelde, die Mark verving als aanvoerder van de Chinooks. 'Op dat moment was het een controversiële beslissing. Wat dacht je toen je hoorde dat Savage jouw plaats zou innemen?'

Het was geen geheim dat Savage en hij elkaar niet mochten. De laatste keer dat Mark zo dicht in zijn buurt was, was tijdens een face-off geweest. Hij had Savage een overgewaardeerde klootzak met prima-donnaneigingen genoemd. Savage had hem een tweederangs wannabe slapjanus genoemd. De normale gang van zaken dus. 'Ik lag in coma toen Savage tekende. Ik geloof niet dat ik op dat moment iets dacht. In elk geval niet voor zover ik me dat kan herinneren.'

'Hoe denk je er nu over?'

Dat Savage een overgewaardeerde klootzak met prima-donnaneigingen is. 'Dat het management een gouden team heeft samengesteld. Alle jongens hebben hard gewerkt en hebben gedaan wat ze moesten doen om de cup naar Seattle te halen. We zijn met achtenvijftig en vierentwintig in de play-offs gekomen. Ik hoef je niet te vertellen dat dat indrukwekkende getallen zijn.' Hij pauzeerde even en dacht zorgvuldig na over zijn volgende zin. 'Het was een voordeel voor de Chinooks dat Savage vrij was voor een transfer.' Hij ging niet zeggen dat hij dankbaar was of dat het een geluk voor het team was geweest.

De overgewaardeerde klootzak met prima-donnaneigingen naast hem lachte, en Mark vond hem bijna aardig. Bijna.

De verslaggevers richtten hun aandacht op Ty. Terwijl ze vragen stelden over de plotselinge aankondiging die Savage de vorige avond had gedaan, namelijk dat hij zou stoppen met ijshockey, en over zijn plannen voor de toekomst, keek Mark naar zijn handen, die voor hem op tafel lagen. Hij had de spalk voor de persconferentie afgedaan, maar zijn rechtermiddelvinger was net zo stijf als de roestvrijstalen pennen die erin zaten, waardoor hij permanent zijn middelvinger opstak.

Heel toepasselijk.

De verslaggevers stelden vragen aan de andere Chinooks die achter de lange perstafel zaten voordat ze terugkeerden naar Mark. 'Bressler, ben je bezig met je comeback?' vroeg een verslaggever.

Mark keek op en glimlachte alsof de vraag niet in zijn diepste wond stak. Hij keek naar het gezicht van de man en herinnerde zich dat Jim een aardige kerel was – voor een verslaggever – en dat hij altijd eerlijk was geweest. Daarom stak Mark zijn rechterhand niet op om hem zijn verachting te tonen. 'De artsen zeggen dat dat niet binnen de mogelijkheden ligt.' Hij had geen bevestiging nodig om te weten wat hij al wist vanaf het moment dat hij op de intensive care zijn ogen opensloeg. Door het ongeluk was de helft van de botten in zijn lichaam gebroken: het had zijn leven verwoest. Een comeback was uitgesloten. Zelfs al was hij achtentwintig in plaats van achtendertig geweest.

Algemeen directeur Darby Hogue deed een stap naar voren. 'Er zal altijd een plek voor Mark in de Chinooks-organisatie zijn.'

Als wat? Hij kon niet eens op de dweilmachine rijden. Niet dat het iets uitmaakte. Als Mark geen ijshockey kon spelen, wilde hij helemaal niet in de buurt van ijs zijn.

De vragen richtten zich op de wedstrijd van de vorige avond, en hij leunde achterover op zijn stoel. Hij legde zijn goede hand op de wandelstok die tegen zijn dijbeen rustte en streek met zijn duim over het gladde walnoothouten handvat. Op een goede dag had Mark een hekel aan persconferenties. Dit was geen goede dag, maar toch was hij hier, in het hart van de Key Arena, omdat hij geen slechte verliezer wilde lijken. Hij wilde geen klootzak zijn die er niet tegen kon dat zijn team zonder hem de meest begeerde ijshockeyprijs had gewonnen. Bovendien had de eigenaar van het team, Faith Duffy, hem die ochtend gebeld en gevraagd of hij kwam. Het was moeilijk om nee te zeggen tegen de vrouw die nog steeds de rekeningen betaalde. Het volgende halfuur beantwoordde Mark vragen en het lukte hem zelfs om bij een paar flauwe grappen te grinniken. Hij wachtte tot de laatste verslaggever de zaal uit liep voordat hij zijn stok pakte en moeizaam overeind kwam. Savage schoof de stoel opzij en Mark mompelde een bedankje. Het lukte hem zelfs om dat oprecht te laten klinken. Bij de deur kreeg hij de eerste pijnscheut in zijn rechterheup. Hij had die ochtend geen pijnstillers ingenomen. Hij had zijn zintuigen niet willen verdoven, en daarom zat er niets in zijn lichaam om de scherpte van de pijn af te halen.

Zijn ploeggenoten sloegen hem op de rug en zeiden dat het fantastisch was om hem te zien. Misschien meenden ze het. Het kon hem niet schelen. Hij moest naar buiten voordat hij struikelde. Of erger nog, op de grond viel.

'Het is fijn om je te zien.' Aanvaller Daniel Holstrom kwam in de gang naast hem lopen.

Zijn dijbeen begon te verkrampen en het zweet parelde op zijn voorhoofd. 'Insgelijks.' Hij had de afgelopen zes jaar samen met Daniel de aanval geleid en had Daniels eerste seizoen begeleid. Het laatste wat hij wilde was in zijn nabijheid of die van wie dan ook instorten.

'Een paar van ons gaan naar Floyd's. Ga met ons mee.'

'Een andere keer.'

'We gaan vanavond waarschijnlijk stappen. Ik bel je.'

Natuurlijk gingen ze stappen. Ze hadden de vorige avond de beker gewonnen. 'Ik heb al iets,' loog hij. 'Maar ik zie jullie snel.'

Daniel bleef staan. 'Daar hou ik je aan,' riep hij Mark na.

Mark knikte en haalde diep adem. God, hij hoopte dat hij de auto kon bereiken voordat zijn lichaam het opgaf.

Hij begon te denken dat God inderdaad luisterde, tot een kleine vrouw met donker haar hem tegenhield bij de uitgang.

'Hallo Mark,' begon ze terwijl ze naast hem kwam lopen. 'Ik ben Bo, van public relations.'

Zijn zintuigen mochten dan verdoofd zijn door de pijn, hij wist wie ze was. De jongens van het team noemden haar de Mini Pitbull, afgekort Mini Pit, en dat had een reden.

'Ik wil graag met je praten. Heb je even?'

'Nee.' Hij bleef lopen. De ene voet voor de andere zetten. Hij stak zijn slechte hand naar de deur uit. Bo duwde hem open, en daar had hij Mini Pit om kunnen zoenen. In plaats daarvan mompelde hij een bedankje.

'De afdeling personeelszaken stuurt een nieuwe verpleegkundige naar je huis. Ze komt vandaag langs.'

Wat had een verpleegkundige met public relations te maken?

'Ik denk dat je goed met haar overweg kunt,' ging Bo verder terwijl ze hem naar buiten volgde.

Een junibries koelde het zweet op Marks voorhoofd, maar de frisse lucht verminderde het bonken in zijn hoofd of de pijn in zijn lichaam niet. Een zwarte Lincoln stond naast de stoep op hem te wachten en hij ging langzamer lopen.

'Ik kan haar aanbevelen.'

De chauffeur stapte uit en deed het achterportier open. Mark ging voorzichtig zitten en klemde zijn tanden op elkaar toen de pijn door zijn been schoot.

'Ik zou het op prijs stellen als je haar een kans geeft!' riep Bo terwijl de chauffeur het portier dichtsloeg en terugliep naar de voorkant van de auto.

Mark zocht in zijn broekzak en haalde er een potje pijnstillers uit. Hij haalde het deksel eraf, stopte zes pillen in zijn mond en kauwde. Net als een glas Jose Cuervo moest je de smaak van Vicodin puur leren waarderen.

Bo riep nog iets terwijl de auto in de richting van de 520 wegreed. Hij wist niet waarom personeelszaken hem verpleegkundigen bleef sturen. Hij wist dat het iets te maken had met het nazorgprogramma van de organisatie, maar Mark had niemand nodig om voor hem te zorgen. Hij haatte het om afhankelijk van anderen te zijn. Jezus, hij haatte het zelfs om afhankelijk te zijn van de auto waarin hij werd rondgereden.

Hij leunde met zijn hoofd achterover en haalde diep adem. Hij had de eerste drie verpleegkundigen onmiddellijk ontslagen nadat ze waren gearriveerd. Hij had tegen hen gezegd dat ze op konden hoepelen en had de deur achter hen dichtgesmeten. Daarna had de Chinooks-organisatie hem laten weten dat de verpleegkundigen voor hen werkten. Zij betaalden hun salaris, net als de medische kosten die niet door de verzekering werden gedekt, en die waren torenhoog. Kortom, hij kon niemand ontslaan. Dat betekende natuurlijk niet dat hij ze geen handje kon helpen om ontslag te nemen. De laatste twee verpleegkundigen die de organisatie had gestuurd waren minder dan een uur gebleven. Hij durfde te wedden dat hij de volgende binnen de helft van de tijd uit zijn huis kon krijgen.

Zijn ogen vielen dicht en hij sliep de twintig minuten die het kostte om naar Medina te rijden. Droombeelden schoten door zijn uitgeputte brein. Beelden waarin hij ijshockey speelde, de koele lucht tegen zijn wangen voelde terwijl zijn T-shirt achter hem aan wapperde. Hij rook het ijs. Hij proefde de adrenaline op zijn tong. Hij was weer de man die hij voor het ongeluk was geweest. Heel.

De Lincoln reed soepel de afrit op en zoals altijd werd hij wakker met pijn en een gevoel van teleurstelling. Zijn ogen gingen open en hij keek uit het raam naar de met bomen omzoomde straten die roken naar geld en zelfingenomenheid. Hij was bijna thuis. Thuis in een leeg huis en een leven dat hij niet herkende en haatte.

Tuinmannen maaiden onberispelijke gazons in de kleine voorstad van Seattle. Sommigen van de rijkste mensen op aarde woonden in Medina, maar rijkdom alleen opende geen deuren en garandeerde geen toegang tot de exclusieve gemeenschap. Daar was zijn ex-vrouw heel teleurgesteld over geweest. Christine wilde wanhopig graag deel uitmaken van de exclusieve groep vrouwen die lunchten in de countryclub in hun mantelpakjes van St. John en Chanel. De oudere vrouwen met hun perfecte kapsel en de jongere vrouwen van Microsoft-miljonairs die genoten van en zich koesterden in hun snobisme. Het maakte niet uit hoeveel geld Chrissy aan hun goede doelen doneerde, ze lieten haar nooit vergeten dat ze uit een arbeidersgezin in Kent kwam. En zelfs dat hadden ze over het hoofd kunnen zien als haar echtgenoot zijn miljoenen had verdiend in het zakenleven of de financiële wereld, maar Mark was een sportman. En geen sportman in een geaccepteerde sport zoals waterpolo. Hij speelde ijshockey.

Hij had net zo goed een drugsdealer kunnen zijn, voor zover het de mensen in Medina betrof. Het had hem nooit kunnen schelen wat de mensen van hem dachten, en dat was nog steeds zo, maar het had Chrissy krankzinnig gemaakt. Ze was bezeten geweest van geld en ervan overtuigd dat ze er alles mee kon kopen, en toen bleek dat ze het enige wat ze wanhopig graag wilde er niet mee kon kopen, had ze hem de schuld gegeven. Natuurlijk, er waren een aantal dingen die hij verkeerd had gedaan of die hij beter had kunnen doen in hun huwelijk, maar hij was niet van plan de schuld op zich te nemen omdat ze niet werden uitgenodigd voor cocktailparty's en werden genegeerd in de countryclub.

Op hun vijfde trouwdag was hij na een afwezigheid van vijf dagen thuisgekomen en was zijn vrouw verdwenen. Ze had al haar spullen meegenomen, maar had hun trouwalbum achtergelaten. Het lag op het granieten kookeiland in het midden van de keuken. Ze had het opengeslagen bij een foto van hen tweeën, Chrissy glimlachend, gelukkig en prachtig in haar Vera Wang-jurk. Hij in zijn Armani-smoking. Het slagersmes dat door zijn hoofd was gestoken, verpestte het toonbeeld van huwelijksgeluk. In elk geval voor hem.

Hij was waarschijnlijk een romanticus.

Hij wist nog steeds niet waarom ze was vertrokken. Hij was tenslotte niet vaak genoeg thuis geweest om haar zo woedend te maken. Blijkbaar waren hij en zijn geld niet genoeg voor haar geweest. Ze had meer gewild, en dat had ze een eind verderop in de straat gevonden bij een rijke man die bijna twee keer zo oud was. De inkt op hun scheidingspapieren was nauwelijks droog toen ze in een huis met uitzicht op het meer ging wonen, niet ver van Bill Gates' woning. Maar zelfs met het duurdere adres en een geaccepteerde echtgenoot kon Mark zich niet voorstellen dat de vrouwen in de countryclub tegenwoordig vriendelijker tegen haar waren. Beleefder misschien, maar niet vriendelijker. Niet dat het Chrissy veel zou kunnen schelen. Zolang ze luchtkussen op haar wang kreeg en ze haar complimenteerden met haar designerkleding was ze gelukkig.

De scheiding was een jaar geleden uitgesproken en Mark had verhuizen uit Medina hoog op zijn todolijstje gezet. Meteen onder het winnen van de Stanley Cup. Mark was geen multitasker. Hij hield ervan om één ding tegelijk te doen en daar zijn aandacht op te richten. Een nieuw huis vinden stond nog steeds op nummer twee op zijn lijst, maar tegenwoordig kwam het na drie meter lopen zonder pijn.

De Lincoln reed de cirkelvormige oprit op en stopte achter een gehavende CR-V met Californische kentekenplaten. Mark vermoedde dat het de verpleegkundige was. Hij legde zijn hand op de wandelstok en keek door het raam naar de vrouw die op zijn trap zat. Ze had een grote zonnebril op en droeg een feloranje jack.

De chauffeur liep naar het achterportier en opende het. 'Kan ik u naar buiten helpen, meneer Bressler?'

'Het lukt wel.' Hij stapte uit de auto, waardoor zijn heup verkrampte en zijn spieren brandden. 'Dank je wel.' Hij gaf de chauffeur een fooi en richtte zijn aandacht op het stenen voetpad dat leidde naar het portiek en de dubbele mahoniehouten deuren. Hij kwam langzaam maar zeker vooruit omdat de Vicodin eindelijk de pijn verzachtte. Het meisje in het oranje jack ging staan en keek naar hem vanachter haar grote zonnebril. Onder het oranje jack droeg ze een jurk in alle mogelijke kleuren, maar de nachtmerrie stopte niet bij haar kleren. De bovenkant van haar haar was blond, met daaronder een onnatuurlijke laag rozerood. Ze leek eind twintig of begin dertig en was jonger dan de andere verpleegkundigen waren geweest. Ze was mooi, ondanks het haar. De bovenkant van haar hoofd kwam nauwelijks tot zijn schouder, en ze was slank.

'Hallo Mark,' zei ze terwijl hij langs haar de trap op liep. Ze stak haar hand uit. 'Ik ben Chelsea Ross, de nieuwe verpleegkundige.'

Het jack van de vrouw verbeterde niet nu hij het van dichtbij zag. Het was van leer en zag eruit alsof ze erop had gekauwd. Hij negeerde haar hand en zocht in zijn zak naar zijn sleutels. 'Ik heb geen verpleegkundige nodig.'

'Ik heb gehoord dat je lastig bent.' Ze duwde haar bril boven op haar hoofd en lachte. 'Je gaat het me toch niet moeilijk maken?'

Hij stak de sleutel in het slot en keek daarna over zijn schouder in haar helderblauwe ogen. Hij had niet veel verstand van vrouwenmode, maar zelfs hij wist dat je niet zo veel felle kleuren door elkaar moest dragen. Het was alsof hij te lang in de zon staarde. 'Ik probeer je gewoon tijd te besparen.'

'Dat waardeer ik.' Ze liep achter hem aan het huis in en deed de deur achter hen dicht. 'Eigenlijk begint mijn baan officieel pas morgen. Ik ben alleen langsgekomen om me voor te stellen.'

Hij gooide zijn sleutels op de gangtafel. Ze gleden over het blad en stopten naast een kristallen vaas waarin het afgelopen jaar geen bloemen meer hadden gestaan. 'Goed. Dan kun je nu vertrekken,' zei hij terwijl hij over de marmeren vloer langs de wenteltrap naar de keuken liep. Hij begon misselijk te worden van alle pijnstillers die hij op een lege maag had geslikt.

'Dit is een prachtig huis. Ik heb in veel mooie huizen gewerkt, dus ik weet waar ik het over heb.' Ze liep achter hem aan alsof ze geen haast had om weg te komen. 'IJshockey verdient blijkbaar goed.'

'Het betaalt de rekeningen.'

'Woon je hier alleen?'

'Ik had een hond. En een vrouw.'

'Wat is er gebeurd?'

'De hond is doodgegaan,' antwoordde hij. Hij kreeg het vreemde gevoel dat hij haar eerder had ontmoet, maar hij wist vrij zeker dat hij haar dan zou herkennen. Hoewel, zelfs als haar haar anders was, betwijfelde hij of hij haar zou versieren. Ze was zijn type niet.

'Heb je al geluncht?'

Hij liep naar de roestvrijstalen koelkast, trok de deur open en pakte een fles water. 'Nee.' Klein en opgewekt was nooit zijn type geweest. 'Heb ik je al eens eerder gezien?'

'Kijk je naar *The Bold and the Beautiful*?'

'Naar wat?'

Ze lachte. 'Als je honger hebt kan ik een broodje voor je maken.'

'Nee.'

'Of ik kan soep koken, ook al begin ik officieel pas morgen.'

'Ik zei nee.'

Hij bracht de fles water naar zijn lippen en keek haar boven het doorzichtige plastic aan. De onderkant van haar haar had een heel vreemde kleur. Niet helemaal rood en niet helemaal roze, en hij vroeg zich af of ze haar schaamhaar in een bijpassende kleur had geverfd. Een paar jaar geleden had een Chinooks-fan haar schaamhaar blauw en groen geverfd om haar steun te betuigen. Mark had de vrouw niet in levenden lijve gezien, maar wel haar foto's.

'Jammer, je hebt net een uniek aanbod afgeslagen. Ik kook nooit voor mijn werkgever. Dat schept verkeerde verwachtingen, en om eerlijk te zijn ben ik heel slecht in koken,' zei ze met een brede glimlach die leuk had kunnen zijn als hij niet zo irritant was.

Jezus, hij haatte vrolijke mensen. Het was tijd om haar boos te maken en te zorgen dat ze vertrok. 'Je klinkt niet als een bootvluchteling.'

'Dat ben ik ook niet.'

Hij liet de fles zakken terwijl hij naar haar oranje leren jack keek. 'Waarom ben je dan zo haveloos gekleed?'

Ze keek naar haar jurk. 'Dit is mijn Pucci,' legde ze uit.

Mark was er vrij zeker van dat ze niet 'dit is mijn poesje' had gezegd, maar het had wel zo geklonken. 'Ik raak verblind als ik naar je kijk.'

Ze keek naar hem en haar blauwe ogen vernauwden zich. Hij kon niet zeggen of ze op het punt stond te gaan lachen of schreeuwen. 'Dat is niet erg aardig.'

'Ik ben niet erg aardig.'

'Het is ook niet erg politiek correct.'

'Daar zal ik vannacht niet wakker van liggen.' Hij nam nog een slok water. Hij was moe en had honger en hij wilde gaan zitten voordat hij omviel. Misschien kon hij een dutje doen tijdens een van die rechtszaken die op tv werden uitgezonden. Als hij het goed had miste hij *Judge Joe Brown*. Hij wees naar de voorkant van het huis. 'De voordeur is die kant op. Laat hem niet tegen je kont slaan als je hem achter je dichtdoet.'

Ze lachte opnieuw alsof ze ze niet allemaal op een rijtje had. 'Ik vind je aardig. Ik denk dat we goed met elkaar overweg kunnen.'

Ze had ze definitief niet op een rijtje. 'Ben je...' Hij schudde zijn hoofd alsof hij het juiste woord zocht. 'Wat is de politiek correcte term voor imbeciel?'

'Ik denk dat je op zoek bent naar de term "geestelijk gehandicapt". En nee, ik ben niet geestelijk gehandicapt.'

Hij wees met de fles naar haar jack. 'Weet je dat zeker?'

'Vrij zeker.' Ze haalde haar schouders op en zette zich af van het aanrecht. 'Hoewel ik tijdens mijn studie een keer ben gevallen toen ik een drinkspelletje deed, je weet wel, handstand op een biervat. Ik was bewusteloos. Misschien heb ik die avond wat hersencellen verloren.'

'Ongetwijfeld.'

Ze zocht in de zak van haar lelijke jack en haalde er een sleutelbos met een kleine hartvormige sleutelhanger uit. 'Ik ben hier morgenochtend om negen uur.'

'Dan slaap ik nog.'

'O, dat hindert niet,' zei ze opgewekt. 'Ik bel gewoon net zo lang aan tot je wakker wordt.'

'Ik heb een geweer met een lading hagel,' loog hij.

Haar lach volgde haar de kamer uit. 'Ik kijk uit naar morgen, Mark.'

Als ze niet geestelijk gestoord was, dan was ze zo gek als een deur. Of erger, een van die voortdurend vrolijke vrouwen.

Wat een ontzettende klootzak. Chelsea trok haar leren jack uit en deed het portier van haar Honda CR-V open. Zweetdruppels gleden tussen haar borsten naar beneden en maakten haar beugelbeha nat. Ze gooide het jack op de achterbank, ging achter het stuur zitten, deed het portier dicht en zocht in haar hobotas, die op de passagiersstoel stond. Ze pakte haar mobiel eruit, toetste een nummer in en werd meteen doorgeschakeld naar de voicemail. 'Hartelijk bedankt, Bo,' begon ze terwijl ze het contactsleuteltje omdraaide. 'Toen je zei dat die vent lastig kon zijn, had je er misschien bij moeten vertellen dat hij een ongelofelijke eikel is.' Ze klemde het mobieltje tussen haar oor en schouder, startte met haar ene hand de auto en draaide met de andere het raam naar beneden. 'Het was prettig geweest als je me had gewaarschuwd. Hij heeft me een imbeciel genoemd en heeft mijn Pucci beledigd.' Ze klapte de mobiel dicht en gooide hem op de passagiersstoel. Ze had twee maanden gespaard om haar Pucci-jurk te kunnen kopen. Wat wist hij van mode? Hij was een ijshockeyspeler.

Ze stuurde de oprit af en reed langs de huizen van rijke snobs. De wind waaide door het raam naar binnen en Chelsea trok haar jurk van haar borsten en liet de koele lucht haar huid drogen. Ze zou waarschijnlijk uitslag op haar borsten krijgen, en dat was dan de schuld van Mark Bressler. Nee, hij had niet gezegd dat ze op een hete junidag een leren jack moest dragen, maar ze wilde hem toch de schuld geven. Hij was een rotzak. Dat was reden genoeg.

Hemel, ze haatte mensen zoals Mark Bressler. Onbeleefde lomperiken die dachten dat ze beter waren dan ieder ander. De afgelopen tien jaar was ze omringd geweest door mensen zoals hij. Ze was de persoonlijk assistente van filmsterren en magnaten geweest, en ze had afspraken voor hen gemaakt, hun honden uitgelaten en hun evenementen georganiseerd. Net zo lang tot ze er genoeg van had gehad.

Dat was afgelopen week geweest, in het gastenverblijf van een B-acteur die plotseling beroemd was geworden met een hoofdrol in een Canal+-serie. Ze had vijf maanden voor hem gewerkt, woonde in zijn gastenverblijf, zorgde ervoor dat hij op tijd was voor zijn afspraken en deed zijn boodschappen. Alles was prima geweest tot de avond dat hij het gastenverblijf binnen was gekomen en tegen haar had gezegd dat ze op haar knieën moest gaan zitten om hem te pijpen of anders een andere baan kon gaan zoeken.

Tien jaar opgekropte woede en machteloosheid hadden ervoor gezorgd dat ze haar hand tot een vuist balde. Tien jaar rotbanen waarin ze zich kapot werkte. Tien jaar toezien hoe aanmatigende, talentloze, onbeschofte mensen succes hadden terwijl zij op haar grote doorbraak wachtte. Tien jaar goedkope seksuele voorstellen en ondankbare baantjes hadden ervoor gezorgd dat ze haar arm naar achteren zwaaide en hem een stomp op zijn oog gaf. Ze had haar CR-V ingepakt en haar tweederangsagent gebeld om te vertellen dat ze er genoeg van had. Ze was vertrokken naar een plek die vijftienhonderd kilometer van Hollywood verwijderd was, weg van de ego's en de arrogantie, om terecht te komen bij een werkgever die een van de grootste eikels op de planeet bleek te zijn. Hoewel ze aannam dat Mark Bressler technisch gezien haar werkgever niet was. De Seattle Chinooks betaalden haar salaris en een enorme bonus.

'Drie maanden,' mompelde ze. Als ze het drie maanden uithield zou ze van de Chinooks-organisatie een bonus van tienduizend dollar krijgen. Nadat ze meneer Bressler had ontmoet, wist ze wat de bonus inhield.

Het was een omkoopsom.

Ze kon het aan. Ze was een actrice. Ze had meer gepikt voor veel minder geld. Ze reed de 520 op in de richting van Bellevue, waar de flat van haar zus lag. Ze wilde die tienduizend dollar, maar niet om zieken te helpen of het te doneren aan de plaatselijke kerk of de voedselbank. Ze was ook niet van plan haar familie een plezier te doen en eindelijk een opleiding te gaan volgen om verpleegkundige, redactrice of grafisch ontwerpster te worden. Ze zou geen aanbetaling doen op een huis of een nieuwe auto. Ze zou geen van de dingen doen die haar een veilige toekomst zouden bieden of haar kennis zouden vergroten.

Aan het eind van de drie maanden zou ze de tienduizend dollar gebruiken om zichzelf te verbeteren. Tot een paar dagen geleden had ze geen actieplan gehad. Nu had ze dat wel, en ze had het allemaal uitgewerkt. Ze wist wat ze moest doen en hoe ze het moest regelen, en niets of niemand zou haar tegenhouden. Het risico voor haar gezondheid of de afkeuring van haar familie zou haar niet van haar doel afhouden.

En vooral geen chagrijnige, brede, arrogante ijshockeyspeler met een gemeen karakter die ontzettend lichtgeraakt was.

2

'Dit is heerlijk, Chels.'

Chelsea keek naar haar zus Bo, die tegenover haar aan tafel zat. De spaghetti was niet heerlijk, hij kwam gewoon uit een pot. 'Ik ben een sterrenkok.'

'Het is beter dan mama's eten.'

De zusjes huiverden. 'Ze haalt nooit ergens het vet van af.'

'Dat geeft smaak aan de saus,' citeerde Bo haar moeder terwijl ze haar glas merlot pakte. 'Proost.'

'Waar toosten we op?' Chelsea pakte haar glas. 'Mijn vaardigheid om een pot open te maken?'

'Dat, en je nieuwe baan.'

Op de haarkleur na was het net of ze haar spiegelbeeld zag als ze naar Bo keek. Dezelfde blauwe ogen, smalle neus en volle mond. Dezelfde tengere botten en grote borsten. Het was alsof de Olsen-tweeling een paar identieke stripperborsten had aangeschaft. Ze hadden de lichaamsbouw van hun moeder en de realiteit daarvan was dat ze aan rugpijn en schouderpijn leden. Als ze de veertig naderden, zouden hun borsten ongetwijfeld gaan hangen.

Bo tikte met haar glas tegen dat van Chelsea. 'Op het langer volhouden dan de andere verpleegkundigen.'

Chelsea was de oudste van de twee, met vijf minuten, maar Bo was de meest volwassene. Dat beweerde ze in elk geval altijd. 'Natuurlijk blijf ik langer.' Ze wilde die tienduizend dollar, maar ze wilde haar zus niet vertellen wat ze met het geld van plan was. De laatste keer dat ze over een borstverkleining was begonnen, was de hele familie in rep en roer geweest. Ze hadden haar ervan beschuldigd dat ze impulsief was, en hoewel dat soms klopte, dacht ze al jaren na over een borstverkleining. 'Hij heeft mijn intelligentie in twijfel getrokken en geen respect getoond voor mijn Pucci, maar ik heb voor veel rotzakken gewerkt en ik weet hoe ik ze voor me moet winnen met mijn charmante persoonlijkheid. Ik glimlach gewoon en verpletter hem met mijn vriendelijkheid. Ik ben een actrice. Het zal totaal geen probleem zijn.' Ze nam een slokje en zette het glas op tafel. 'Toch moet hij een paar hersencellen missen, want wie houdt er nu niet van Pucci?'

Bo stak haar hand op.

'Jij telt niet mee.' Chelsea draaide de spaghetti om haar vork. 'Jij bent bang voor kleur, en Mark Bressler telt niet omdat hij een te grote klootzak is om designkleding te kunnen waarderen.'

Bo's appartement leek veel op Bo. Sober en minimalistisch. Er hingen een paar inkttekeningen boven de zwart-wit gestreepte bank en ze had een paar stoffige namaakvarens, maar het ontbrak aan kleuraccenten.

'Hij is een ijshockeyer.' Bo haalde haar schouders op en nam een hap. 'De beste ijshockeyers zijn altijd arrogant en onbeleefd.' Nadat ze had gekauwd, voegde ze eraan toe: 'Hoewel, toen ik met Mark werkte was hij niet lastig. In elk geval minder dan sommige anderen. Voor zijn ongeluk hadden we een groot mediaoffensief met hem en een paar andere spelers en hij was heel vriendelijk. Natuurlijk hadden we meningsverschillen, maar uiteindelijk was hij heel redelijk. Hij schrok er niet voor terug om zijn shirt uit te trekken.' Ze glimlachte en stak een hand op. 'Die vent heeft een eightpack, ik zweer het je.'

Chelsea dacht aan de man die langzaam over het pad naar haar toe was gelopen en er ondanks zijn stok allesbehalve zwak had uitgezien. Alles aan hem straalde kracht en duisternis uit.

Zijn ogen, zijn haar, zijn energie. Hij bezat een gevaarlijk charisma. Als Hugh Jackman in *X-Men*, zonder de klauwen, de gezichtsbeharing en de superkracht. Wat niet verward moest worden met de Hugh Jackman die de Oscars had gepresenteerd en die zong en danste. Ze kon zich gewoon niet voorstellen dat Mark Bressler zou zingen. 'Hoe erg was zijn ongeluk?'

'Heeft niemand bij Nazorg je dat verteld?'

'Min of meer.' Chelsea haalde haar schouders op en nam een hap knoflookbrood. 'Ze hebben me zijn dagindeling en wat informatie gegeven.'

'En die heb je niet gelezen?'

'Vluchtig.'

Bo sperde haar ogen open. 'Chelsea!'

'Wat? Ik heb gelezen dat er twee keer per week een fysiotherapeut aan huis komt en ik was van plan de rest vanavond te lezen. Dan zit het vers in mijn geheugen.'

'Dat was altijd je excuus op de middelbare school. Het is een wonder dat je je examens hebt gehaald.'

Ze wees met het brood naar haar zus. 'Vertel, wat is er met Bressler gebeurd?'

'In januari lag er ijzel op de brug van de 520. Zijn Hummer is drie keer over de kop geslagen.' Bo nam een slok wijn. 'Het was verschrikkelijk. De suv zag eruit alsof hij samengeperst was. Niemand dacht dat hij het zou overleven.'

'Heeft hij...' Chelsea tikte met een vinger tegen haar voorhoofd. '... er iets aan overgehouden?' Dat zou zijn onbeleefde gedrag en afkeer van haar Pucci kunnen verklaren.

'Ik weet niet zeker hoe hij er mentaal aan toe is.'

'Ik ken een visagiste die op de set van *The Young and the Restless* werkte. Nadat ze van een balkon was gevallen, is ze nooit meer de oude geworden. Het was net of ze geen rem meer had. Alles wat er in haar hoofd opkwam flapte ze er uit. Ze heeft tegen een van de managers gezegd dat hij zaagsel in plaats van hersenen had.' Chelsea pakte nog een stukje brood en voegde eraan toe: 'Dat was min of meer waar, maar ze werd toch ontslagen.'

'Ik dacht dat je een figurant in *The Bold and the Beautiful* was.'

'Dat was vorige maand. Ik heb ongeveer drie jaar geleden in *The Young and the Restless* gespeeld.' Ze haalde haar schouders op. 'Ik speelde een slet in een bar en droeg een topje en hotpants. Mijn tekst was: "Wie wil dit meisje verwennen met een drankje?"' Ze had gehoopt dat die ene briljant geacteerde zin tot een vaste rol zou leiden, maar dat was natuurlijk niet gebeurd.

'Ik heb *Slasher Camp*,' zei Bo met een glimlach. 'We kunnen doorspoelen naar jouw scène en die telkens opnieuw bekijken.'

Chelsea lachte. In die B-film was ze de eerste slet geweest die met een bijl werd vermoord. 'Ik denk dat dat mijn beste schreeuw ooit was.'

'Ik dacht dat je beste schreeuw in *Killer Valentine* was.'

'Dat was ook een goeie.' Opnieuw was ze de eerste slet geweest die werd vermoord. Die keer met een dolk in haar hart.

'Mama haat horrorfilms.'

Chelsea pakte haar glas en keek over de tafel naar haar flinke, succesvolle tweelingzus. 'Mama haat de meeste dingen die ik doe.'

'Dat is niet waar. Ze haat het alleen om je half naakt en onder het bloed te zien. Ze maakt zich gewoon zorgen om je.'

Dat was ook een onderwerp waar Chelsea het niet over wilde hebben, voornamelijk omdat het altijd op dezelfde manier eindigde. Bo voelde zich rot omdat iedereen Chelsea impusief en onbezonnen vond – een mislukkeling dus. Maar in een familie vol agressieve carrièrejagers moest iemand het zwarte schaap zijn. 'Vertel me meer over Bressler,' zei ze, waarmee ze doelbewust van onderwerp veranderde.

Bo stond op en pakte haar lege bord en glas. 'Hij is gescheiden.'

Dat had Chelsea kunnen raden. Ze kwam overeind en dronk haar wijnglas leeg. 'Kinderen?'

'Nee.'

Ze pakte haar bord en volgde haar zus naar de keuken. 'Hij was de aanvoerder, toch?'

'De afgelopen zes jaar.' Bo zette de afwas in de gootsteen en keek over haar schouder naar Chelsea. 'Hij had de hoogste resultaten in de NHL, en als hij gisteravond in de winnende wedstrijd had gespeeld, had hij de beker voor de beste speler gekregen.' Ze draaide de kraan open en begon de borden af te spoelen. 'De dag na het ongeluk was de hele club in verwarring. Het was een volslagen chaos. Iedereen was bezorgd over Mark, maar ook over het team en wat het verlies van de aanvoerder betekende voor de kansen van de Chinooks om de beker te winnen. De pasgeleden overleden meneer Duffy handelde snel en contracteerde Ty Savage. Iedereen was geschokt hoe goed dat uitpakte. Savage nam het leiderschap van Mark op een fantastische manier over en Mark hoefde zich alleen druk te maken over beter worden.'

Chelsea had de wedstrijd de vorige avond gezien, samen met Bo en Julius Garcia, die de assistent van mevrouw Duffy was en een dubbelganger van Mario Lopez. De Mario Lopez toen hij een gastrol speelde in *Nip/Tuck*. Niet de Mario Lopez van *Saved by the Bell*.

Chelsea was geen ijshockeyfan, maar ze moest toegeven dat ze meegesleept was en op het puntje van haar stoel had gezeten. Ze waren gebleven voor de bekerceremonie en hadden de spelers met de beker boven hun hoofd zien rondschaatsen. 'Was Bressler gisteravond in de arena?' Ze opende de afwasmachine en begon hem te vullen terwijl haar zus afspoelde.

Bo schudde haar hoofd. 'We hebben een auto naar zijn huis gestuurd, maar hij is niet komen opdagen. Ik denk dat hij goede avonden en slechte avonden heeft. Het was waarschijnlijk een slechte avond voor hem.'

Chelsea trok het bovenste rek naar buiten en zette de glazen erin. 'Het moet een enorme opluchting voor hem zijn dat zijn team ondanks zijn ongeluk de beker heeft gewonnen.'

'Dat lijkt me ook.' Bo gaf haar de borden aan.

'Ik kan me voorstellen dat je dolblij bent als je bijkomt na zo'n ernstig ongeluk. Ik ken een stuntman die van een brandend gebouw is gevallen en verkeerd op het luchtkussen terechtkwam. Nadat hij wakker werd uit zijn coma, ging hij een studie volgen en nu is hij letseladvocaat. Het heeft zijn hele leven omgegooid en in het juiste perspectief gezet.'

'Klopt. Soms gebeuren er onvoorziene dingen die je leven kunnen veranderen.' Bo draaide de kraan dicht en droogde haar handen af. 'Wat ga je trouwens doen met je bonus?'

Chelsea deed de afwasmachine dicht en draaide haar gezicht weg. Als er één persoon op de wereld was die wist wat er in haar omging, ook al wilde ze dat niet, dan was het haar tweelingzus. 'Ik weet het nog niet.'

'Wat denk je van een opleiding?'

'Misschien.' Ze liep de zitkamer in en streek met haar vinger over een namaakvaren die afgestoft moest worden.

'Of anders investeer je het. Ik kan een afspraak voor je maken met mijn effectenmakelaar.'

Ze kon liegen, maar dat zou haar zus weten. Ontwijken was de beste optie. 'Ik heb nog even de tijd. Ik zal erover nadenken.'

'Je kunt het niet alleen uitgeven aan designkleding.'

'Ik geef het graag uit aan kleding.' Als ze geld had om uit te geven. 'Vooral aan designkleding.'

'Tja, het spijt me dat ik degene ben die het tegen je moet zeggen, maar Mark Bressler heeft gelijk. Je bent een explosie van kleuren die met elkaar vloeken.'

Chelsea draaide zich om en keek naar haar zus, die in de deuropening naar de keuken stond, gekleed in zwart en wit en met haar korte donkere haar in een paardenstaartje. Ze moest bijna glimlachen om de beschrijving die Bo van haar gaf.

'De bonus die je krijgt gaat niet lang mee als je het geld aan kleren uitgeeft. Als je je nu voor een opleiding inschrijft, kun je komende herfst naar school.'

Ze hadden het niet over Chelseas vertrek gehad, maar dat konden ze net zo goed meteen doen. 'Ik ben hier komende herfst niet meer. Ik ga terug naar LA.' Ze verwachtte dat haar zus zou protesteren en zou proberen haar over te halen om te blijven zodat ze bij elkaar in de buurt konden wonen. Ze verwachtte niet dat haar volgende woorden zouden aanvoelen als een stomp in haar maag.

'Je bent dertig jaar en het is tijd om verantwoordelijkheid te nemen, Chelsea. Je hebt geprobeerd om actrice te worden. Nu moet je een realistischer doel voor ogen hebben.'

Ze had geweten dat de rest van de familie het onnozel vond dat ze haar acteerdroom najoeg. Ze wist dat ze met hun ogen rolden en zeiden dat ze onrealistisch was, maar ze had niet geweten dat Bo er ook zo over dacht. 'Als ik me plotseling verantwoordelijk zou gedragen, waarover moet iedereen dan praten als ik de kamer uit loop?' De andere familieleden konden zeggen wat ze wilden over Chelsea; dat deed nooit zo veel pijn als wanneer Bo kritiek op haar had.

Bo zuchtte. 'Je kunt niet de rest van je leven in slasherfilms spelen. En wil je echt voor altijd iemands assistente blijven?'

Chelsea duwde haar haar achter haar oren. Nee, ze wilde niet voor altijd iemands assistente blijven en ze wist beter dan wie dan ook dat ze niet de rest van haar leven in slasherfilms kon spelen. Ze werd te oud, maar ze had een plan. Toen ze LA uit vluchtte, had ze dat niet gehad. Ze had alleen geweten dat ze de stad uit moest voordat ze iemand zou vermoorden. Dankzij de Chinooks-organisatie had ze nu wel een plan.

'Je hoeft niet gekwetst of verdrietig zijn. Ik zeg alleen dat het misschien tijd is om volwassen te worden.'

'Waarom? Jij bent volwassen genoeg voor ons allebei,' zei ze terwijl ze haar best deed om de pijn die ze voelde uit haar stem te houden.

'Dat moest wel. Jij was altijd de grappige tweelingzus. Degene bij wie iedereen in de buurt wilde zijn.' Bo sloeg haar armen over elkaar. 'Degene die feestjes gaf als papa en mama de stad uit waren. En ik was degene die rondrende met onderzetters zodat de bierblikjes van je vrienden geen kringen op mama's salontafel achterlieten. Ik was degene die achteraf schoonmaakte zodat jij geen problemen zou krijgen.'

Chelsea voelde haar ogen branden. 'Jij rende rond met onderzetters omdat je altijd wilde dat iedereen dacht dat jij de goede tweelingzus was. De slimme tweelingzus. De verantwoordelijke tweelingzus.' Ze wees naar haar. 'En je hebt nog nooit de rotzooi achter me hoeven opruimen.'

'Ik ruim de rotzooi nog steeds achter je op.'

'Nee. Dat is niet waar.'

'Waarom ben je dan hier?'

'Omdat ik mijn zus nodig had.' Haar hand ging naar haar maag alsof ze een stomp had gekregen, maar ze huilde niet. Ze was een betere actrice dan iedereen dacht. 'Ik was van plan om bij je te logeren tot ik mijn eerste salaris heb gekregen, maar ik hoef niet te blijven. Ik heb genoeg geld voor de eerste maand huur plus een borg.' Ze keek in de blauwe ogen van haar zus. Ze waren zo anders en toch zo hetzelfde, op meer manieren dan alleen hun uiterlijk, en ze wisten precies wat ze moesten zeggen om elkaar pijn te doen. 'Ik weet dat de rest van de familie vindt dat ik een mislukkeling ben, maar ik had niet gedacht dat jij dat ook vond.'

Bo liet haar armen langs haar zij vallen. 'Dan weet je het nu.'

'Inderdaad, nu weet ik het.' Chelsea draaide zich om en liep naar de logeerkamer voordat ze haar emoties niet langer kon beheersen. Ze deed de deur zachtjes achter zich dicht en ging op haar bed liggen. Bo was de andere helft van haar ziel. De enige persoon ter wereld die haar echt pijn kon doen.

Chelsea staarde naar de muur. De enige keren dat ze zich een loser voelde was als ze bij haar familie was. Haar moeder was een succesvolle impresario in Las Vegas. Haar vader, die drie jaar geleden was gestorven, was cardioloog geweest. Haar broer was een advocaat in Maryland. Haar oudere zus, die in Florida woonde, was een registeraccountant met een handvol cliënten en verdiende miljoenen. Bo werkte op de pr-afdeling van een Stanley Cup-winnend ijshockeyteam. En Chelsea was... een werkloze actrice.

Ze zou het heerlijk vinden om haar familie een plezier te doen door beroemd te worden en het prestige te krijgen dat daarbij hoorde. Ze zou het fantastisch vinden om belangrijke rollen in films en televisieseries te krijgen. Ze zou een moord plegen om een portfolio te hebben waarin meer stond dan slasherfilms, figurantenrollen in televisieseries en televisiereclames. Ze wilde dolgraag dat haar cv niet was gevuld met zoveel achtergrondwerk dat het min of meer gênant was. Maar dat betekende niet dat ze ongelukkig was. Natuurlijk, ze had genoeg gehad van haar leven in Hollywood. Ze had een pauze nodig gehad. Misschien was haar beslissing om te vertrekken een beetje overhaast, maar ze ging terug, en als ze dat deed zou ze beter zijn dan ooit. Haar lichaam zou meer in proportie zijn. Geen rugpijn meer. Geen schouderpijn meer. Geen sletterige rollen meer.

De deur ging open en ze voelde het gewicht van haar zus op het bed. 'Ik wil niet dat je weggaat.'

Chelsea veegde de tranen van haar gezicht. 'Ik denk dat het beter is.'

'Nee.' Bo ging achter haar liggen zoals ze had gedaan toen ze kinderen waren en sloeg een arm om haar schouder. 'Ik vind het fijn om je hier te hebben, en ik wil dat je zo lang blijft als je wilt. Het spijt me dat ik die dingen heb gezegd. Ik vind je geen mislukkeling. Ik vind je alleen impulsief en ik maak me zorgen over je.'

Chelsea draaide zich om en keek in de blauwe ogen van haar zus. 'Ik weet het, maar dat hoef je niet te doen. Ik zorg al heel lang voor mezelf. Misschien heb ik niet het beroep dat mama of jij voor me willen, maar ik heb nog nooit honger geleden.' Behalve de paar weken in het begin, toen ze in haar auto had geleefd, maar daar wist haar familie niets van.

'Het spijt me dat ik boos werd en die dingen tegen je heb gezegd. Ik wil gewoon dat je blijft. Ik heb je gemist.'

'Ik heb jou ook gemist en het spijt mij ook.' Bo en zij waren yin en yang, duisternis en licht. De een kon niet bestaan zonder de ander. 'Ik hou van je, Bo.'

'Ik hou ook van jou, Chels. Het spijt me wat ik gezegd heb over je kleren. Ik weet dat het belangrijk voor je is wat je draagt.' Bo gaf haar een kneepje en ze kon de glimlach in de stem van haar zus horen. 'Niet alles vloekt.'

'Dank je. En jouw kleren zijn niet allemaal saai.' Chelsea lachte. 'In elk geval hebben we nooit ruzie gehad over kleren, zoals andere zussen.'

'Dat klopt. Of over jongens.'

Afspraakjes maken was altijd lastig geweest. Als Chelsea of Bo een jongen afwees, vroeg die om de een of andere reden altijd de andere tweelingzus mee uit. Maar de zussen hadden daar nooit ruzie over gehad, omdat ze zich aangetrokken voelden tot verschillende soorten mannen. Het was nooit een probleem geweest. 'Dat komt omdat jij altijd viel op sullige moederskindjes, en ik op losers met mooie praatjes. We moeten allebei uitgaan met andere types.'

Bo stak haar hand op en ze gaven elkaar een high five. 'Ik wil er niet aan denken dat je weggaat. Laten we er de komende drie maanden niet over praten.'

'Goed.'

'Wat trek je aan op je eerste werkdag?'

Chelsea dacht aan de man die haar intelligentie en kleding had beledigd. 'Ik heb een blouse van Gaultier die ik met een riem en skinny jeans draag.' Als Mark Pucci niets vond, zou hij haar Gaultier met verenprint haten.

'Rustig aan met die arme man, Chels,' zei Bo terwijl ze flink gaapte. 'Hij is nog maar een maand uit het revalidatiecentrum. Ik weet niet of zijn lichaam de schok aankan.'

Het licht van het zestig-inch-televisiescherm gleed over Marks naakte borstkas. Met zijn rechterhand kneep hij in een stressbal terwijl hij de hoogtepunten van de wedstrijd van de vorige avond bekeek. Hij zat op de leren bank in zijn slaapkamer, als een zwarte omtrek in de duisternis. Het sportverslag schakelde over van de Stanley Cup naar de persconferentie van die ochtend in de Key. Hij keek naar zichzelf en vroeg zich af hoe hij er zo gewoon uit kon zien en zo gewoon kon klinken. Het ongeluk had niet alleen zijn botten gebroken, maar ook zijn ziel uit zijn lichaam gerukt. Hij was leeg vanbinnen, en in die leegte woedde een zwarte razernij. Het was iets waar hij niet overheen kon komen. Hij probeerde niet eens om eroverheen te komen. Zonder zijn woede was hij leeg.

Met zijn vrije hand pakt hij de afstandsbediening en richtte hem op de televisie. Zijn duim gleed over de programmakeuze-knop en hij zapte langs realityshows en herhalingen. Hij bleef hangen bij een pornofilm op Cinemax. Op het scherm bewerkten twee vrouwen elkaar met hun tong, alsof het katten waren die zich schoonlikten. Ze hadden mooie borsten, geschoren vagina's en stripperhakken. Normaal gesproken was dit het soort amusement waarvan hij genoot. Een van de vrouwen stak haar hoofd tussen de benen van de ander. Mark keek een tijdje... en wachtte.

Er gebeurde niets in zijn strakke boxer en hij zette de televisie uit, waardoor de kamer in duisternis lag. Hij gooide de met gel gevulde bal naast zich op de bank en duwde zich van de bank omhoog. Sinds het ongeluk had hij geen noemenswaardige erectie meer gehad, bedacht hij terwijl hij naar zijn bed liep. Het kwam waarschijnlijk door de medicijnen. Of misschien werkte zijn penis gewoon niet meer. Het was verrassend dat het hem niet zo veel kon schelen als zou moeten.

Met het oog op zijn vroegere seksleven zou hij doodsbang moeten zijn dat hij hem niet meer omhoog kreeg. Hij was altijd in staat geweest om hem omhoog te krijgen. Dag of nacht, dat maakte niet uit. Hij was altijd klaar geweest voor actie en er was nooit veel nodig geweest om hem in de stemming te brengen. Nu interesseerde zelfs hete lesbische porno hem niet meer. Mark sloeg het dekbed open en kroop eronder. Hij was niet meer dan een omhulsel van de man die hij was geweest. Het was zo zielig dat hij misschien het flesje pillen dat op zijn nachtkastje stond had gepakt om er een eind aan te maken als dat niet nog zieliger was geweest. Als dat niet de laffe uitweg was.

Mark had nog nooit voor de laffe uitweg gekozen. Hij haatte zwakte, wat een van de redenen was dat hij het haatte om verpleegkundigen om zich heen te hebben die zijn pols opnamen en zijn medicijnen controleerden.

Binnen een paar minuten werkte het slaapmiddel en hij zakte weg in een diepe, rustgevende slaap. Hij droomde dat hij in de Key Arena was, hoorde het gebrul van het publiek, het slaan van de ijshockeysticks op het ijs en het *sssjj* van de messcherpe ijzers. De geuren van de arena vulden zijn neusgaten: zweet en leer, hard ijs en af en toe een zweem hotdogs en bier. Hij kon de adrenaline en uitputting in zijn mond proeven terwijl zijn hart hamerde en zijn benen over het ijs vlogen, de puck in de kromming van zijn stick. Hij voelde de koude wind op zijn wangen en in de halslijn van zijn shirt, waardoor het zweet op zijn borstkas opdroogde. Duizenden ogen waren op hem gericht, hij voelde de verwachting en zag de opwinding in de zee van gezichten terwijl hij langsschaatste.

In zijn dromen was hij terug. Hij was weer heel. Hij was een man. Zijn bewegingen waren vloeiend en gemakkelijk en pijnloos. Sommige nachten droomde hij dat hij golf speelde of een frisbee gooide naar zijn oude hond Babe. Babe was inmiddels vijf jaar dood, maar dat maakte niet uit. In de droom waren ze allebei vol leven.

In het scherpe ochtendlicht werd hij echter steevast wakker met de verpletterende realiteit dat het leven zoals hij dat had gekend voor altijd voorbij was. Veranderd. En hij werd steevast wakker met verstijfde spieren en pijnlijke botten.

De ochtendzon scheen door een kier in de gordijnen op het voeteneind van Marks kingsize bed. Hij deed zijn ogen open en de eerste golf pijn overspoelde hem. Hij keek naar de klok op zijn nachtkastje. Het was vijf voor halfnegen 's ochtends. Hij had meer dan negen uur geslapen, maar hij voelde zich niet uitgerust. Zijn heup deed pijn en zijn spieren waren verstijfd. Hij kwam langzaam overeind en weigerde om te kreunen terwijl hij op de rand van het bed ging zitten. Hij moest bewegen om geen verkrampte spieren te krijgen, maar hij kon niet snel bewegen omdat zijn spieren verstijfd waren. Hij pakte het flesje Vicodin dat op het nachtkastje stond en slikte er een paar. Voorzichtig kwam hij overeind en pakte de vierpotige aluminium kruk die naast zijn bed stond. De meeste dagen voelde hij zich een kreupele oude man, maar 's ochtends voordat hij zijn spieren had opgewarmd was dat het ergst.

Langzaam liep hij over het dikke beige kleed in de richting van de badkamer. De aluminium stok bonkte op de gladde marmeren vloer. Het grootste deel van zijn volwassen leven was hij wakker geworden met enige pijn. Gewoonlijk van harde confrontaties tijdens de wedstrijd van de avond ervoor of van sportblessures. Hij was gewend om het te negeren. Pijn was een deel van zijn volwassen leven geweest, maar niet zo erg als nu. Nu had hij meer dan ibuprofen nodig om de dag door te komen.

De tegels verwarmden zijn blote voeten terwijl hij voor het toilet stond te plassen. Hij had deze ochtend een afspraak met de arts die zijn hand behandelde. Normaal gesproken haatte hij al die eindeloze afspraken met artsen. Het grootste deel van zijn tijd in het ziekenhuis ging voorbij met wachten, en Mark was nooit geduldig geweest. Vandaag hoopte hij echter op het goede nieuws dat hij de spalk rond zijn hand niet langer hoefde te dragen. Hoewel het misschien niet veel was, was het een vooruitgang.

Hij duwde zijn haar uit zijn ogen en spoelde het toilet door. Hij moest een afspraak maken om zijn haar te laten knippen. In het ziekenhuis was het een keer geknipt, maar het was nu zo lang dat het hem verschrikkelijk irriteerde. Dat hij niet gewoon in de auto kon stappen en naar de kapper kon rijden maakte hem woedend en herinnerde hem eraan hoe afhankelijk hij was van andere mensen.

Hij duwde zijn boxer over zijn benen naar beneden, langs het donkerroze litteken dat over zijn linkerdijbeen en knie liep. Van alle dingen die hij van zijn oude leven miste, stond autorijden hoog op de lijst. Hij haatte het om niet in staat te zijn in een van zijn auto's te springen en weg te scheuren. Hij had vijf maanden in verschillende ziekenhuizen gelegen. Hij was nu iets meer dan een maand thuis en hij voelde zich een gevangene.

Hij liet de kruk bij het toilet staan, leunde met zijn gezonde hand tegen de muur en liep naar de douche. Hij draaide de kraan open en wachtte tot het water warm was voordat hij eronder ging staan. Nadat hij in het ziekenhuis maandenlang in bed was gewassen, vond hij het heerlijk om op zijn eigen twee benen onder de douche te staan.

Naast de verwonding aan zijn rechterhand en de breuk van zijn rechterscheenbeen was de linkerkant van zijn lichaam het meest beschadigd. De dokters hadden hem echter verzekerd dat hij weer zou kunnen autorijden en hij keek uit naar de dag waarop hij van niemand meer afhankelijk was.

Het hete water stroomde over zijn borstkas en hij hield zijn hoofd onder de krachtige straal. Hij was er vrij zeker van dat hij de verpleegkundige met het tweekleurige haar en de Pucci binnen de kortste keren kwijt was.

Het water stroomde langs zijn glimlach toen hij bedacht hoe geschokt ze naar adem had gehapt. Door de manier waarop ze Pucci had gezegd, nam hij aan dat het een dure designer was. Het was eruit gekomen zoals zijn ex-vrouw altijd zei: 'Het is een Chanel.' Het kon hem niet schelen hoeveel iets kostte. Hij wist of iets lelijk was als hij het zag.

Hij waste zijn haar en zeepte zijn lichaam in, daarna pakte hij de afneembare douchekop en zette hem op massage. Hij hield hem tegen zijn heup en linkerdijbeen en bewerkte zijn spieren met het hete water. Het deed verschrikkelijk zeer, maar hij wist dat de pijn er straks minder door zou zijn. Toen hij klaar was droogde hij zich af en poetste hij zijn tanden. Hij had een stoppelbaard van een dag, maar in plaats van zich te scheren liep hij naar de enorme inloopkast, waar hij een blauwe nylon joggingbroek en een eenvoudig wit T-shirt aantrok. Hij stak zijn voeten in zwarte Nike-slippers, omdat schoenveters strikken een zware opgave was. De ochtend van de persconferentie had het een eeuwigheid geduurd voordat hij zijn overhemd had dichtgeknoopt en de veters van zijn schoenen had gestrikt. Nou ja, misschien geen eeuwigheid, maar de dingen die hij vroeger automatisch deed kostten hem nu heel veel moeite.

Hij deed de spalk om zijn rechterhand en maakte het klittenband vast voordat hij zijn zwarte titanium stok pakte van de bank waar hij de vorige avond op had gezeten.

De vorige eigenaar had een bediendelift laten inbouwen in een grote kast in de gang. Met behulp van zijn stok liep Mark de slaapkamer uit en langs de wenteltrap die hij vroeger met twee treden tegelijk af rende. Terwijl hij door de gang liep keek hij over de balustrade van smeedijzer en hout naar beneden. Het zonlicht scheen door de glas-in-loodramen in de hal en vormde grillige patronen op de marmeren vloer. Hij deed de deur open en ging met de kleine lift naar beneden. In de keuken maakte hij een kom Wheaties en at die aan de keukentafel. Hij moest iets in zijn maag hebben omdat de medicijnen hem anders misselijk maakten.

Zolang hij zich kon herinneren had hij het 'ontbijt voor kampioenen' gegeten. Waarschijnlijk omdat dit het enige was wat zijn vader zich had kunnen veroorloven. Soms kon hij zich niet herinneren wat hij de vorige week had gedaan, maar hij herinnerde zich nog precies dat hij aan de oude keukentafel van zijn oma zat, een schaal witte suiker in het midden van het gele tafelkleed, en Wheaties at voordat hij naar school ging. Hij herinnerde zich de ochtend in 1980 nog heel goed. Zijn oma had het oranje pak op tafel gezet en hij had naar het olympische ijshockeyteam gekeken dat op de voorkant stond. Zijn hart was gestopt met kloppen, zijn keel was dichtgeknepen terwijl hij naar Dave Silk, Neil Broten en de andere spelers staarde. Hij was acht geweest en dat waren zijn helden. Zijn oma had hem verteld dat hij later alles kon worden wat hij wilde. Hij had haar geloofd. Er waren niet veel mensen die hij geloofde, maar hij had oma Bressler geloofd. Ze had nooit tegen hem gelogen. Nog steeds niet. Zelfs niet als het gemakkelijker zou zijn om dat wel te doen. Toen hij een maand na het ongeluk uit zijn coma ontwaakte, was haar gezicht het eerste wat hij zag. Ze stond naast zijn vader bij het voeteneind van het bed en vertelde hem over het ongeluk. Ze noemde al zijn verwondingen op, van zijn schedelbasisfractuur tot de breuk in zijn grote teen. Wat ze niet vertelde was dat hij nooit meer ijshockey zou spelen, maar dat hoefde ook niet. Hij wist het door de ellenlange lijst en de blik in zijn vaders ogen.

Van die twee volwassenen in zijn leven was zijn oma altijd de sterkste geweest, degene die dingen beter maakte. Maar die dag in het ziekenhuis had ze er uitgeput en versleten uitgezien. Nadat ze zijn verwondingen had opgesomd, had ze hem verteld dat hij nog steeds alles kon worden wat hij wilde. Maar in tegenstelling tot de ochtend dertig jaar geleden, geloofde hij haar nu niet. Hij zou nooit meer ijshockey spelen en ze wisten allebei dat dat het enige was wat hij wilde.

Hij stond de kom schoon te spoelen, toen de zware deurgong klonk. Hij had nog niet gebeld om een chauffeur, en hij kon maar één iemand bedenken die zo vroeg kwam.

Hij pakte zijn stok en liep van de keuken naar de hal. Voordat hij bij de voordeur was, zag hij een caleidoscoop aan kleuren door het glas-in-loodraam. Hij deed de deur met zijn goede hand open en zag de verpleegkundige met de grote zonnebril en het geel en rozerode haar staan. Haar versleten Honda stond op de oprit geparkeerd. 'Je bent er weer.'

Ze glimlachte. 'Goedemorgen, Mark.'

Ze zag eruit alsof ze was beplakt met geverfde veren. Als een pauw. Een pauw met grote borsten. Waarom had hij die gisteren niet gezien? Misschien omdat hij pijn had gehad, maar het was waarschijnlijker dat het lelijke oranje jack de oorzaak was.

'Vind je mijn blouse mooi?'

Hij keek in haar ogen. 'Die heb je alleen aangetrokken om me te ergeren.'

Haar glimlach werd breder. 'Waarom zou ik je willen ergeren?'

3

Chelsea schoof haar zonnebril boven op haar hoofd en keek omhoog naar de man die in de deuropening stond. Zijn vochtige haar was achterovergekamd. Het krulde rond zijn oren en de halslijn van zijn spierwitte T-shirt. Hij keek haar woedend aan; de irritatie in zijn bruine ogen maakte zijn gevoelens voor haar duidelijk. Hij had zich niet geschoren en er lag een donkere schaduw over zijn wangen en sterke, vierkante kaak. Hij zag er groot en donker en dominant uit, en ze zou misschien een beetje geïntimideerd zijn geweest als hij niet de langste oogwimpers had die ze ooit bij een man had gezien. Die wimpers pasten zo weinig bij zijn scherpe mannelijke gelaatstrekken dat ze glimlachte.

'Vraag je me nog binnen?' vroeg ze.

'Ga je weg als ik dat niet doe?'

'Nee.'

Hij staarde nog een paar lange seconden naar haar voordat hij zich omdraaide en wegliep over de stenen vloer. Zoals ze gisteren had gemerkt, bewoog hij heel moeizaam. Zijn stok was een verlengstuk van zijn linkerhand, maar het was haar de vorige dag niet opgevallen dat hij de stok in zijn linkerkant had, de verkeerde kant. Misschien had ze het helemaal niet gemerkt als er niet zo veel ophef was geweest over Gregory House, die zijn stok aan de verkeerde kant gebruikte in het medische televisiedrama *House*. De schrijvers van *House* hadden een fout gemaakt, maar ze nam aan dat Mark Bressler de verkeerde kant gebruikte omdat hij een spalk van aluminium en blauw klittenband aan zijn rechterhand droeg.

'Er is vandaag niets voor je te doen,' zei hij over zijn schouder. 'Ga maar naar huis.'

'Ik heb je schema.' Ze deed de voordeur achter zich dicht, en haar hakken van acht centimeter tikten op de marmeren vloer terwijl ze achter hem aan liep naar een groot kantoor dat vol stond met hockeysouvenirs. 'Je hebt vanochtend om halfelf een afspraak met de orthopedisch chirurg en om één uur 's middags een interview met *Sports Illustrated* in de Spitfire.'

Hij zette zijn zwarte stok tegen de rand van het massieve mahoniehouten bureau en draaide zich naar haar om. 'Ik doe het interview voor *Sports Illustrated* vandaag niet.'

Chelsea had met veel moeilijke werkgevers gewerkt. Het was haar taak om ze op de plek te krijgen waar ze moesten zijn, ook al wilden ze niet. 'Er is al twee keer een nieuwe afspraak gemaakt.'

'Er kan een derde keer een nieuwe afspraak gemaakt worden.'

'Waarom?'

Hij keek haar in de ogen. 'Mijn haar moet geknipt worden.' Hij was een slechte leugenaar of het kon hem gewoon niet schelen dat ze wist dat hij loog.

Ze haalde haar mobiel uit haar handtas. 'Heb je een voorkeur?'

'Waarvoor? Een kapper?' Hij haalde zijn schouders op en ging op een grote leren stoel zitten.

Chelsea koos het nummer van haar zus, en toen Bo opnam zei ze: 'Ik heb de naam van een goede kapper nodig.'

'Ik weet het niet,' antwoordde haar zus. 'Wacht even, dan vraag ik het aan Jules. Hij staat vlak naast me.' Chelsea liep naar het raam en duwde het zware gordijn opzij om naar buiten te kijken. De ruzie die ze gisteravond met haar zus had gehad, zat haar nog steeds dwars. Als de enige persoon in de wereld van wie ze hield en die ze boven alles vertrouwde dacht dat ze een loser was… was ze dat dan ook?

Bo kwam weer aan de lijn met de naam en het telefoonnummer van een salon in Belltown. Chelsea hing op en toetste het nummer in. 'Laten we duimen,' zei ze terwijl ze terugliep naar het bureau.

'Je verspilt je tijd,' bromde Mark terwijl hij een la van het bureau opentrok. 'Ik doe het interview vandaag niet.'

Chelsea stak een vinger op toen de kapsalon opnam. 'John Louis Salon. Met Isis.'

'Hallo, Isis. Mijn naam is Chelsea Ross en ik werk voor Mark Bressler. Hij heeft vanmiddag om één uur een belangrijk interview en een fotoshoot voor *Sports Illustrated*. Is er een mogelijkheid dat hij geknipt en geföhnd kan worden?'

'Geknipt en geföhnd? Jezus,' mopperde de brompot achter het bureau.

'Ik zal kijken wat ik kan doen,' antwoordde Isis op de toon die meestal werd gebruikt door aanmatigende receptionistes in exclusieve salons.

'Ik zal dankbaar zijn als…' De bitch had haar in de wacht gezet.

'Zelfs als mijn haar geknipt is, doe ik het interview niet.'

Chelsea haalde de telefoon bij haar mond weg. 'Wat is je volgende bezwaar?'

'Ik ben er niet voor gekleed,' zei hij, maar ze wist dat ook dat een leugen was. Ze had er geen flauw idee van waarom hij het interview niet wilde doen, maar ze betwijfelde of het iets te maken had met zijn uiterlijk. Wat, zoals ze moest toegeven, absoluut fantastisch was, op een charmante, slordige manier waar alleen echt knappe mannen mee weg konden komen. Heel jammer dat hij zo'n klootzak was.

'Het is alleen een interview, dus ik denk dat het niet uitmaakt.'

'Je zei fotoshoot.'

'Misschien heb ik een beetje overdreven.'

'Je hebt gelogen.'

Isis kwam terug aan de lijn en Chelsea hield haar mobiel weer bij haar mond. 'Ja?'

'We hebben om twee uur een plek.'

'Hij moet om kwart voor één geknipt en geföhnd zijn.'

'Tja, dan denk ik dat we je niet kunnen helpen.'

'Kun je me doorverbinden met je manager? Ik weet vrij zeker dat hij of zij vermeld wil hebben dat de aanvoerder van het Chinooks-hockeyteam er door hem zo goed uitziet in een tijdschrift dat door miljoenen mensen wereldwijd wordt gelezen.' Ze keek door de kamer naar een grote poster van Mark die in sporttenue een puck wegschoot. 'Of ik kan een andere salon zoeken als jullie...' Ze haalde haar mobiel bij haar gezicht weg en staarde ernaar. 'Die bitch heeft het opnieuw gedaan,' mompelde ze, waarna ze naar de ingelijste poster liep. Mark zag er op de poster niet zo anders uit dan vandaag. Misschien een beetje gemener. Zijn bruine, starende ogen waren intenser onder de zwarte helm op zijn hoofd. Ze bestudeerde zijn ogen en keek daarna over haar schouder om naar hem te kijken. 'Wat doe je?' vroeg ze toen ze zag dat hij de telefoon op zijn bureau oppakte.

'Ik bel een taxi.'

'Dat hoeft niet. Het is mijn werk om je naar je afspraken te krijgen. Ik breng je.'

'Waarin?'

'Mijn auto.'

Hij wees met de telefoon in de richting van de oprit. 'Die hoop roest op mijn oprit?'

Ze stak haar vinger opnieuw op toen Isis weer aan de lijn kwam.

'We kunnen meneer Bressler om twaalf uur knippen en föhnen.'

'Fantastisch. Wat is het adres?' Ze liep naar het bureau en

schreef het op een geeltje, waarna ze haar mobiel dichtklapte en hem in haar tas liet vallen. 'Je vindt de Honda dus niets. Geen probleem. Wat heb je voor auto's in de garage?'

Hij zette de telefoon terug in de houder. 'Wil je in mijn auto rijden?'

Het was niet ongewoon. Ze had haar voormalige werkgevers voortdurend rondgereden in hun auto's. Hoe onbekender ze waren, des te meer wilden ze met een chauffeur gezien worden. Natuurlijk.

'Je bent stapelgek als je denkt dat ik je in mijn auto laat rijden. Ik heb de deuken in je Honda gezien.'

'Kleine parkeerfoutjes,' verzekerde ze hem. 'Is de auto niet verzekerd?'

'Natuurlijk wel.' Hij leunde achterover op zijn stoel en sloeg zijn armen over elkaar.

'En vind je het niet prettiger om door mij rondgereden te worden dan te moeten wachten op een taxi?'

Hij zei niets, keek haar alleen maar nors aan.

Ze keek op haar horloge. 'Het is over tienen. We hebben geen tijd om op een taxi te wachten.'

'Ik kan laat komen,' antwoordde hij met het zelfvertrouwen van een man die eraan gewend was dat de wereld op hem wachtte.

'Ik bied je de gelegenheid om je leven gemakkelijker te maken en jij bent koppig en onredelijk zonder logische reden. Behalve als je het fijn vindt om afhankelijk te zijn van een taxi.'

'Wat is het verschil tussen afhankelijk zijn van een taxi en afhankelijk zijn van jou? Behalve dat jij irritant bent.'

Ze stak drie vingers omhoog en telde af. 'Ik ben grappig, je hoeft me geen fooi te geven en ik ben er al.'

Hij staarde haar een paar seconden aan, daarna stond hij langzaam op en pakte zijn stok. 'Zo leuk ben je niet. Als je "een foutje" met mijn auto maakt, vermoord ik je.'

Ze glimlachte en volgde hem de kamer uit. Haar ogen gingen van zijn brede schouders via zijn rug naar zijn smalle middel.

Zijn portefeuille stak in de zak van zijn donkere nylon jogging-broek. Er waren mannen die eruitzagen als clowns als ze sport-kleding droegen. En er waren mannen zoals Mark, die het goed stond, met zijn lange benen en strakke billen. Misschien had hij zes maanden geleden een ernstig ongeluk gehad, maar zijn lichaam was nog steeds hard van een leven lang trainen. 'Is het niet een beetje eenzaam om alleen in dit grote huis te wonen?' vroeg ze om de stilte op te vullen.

'Nee.' De manier waarop hij liep, met zijn stok en de spalk rond zijn hand, contrasteerde met zijn dominante uitstraling. Een botsing van kracht en kwetsbaarheid die aantrekkelijk was. En die hij helemaal ruïneerde met zijn onbeleefde, agressieve karakter. 'Tot voor kort was ik hier bijna nooit,' voegde hij er-aan toe. 'De afgelopen paar jaar ben ik van plan geweest het te koop te zetten. Heb je interesse?'

'Natuurlijk. Wat is de vraagprijs?' Ze kon zich het tuinonder-houd niet eens veroorloven.

'Op zijn minst wat ik ervoor betaald heb.' Ze liepen door de enorme keuken met het ingewikkelde tegelpatroon op de vloer en de professionele apparatuur. Ze volgde hem langs de voor-raadkamer en de waskamer. Boven een bank naast de achter-deur hingen twee sleutelbossen aan haken. Aan een ervan hing een Mercedes-embleem, de andere sleutelbos was van een Hum-mer. 'Ik ga hier waarschijnlijk spijt van krijgen,' mompelde hij terwijl hij de sleutels van de Mercedes met de duim en wijsvin-ger van zijn slechte hand pakte.

Chelsea liep langs hem en hield de achterdeur voor hem open. Hij liep voorzichtig de trap af. Midden in de garage, die ruimte had voor minstens vijf auto's, stond een glanzende goudkleurige Mercedes SS550 sedan. De lichten knipperden toen de sloten werden gedeactiveerd door de sleutelhanger. Een van haar vroe-gere werknemers had een SS550 gereden, alleen een ouder model. Deze was splinternieuw. Ze deed de deur achter zich dicht. 'Kom maar bij mama, liefje.'

'Je rijdt wel voorzichtig, hè?' Hij draaide zich om en ze botste bijna tegen hem op.

'Natuurlijk.' Niet meer dan een handbreedte scheidde haar Gaultier van het eenvoudige witte katoen en ze liet haar blik langs zijn T-shirt en keel naar zijn stoppelbaard en zijn mond glijden.

'Ik heb maar één keer in deze auto gereden,' zei hij voordat ze in zijn ogen keek, die naar haar staarden. 'Drie dagen voor het ongeluk heb ik hem van de dealer naar huis gereden.' Hij was misschien een klootzak, maar hij rook heerlijk. Naar mannelijke zeep op schone mannelijke huid. Hij hield de sleutels omhoog en liet ze in haar wachtende handpalm vallen. 'Ik meen het over je vermoorden.'

Ze keek hem ernstig aan. 'Ik heb al vijf jaar geen bekeuring meer gehad,' zei ze terwijl ze hem naar de passagierskant volgde. 'Nou ja, misschien een parkeerbon, maar overtredingen in stilstand tellen niet.'

Hij greep naar het voorste portier terwijl zij naar het achterste portier greep. 'Ik ga niet achterin zitten.' De harde spalk rond zijn middelvinger sloeg tegen het portier, en hij kon de deurkruk niet pakken met zijn andere vingers. Chelsea duwde zijn hand weg en deed het portier voor hem open. 'Ik kan verdomme mijn eigen deur openmaken,' blafte hij.

'Ik ben de chauffeur, weet je nog?' Als ze eerlijk was, was het gewoon gemakkelijker en sneller als zij het deed. Ze zag hoe hij langzaam met een pijnlijke trek rond zijn mond in de auto ging zitten en zijn benen naar binnen trok. 'Heb je hulp nodig met de gordel?'

'Nee.' Hij greep ernaar met zijn linkerhand. 'Ik ben geen twee jaar. Ik kan mijn eigen gordel vastmaken. Ik kan zelf eten, mijn eigen veters strikken en ik heb geen hulp nodig bij het plassen.'

Chelsea deed het portier dicht en liep om de auto heen naar de andere kant. 'Tienduizend dollar. Tienduizend dollar,' fluisterde ze.

De geur van nieuwe auto vulde haar neusgaten toen ze instapte en haar tas op de achterbank gooide. Het zachte, beige leer liefkoosde haar rug en billen. Ze zuchtte en drukte op de startknop. De motor snorde als een tevreden poesje. 'Je hebt het luxepakket.' Ze gleed met haar handen over de leren hoes rond het stuur. 'Alles verwarmd. Gps. Een plek om je iPod in te pluggen. Mooi.'

'Wat weet jij van mijn luxepakket?'

Ze negeerde de insinuatie. 'Ik kom uit LA. We hebben verwarmde stoelen en sturen, ook al komt de temperatuur zelden onder de vijftien graden.' Ze gebruikte de afstandsbediening voor de garagedeur, die op de zonneklep zat, en een van de deuren gleed open. Toen ze het gps aanzette, lichtte het op, en een opgewekte vrouwenstem vroeg: 'Hallo Mark. Waar wil je naartoe?' Ze gluurde naar zijn versteende profiel terwijl ze het medisch centrum noemde. Daarna maakte ze haar gordel vast en keek achter zich terwijl ze de Mercedes uit de donkere garage het zonlicht in reed. 'Als ik een dure auto uit iemands garage rij, voel ik me altijd net Ferris Bueller. Ik zweer dat ik de muziek in mijn hoofd kan horen.' Ze liet haar stem dalen en zei zo diep mogelijk: 'Bow bow, oooohhh yeeeaaah.'

'Ben je high?'

De garagedeur schoof dicht en ze zette de auto weer in de versnelling.

'Nee, ik doe niet aan drugs.' Er was een tijd geweest waarin ze met verschillende drugs had geëxperimenteerd, maar ze had de roofbouw die een verslaving op je lichaam pleegt van dichtbij meegemaakt en ze had ervoor gekozen om die weg niet in te slaan. 'Je zult het prettig vinden om te horen dat ik een drugstest heb gedaan om deze baan te krijgen.' Ze gaf gas en reed langs haar Honda de oprit af. 'Blijkbaar zijn ze voorzichtig met wie ze aannemen.'

'Dat vraag ik me af.' Hij leunde met zijn hoofd achterover en wreef met zijn duim over het handvat van zijn stok. 'Ze hebben me een verpleegkundige gestuurd die liever chauffeur speelt.'

'Sla rechts af,' instrueerde de navigator, en Chelsea reed in de richting van de 520. 'Anderhalve kilometer in noordelijke richting. Over veertien kilometer is de bestemming bereikt.'

'Dat is irritant,' bromde Mark. Hij leunde naar voren en rommelde aan het gps-scherm tot het volume uit stond.

Chelsea vroeg zich een paar seconden lang af of ze hem moest vertellen dat ze geen verpleegkundige was. Als hij er later achter kwam, werd hij misschien boos. Aan de andere kant zou hij haar tegen die tijd misschien aardig vinden en toch niet boos worden. Ze keek vanuit haar ooghoeken naar hem. Hij zat erbij alsof hij Magere Hein in eigen persoon was. 'Hoor eens, Mark, ik ben geen verpleegkundige. Technisch gezien ben ik ook geen thuiszorgmedewerkster.' Omdat hij waarschijnlijk toch boos zou worden, besloot ze helemaal eerlijk te zijn. 'Je bent zo'n klier geweest – met alle respect – dat niemand bij de Chinooks de moeite heeft genomen om me te vertellen wat ik voor je moet doen. Ik neem aan dat niemand verwachtte dat ik het langer dan tien minuten zou uithouden. Ik heb alleen een schema gekregen en ze hebben me succes gewenst.'

Even hing er een verbaasde stilte in de auto. 'Je bent technisch gezien geen thuiszorgmedewerkster. Heb je wel een of andere medische opleiding gevolgd?'

'Ik kan hartmassage geven en ik heb een verpleegkundige gespeeld in een televisieserie.'

'Je hebt wat?'

'Ik heb een verpleegkundige gespeeld in *The Bold and the Beautiful*.'

'Als je technisch gezien geen thuiszorgmedewerkster bent, wat ben je dan wel?'

Ze gluurde vanachter het stuur naar hem. Het ochtendzonlicht doorboorde het bladerenpatroon van de bomen die langs de straat stonden en scheen door de voorruit naar binnen. Grijze schaduwen vielen op Marks gezicht en zijn verblindend witte T-shirt. 'Ik ben actrice.'

Zijn mond viel geschokt open. 'Hebben ze me een actrice gestuurd?'

'Ja, blijkbaar wel.'

'Neem de 520 in westelijke richting,' zei hij tegen haar, hoewel het navigatiesysteem hetzelfde aangaf.

Achter haar zonnebril rolde ze met haar ogen en ze nam de oprit naar Seattle. 'Ik ben meer dan zeven jaar de persoonlijk assistente van verschillende beroemdheden geweest. Ik heb veel ervaring in het omgaan met gelul.' Arrogante zeikerds, allemaal. 'Een assistente is beter dan een verpleegkundige. Ik doe al het werk en jij krijgt alle eer. Als er iets verkeerd gaat, krijg ik de schuld. Er zijn geen minpunten.'

'Behalve dat ik het met jou moet uithouden. Je hangt om me heen, je houdt me in de gaten. En je kunt niet eens mijn pols opnemen of mijn kont afvegen.' Hij opende de console tussen de stoelen en haalde er een pilotenzonnebril met zilveren rand uit.

'Je lijkt me een gezonde man. Heb je iemand nodig die je kont afveegt?'

'Bied je het aan?'

Ze schudde haar hoofd en haalde een busje in met een 'mijn kind is slimmer dan jouw kind'-bumpersticker. 'Nee. Ik trek de grens bij alle soorten persoonlijk contact met mijn werkgever.' Ze keek over haar linkerschouder en voegde in op de snellere baan.

'Je hebt net een busje vol kinderen afgesneden.'

Ze keek naar hem. 'Ruimte genoeg.'

'Je rijdt te snel,' zei hij met een frons op zijn voorhoofd die andere mensen misschien zou intimideren. Andere mensen die niet gewend waren aan het omgaan met extreem moeilijke egoïsten.

'Ik rij maar acht kilometer boven de toegestane snelheid.

Iedereen weet dat acht kilometer niet telt.' Ze richtte haar aandacht weer op de weg. Als je van plan bent een meerijder te worden, zet ik je op de achterbank.' Het was een loos dreigement en dat wisten ze allebei. Haar hersenen zochten naar een antwoord voor het geval hij haar zou uitdagen. Je kon het assistente-zijn alleen overleven door psychisch en geestelijk behendig te blijven en vooruit te lopen op de volgende zet van je verwaande werkgever.

'Je bent blijkbaar geen erg goede actrice, als je in Seattle voor babysitter speelt.'

Haar behendige brein had die reactie niet aan zien komen. Ze zei tegen zichzelf dat er tienduizend redenen waren waarom ze hem niet uit de auto moest duwen. 'De meeste van mijn rollen waren figurantenrollen of zijn op de vloer van de snijkamer beland.' Ze keek naar de navigator en zette de richtingaanwijzer aan.

'Waar heb je in gespeeld?'

'Veel verschillende dingen.' Chelsea was gewend aan die vraag. Hij werd haar vaak gesteld. 'Heb je *Juno* gezien?'

'Speelde je in *Juno?*'

'Ja. Ik was in Canada om een van mijn B-sterren te assisteren, die werkte aan een film voor Lifetime, toen ik een telefoontje kreeg dat het productiebedrijf figuranten zocht, dus ben ik ernaartoe gegaan.' Ze nam de I-5 South-afrit. 'Ik zat in de scène in het winkelcentrum. Als je langs Ellen Pages dikke buik kijkt, zie je me in een mobieltje praten.'

'Is dat alles?'

'Voor mijn rol in *Juno* wel. Maar ik heb veel andere films gedaan.'

'Noem er eens een. Behalve de "knipper met je ogen en mis het"-rollen.

'*Slasher Camp, Killer Valentine, Prom Night 2, He Knows It's You* en *Motel on Lake Hell.*'

Het werd stil in de auto en toen begon hij te lachen. Een diep gebulder dat uit zijn borstkas kwam. 'Je bent een *scream queen*. Dat meen je niet.'

Ze wist niet dat ze kon worden beschouwd als een scream queen. Eerder een scream slet. Of de beste vriendin van de scream queen. Haar rollen waren nooit groot genoeg geweest om beschouwd te worden als de queen. 'Ik heb andere dingen gedaan. Zoals figurantenrollen in *The Young and the Restless* en *The Bold and the Beautiful*. En in *CSI Miami* speelde ik een dood meisje uit een hele serie die op het strand bleef aanspoelen.' Ze keek over haar linkerschouder en passeerde een bestelwagen. 'De meeste mensen denken dat *CSI Miami* wordt gefilmd in Miami, maar dat is niet zo. Het wordt eigenlijk gefilmd op Manhattan Beach en Long Beach,' ging ze verder. 'Ik heb massa's pilots van series gedaan die nooit op de televisie zijn gekomen. Om maar niet te praten over alle reclames. De laatste reclame die ik heb gedaan was voor Hillside Farms. Ik droeg een cheerleaderskostuum en riep een yell. Dat was ongeveer zes maanden geleden. Toen ik in...'

'Jezus,' onderbrak hij haar terwijl hij zijn hand uitstak naar de knoppen van de radio en even later het geluid van *Slither* klonk. Door de zware bas vibreerde de vloer onder haar voeten, en Chelsea moest op haar lip bijten om niet te lachen. Hij wilde ongetwijfeld onbeleefd zijn, maar Velvet Revolver was een van haar favoriete bands. Scott Weiland was een magere, hete rockgod en ze luisterde liever naar Scott dan dat ze haar hersenen pijnigde in een vergeefse poging om een chagrijnige hockeyer te entertainen.

Jammer dat Scott zo'n junk was, dacht ze terwijl ze de maat van de zware beat met haar vingers op het stuur trommelde. Als ze alleen was, zou ze meezingen, maar Mark ergerde zich al aan haar. En hoewel Chelsea een bijna perfect geheugen had voor songteksten en filmdialogen – min of meer een verborgen talent – kon ze geen toon houden.

Ze keek naar het gps-scherm, nam afrit 165A en voegde in

op James Street, net zoals het betrouwbare navigatiesysteem instrueerde. Binnen een paar minuten remde Chelsea voor het indrukwekkende medisch centrum.

Mark zette de radio uit en wees met het handvat van zijn stok naar de voorruit. 'Blijf rijden. De ingang van de kliniek is verderop.'

'Ik zoek de parkeergarage en daarna kom ik naar je toe.'

'Je hoeft niet naar me toe te komen,' zei hij terwijl de auto naast het trottoir stopte. 'Ik laat een van de verpleegkundigen bellen als ik opgehaald kan worden.'

'Heb je mijn telefoonnummer?'

'Nee.' Hij maakte zijn gordel los en duwde het portier met zijn goede hand open. 'Schrijf het maar ergens op.'

Chelsea pakte haar tas van de achterbank en haalde er een oud visitekaartje en een pen uit. Ze schreef haar nieuwe mobiele nummer op en keek daarna naar Mark. 'Mijn nieuwe nummer staat op de achterkant,' zei ze, waarna ze het kaartje aan hem gaf.

De toppen van zijn vingers raakten de hare toen hij het kaartje aanpakte. Hij schoof zijn benen uit de auto en pakte zijn stok. 'Rij geen deuken in de auto,' zei hij terwijl hij de bovenkant van het portier vastpakte en zich overeind trok. Hij stopte het kaartje in zijn achterzak en deed het portier dicht.

Achter de Mercedes toeterde een taxi, en Chelsea zette haar voet op het gaspedaal en reed weg. In haar achteruitkijkspiegel ving ze een glimp op van Mark Bressler net voordat hij het gebouw binnen ging. Door de heldere ochtendzon schoten er glinsterende vonken van zijn zonnebril. Hij bleef even staan om naar haar te kijken – ongetwijfeld om zich ervan te verzekeren dat ze geen deuken in zijn auto reed – voordat hij in de donkere schaduw van het gebouw verdween.

Ze richtte haar aandacht op de weg en bedacht dat ze iets meer dan een uur de tijd moest doden. Ze was in het centrum van Seattle. Er moest iets zijn waar ze naartoe kon gaan om haar hersenen te bevrijden van het afgelopen uur. Ze moest weer vrolijk worden.

Ze raakte het gps-scherm aan en zette het volume aan. 'Waar wil je naartoe, Mark?' vroeg de vrouwenstem.

'Neiman Marcus,' zei ze. 'Ik heb Neiman Marcus nodig.'

4

Mark keek naar de Neiman Marcus-tassen op de achterbank van zijn auto en maakte zijn gordel vast. Voor een eerste dag op het werk had ze het behoorlijk naar haar zin.

'Waar wil je naartoe, Chelsea?'

Hij keek naar haar en daarna naar zijn navigatiesysteem. 'Wat was dat verdomme?'

Zijn 'assistente' gaf de navigator een adres in Belltown, keek naar hem en glimlachte. 'Ik dacht dat je het niet erg zou vinden als ik mijn naam in de stemherkenning programmeerde. Hij blijft me Mark noemen, wat behoorlijk verwarrend is omdat ik jou duidelijk niet ben.'

'Sla rechtsaf. Over vijf komma acht kilometer bestemming bereikt.'

Hij leunde naar voren, ging naar het menu en zette het geluid af. 'Verwarrend voor wie?'

'De navigator.'

'De navigator raakt niet in de war.' Hij leunde achterover in zijn stoel en deed zijn ogen dicht. Hij had gelijk gehad over haar. Ze was stapelgek, en ze reed in zijn auto van negentigduizend dollar.

'Hoe was je afspraak?' vroeg ze opgewekt.

'Geweldig.' Mark deed zijn ogen open en keek door het passagiersraam naar St. James Cathedral. De afspraak was niet geweldig geweest. Hij had het nieuws dat hij had willen krijgen niet gehoord. De dokter was tevreden geweest, maar de pezen genazen niet zo snel als Mark had gehoopt en hij moest de spalk nog minstens een maand dragen. Wat betekende dat hij zijn stok niet in zijn rechterhand kon vasthouden zodat hij meer evenwicht had. Het betekende ook dat hij de spalk af moest doen om zijn overhemd of broek open of dicht te knopen, een douche te nemen en te eten. Hoewel hij de puck altijd met links schoot, was het net alsof hij met een pen tussen zijn tenen schreef als hij zijn handtekening met links moest zetten.

Een doffe pijn straalde van diep in zijn dijbeen uit naar zijn heup. Op het moment was het draaglijk, maar over een paar uur werd het waarschijnlijk erger. Hij had geen pijnstillers meegenomen, omdat hij niet onder invloed wilde zijn als hij in het openbaar was. Hij wilde niet dat iemand dacht dat hij een beetje pijn niet kon verdragen. Hij was Mark Bressler. Hij had ijshockey gespeeld met een gebroken enkel en een gebroken duim. Hij had gespeeld terwijl hij een hersenschudding had en met gescheurde en gekneusde spieren. Hij kon de pijn verdragen. Als hij geluk had werd het niet al te erg tot hij thuis was, waar hij voor zijn grote televisiescherm kon gaan zitten en een fles van zijn favoriete medicijn kon drinken.

De auto draaide Madison op, en Mark keek naar zijn assistente. Ondanks haar grote zonnebril, tweekleurige haar en afschuwelijke blouse was ze leuk. Net als een poesje leuk was, maar Mark hield niet van poezen. Poezen waren achterbaks. Het ene moment zag een poes er heel zacht en onschuldig uit, met grote blauwe ogen. De ene seconde keek je en dacht je 'hé, dat is een leuk poesje', en even later zette het zijn tanden in je hand en rende het weg. Een plotselinge uitbarsting die een man verbijsterd achterliet met de vraag wat er in vredesnaam was gebeurd.

Achter de spiegelglazen van zijn zonnebril liet hij zijn blik van de zijkant van haar hals en haar schouder naar haar borsten gaan. Ze had absoluut niet het lichaam van een klein poesje, eerder dat van een pornoster. Ze had gezegd dat ze actrice was, maar alle pornosterren dachten dat ze actrice waren. Hij vroeg zich af hoeveel ze voor haar borsten had betaald.

Hij deed zijn ogen dicht en kreunde. Wat was er van zijn leven geworden? Hij keek naar een paar mooie borsten en vroeg zich af hoeveel ze ervoor had betaald. Wat kon het hem schelen? In een ander leven, zijn andere leven, zou hij bedenken hoe hij zijn gezicht in haar decolleté kon begraven. Zijn enige gedachte over poesjes zou beginnen en eindigen met de vraag hoe hij haar poesje naakt boven op hem kon krijgen zodat ze hem kon berijden.

Het grootste deel van zijn leven was Mark goed geweest in twee dingen: ijshockey en seks. Hij was alleen voorbestemd geweest om goed te zijn in het schieten van pucks, maar een man kon niet voortdurend omringd zijn door ijshockeygroupies zonder het vrouwenlichaam te leren kennen. Nu kon hij het ene niet meer doen en was hij niet geïnteresseerd in het andere. Hij was nooit een man geweest die zijn leven liet bepalen door zijn pik, maar seks was absoluut een belangrijk onderdeel van zijn leven geweest. Behalve toen hij getrouwd was. Christine had seks als beloning gebruikt. Als ze kreeg wat ze wilde, kreeg hij seks.

Jezus, hij had altijd gedacht dat hij beloond moest worden omdat hij haar trouw bleef, wat een enorme prestatie was geweest als je bedacht hoe vaak hij van huis was en hoeveel vrouwen er aan zijn voeten lagen.

'De afspraak bij de kapper hoeft niet langer dan een uur te duren,' zei zijn assistente terwijl ze in noordelijke richting afsloeg naar First Avenue. 'Ik krijg je precies op tijd in de Spitfire voor je interview met *Sports Illustrated*.'

Hij kon zich niet herinneren dat hij had ingestemd met het interview. Toen hij er met zijn sportmakelaar over praatte, moest hij high van de morfine zijn geweest, anders zou hij nooit hebben ingestemd met een interview terwijl hij niet honderd procent in orde was. Normaal gesproken zou zijn sportmakelaar, Ron Dorcey, ook niet hebben aangedrongen, maar nu Marks naam verdween van de sportpagina's en zijn reclamecontracten sneller opdroogden dan een plas water in de Mojavewoestijn, had Ron een van de laatste interviews geregeld die Mark waarschijnlijk zou geven.

Hij had het prettiger gevonden als het interview volgende maand had plaatsgevonden, of zelfs volgende week, als zijn hoofd een beetje helder was. Als hij een kans had gehad om na te denken over wat hij wilde zeggen in wat waarschijnlijk een van de laatste artikelen zou zijn die over hem werden geschreven. Hij was er niet op voorbereid, en hij wist niet helemaal zeker hoe hij het voor elkaar had gekregen om vandaag geïnterviewd te worden.

Wacht... hij wist het wel. Op de een of andere manier had hij toegestaan dat zijn mooie assistente aan zijn kop zeurde tot hij het deed. Het kon hem niet schelen dat het op de lange duur gemakkelijker was om het interview achter de rug te hebben, of dat het goed was om te doen. Hij had toegestaan dat ze hem commandeerde alsof hij niet minstens vijfenveertig kilo zwaarder was dan zij. En nu reed ze in zijn auto alsof haar naam op het eigendomsbewijs stond.

Toen ze zichzelf daarstraks had aangeboden als assistente in plaats van verpleegkundige, had hij heel even gedacht: waarom niet? Niet meer hoeven wachten op een taxi zou hem minder afhankelijk maken. Maar in werkelijkheid voelde hij zich afhankelijker en minder in staat om voor zichzelf te zorgen. Verpleegkundigen wilden zijn pijn beheersen. Chelsea Ross wilde duidelijk zijn leven beheersen. Hij had haar niet nodig en hij wilde haar niet om zich heen hebben.

Mark wreef met zijn duim over het koele metaal van de stok. Terug naar het originele plan. Hij zou geen Mister Nice Guy meer zijn. Tegen de tijd dat hij vanmiddag weer thuis was, had hij haar zover dat ze ontslag zou nemen. De gedachte dat ze van zijn oprit scheurde toverde een oprechte glimlach op zijn gezicht.

'Ik heb een paar minuten geleden een sms gekregen van de journaliste van *Sports Illustrated*. Ze heeft de viplounge geregeld,' zei Chelsea terwijl ze samen met Mark naar de ingang van de Spitfire liep. Het geluid van de stad omringde hen en een koel windje dat afkomstig was van de baai waaide in haar gezicht terwijl ze vanuit haar ooghoeken naar hem keek. Ze had haar taak goed gedaan. Ze had hem op tijd uit de John Louis Salon gehaald voor zijn interview met *Sports Illustrated*. Dat moest iets waard zijn. Dat moest hem tonen dat ze goed was in haar werk en dat hij haar nodig had. 'Ze heet Donda Clark en heeft aangegeven dat het interview niet langer dan een uur duurt.'

Hij zag er goed uit. De onderkant van zijn donkere haar raakte de rand van zijn T-shirt en de bovenkant van zijn oren nauwelijks. Hij zag er netjes uit. Knap. Mannelijk.

De John Louis Salon bezat een alternatieve klantenkring. Jong. Emo. Chelsea had zich zorgen gemaakt dat Mark naar buiten zou komen met eyeliner en het kapsel van Peter Wenz of A Flock of Seagulls.

'Als ik je bij de journaliste heb afgezet, ren ik naar het Chinooks-kantoor.' Ze moest wat verzekeringspapieren tekenen, en het kantoor was maar vijf blokken verder. 'Bel me als je eerder klaar bent.'

'De laatste keer dat ik mijn mobiel heb gezien, was de avond van het ongeluk.' Hij keek vanachter zijn zonnebril naar haar, en daarna naar het trottoir. 'Ik neem aan dat hij ergens in de geplette Hummer ligt.'

Ze wist dat hij thuis een telefoon had, maar hoe kon iemand zes maanden leven zonder sms'jes? Ze was minder dan twee weken in Seattle en had al een nieuwe mobiel. 'Wat is je provider?'

'Verizon. Waarom?'

'Ik haal een nieuwe mobiel voor je,' zei ze terwijl ze de deur naar de lounge openduwde en achter hem aan naar binnen liep. 'En ik zet je in mijn telefoonlijst.'

Hij zette zijn zonnebril boven op zijn hoofd en mompelde

dat hij zelfmoord ging plegen. De geuren van *carnitas* en *sliders* raakten haar neusgaten, waardoor haar maag knorde. Het schemerige interieur was verlicht met plafondspotjes, witte bollen en kroonluchters. Flatscreens van tweeënveertig inch hingen tussen plaatselijke kunst en vertoonden belangrijke sportevenementen. De klantenkring aan de bar was een combinatie van mensen die de sociale ladder hadden beklommen en relaxte types. Gebreide mutsen en zakenkostuums zaten naast elkaar in de sportlounge.

Er zaten flink wat lunchgasten aan de tafels terwijl Chelsea Mark door de bar volgde. Hoofden werden omgedraaid terwijl ze langsliepen, en ze maakte zich niet wijs dat al die aandacht voor haar was. Boven het geroezemoes van stemmen uit riepen mensen zijn naam. Hij stak zijn slechte hand op bij wijze van bedankje. In het schemerige licht glansde het aluminium van zijn spalk.

Chelsea was eraan gewend om een restaurant in te lopen en te zien dat alle ogen zich richtten op haar werkgevers. Een paar keer had ze expres aandacht voor een van hen getrokken door te doen of ze een fan of een paparazzo was. Deze energie was anders dan alles wat ze tot nu toe had meegemaakt. Dit was geen oppervlakkige adoratie voor een beroemdheid. Dit was echt en groter dan de acteurs van de B-, C-, of D-lijsten voor wie ze had gewerkt.

'Goed om je te zien, Hitman,' riep de barman toen ze langsliepen. 'Wil je iets drinken?'

'Nee, dank je. Op dit moment niet.'

Chelsea beet op haar lip. Hitman?

De verslaggeefster van *Sports Illustrated* zat op een rode leren bank achter in de lounge; haar lange blonde haar krulde over haar schouders en glansde in het getemperde licht. Ze ging staan toen ze aan kwamen lopen en kwam achter een grote cocktailtafel vandaan. Ze droeg een rood piqué jasje en een kokerrok die tot halverwege haar dijbenen kwam. Ze was lang en prachtig en perfect in proportie, alles wat Chelsea niet was. Natuurlijk, Chelsea kon precies dezelfde kleur blond kopen en ze was van plan een borstverkleining te nemen zodat haar borsten beter bij haar lichaam pasten, maar ze zou nooit zulke lange benen hebben.

'Hallo, ik ben Chelsea Ross.' Chelsea schudde de slanke hand van de vrouw. 'De assistente van Mark Bressler.'

'Leuk je te ontmoeten,' zei de verslaggeefster terwijl haar ogen waren gefixeerd op de man achter Chelsea. 'Je bent een lastige man om een afspraak mee te maken,' zei ze terwijl ze Chelseas hand losliet en hem naar Mark uitstak. 'Ik ben Donda Clark.'

'Mark Bressler.'

'Ja, dat weet ik.' Ze glimlachte en gebaarde naar de plek naast haar op de bank. 'Ik heb de wedstrijd tegen Detroit afgelopen december gezien.'

Er lag een strak glimlachje op Marks lippen. Hij liep naar de bank, legde zijn goede hand op de armleuning en ging langzaam zitten. Zijn mond verstrakte nog meer, en Chelsea vroeg zich af of hij in staat was om het interview te doen. Hij leek zo sterk dat het heel gemakkelijk was om te vergeten dat hij slechts een paar maanden geleden de dood in de ogen had gekeken.

'Ik dacht dat Detroit de leiding zou nemen nadat Leclaire een double minor had gekregen in de derde periode, maar de vuurkracht van de Chinooks heeft de Red Wings duidelijk overweldigd.'

Wauw, wat een hielenlikker. 'Kan ik iets voor jullie halen voordat ik vertrek?' vroeg Chelsea.

'Ik graag een chablis,' antwoordde Donda terwijl ze ging zitten en een bandrecorder uit haar tas haalde. 'Dank je wel.'

'Mark?'

Hij haalde de zonnebril van zijn hoofd en stopte hem in de halsuitsnijding van zijn T-shirt. 'Water.'

Chelsea liep naar de bar en vroeg zich af of Donda had gezien dat de pijn in de lijnen rond Marks mond gegroefd stond en of ze erover zou schrijven.

'Wat wil je hebben, schat?' vroeg de barman terwijl hij naar haar borsten keek. Ze was zo gewend aan de reactie van mannen op haar borsten dat het haar niet meer zo boos maakte als vroeger. Irritatie, ja. Boosheid, nee.

Chelsea wachtte een paar seconden tot hij naar haar ogen keek. 'Een chablis en een glas ijswater.' Ze keek naar het naamplaatje dat op zijn blauwe polo gespeld was. 'Colin.'

Hij glimlachte. De verwaande glimlach van barmannen wereldwijd die wisten dat ze er goed uitzagen. 'Je kent mijn naam. Wat is de jouwe?'

Ze had een paar afspraakjes gehad met verwaande barmannen. De meesten waren werkloze acteurs geweest. 'Die ken je al. Het is schat.'

Hij pakte een glas en vulde het met ijs. 'Leuk je te ontmoeten, schat. Wat brengt je naar de Spitfire?'

'Ik ben de assistente van Mark Bressler.'

Colin keek naar de viplounge. 'Ik dacht al niet dat je een afspraakje met hem had. Je bent zijn type niet.'

'Hoe weet je wat zijn type is?'

'Er komen hier veel ijshockeyspelers. Hij kwam hier vaak met een paar van zijn teamgenoten.'

Hij schonk de wijn in, en Chelsea keek even naar hem. 'Wat is zijn type dan?' vroeg ze, omdat het haar taak was om dat soort dingen te weten. Niet omdat ze nieuwsgierig was of zoiets.

'Hij gaat voor de modellen. Zoals de blonde met wie hij praat.'

'O.' Natuurlijk.

'Ik geef de voorkeur aan lief en pittig. Zoals jij.'

Lief. Ze was altijd lief geweest. Het grootste deel van de tijd vond ze dat prima, behalve als ze naast een prachtig supermodel moest staan en auditie moest doen voor dezelfde rol. En omdat ze klein was, nam iedereen aan dat ze pittig was. Of misschien was het haar kledingstijl. Hoewel iedereen hetzelfde altijd over

Bo aannam, en Bo had het modegevoel van een begrafenisondernemer. 'Waarom denk je dat ik pittig ben?'

Hij grinnikte. 'Je kunt het net zo goed op je voorhoofd schrijven.'

Daar werd ze niet wijzer van. Ze pakte de twee glazen. 'Tot ziens, Colin.'

'Kom snel terug, schat.'

Ze liep naar de viplounge en zette de glazen op de tafel voor de bank. Mark keek naar haar en hing zijn zonnebril goed in zijn hals. 'Ik ben over een uur terug,' zei ze tegen hem. 'Bel me als je me nodig hebt.'

'Ik zal goed voor hem zorgen,' verzekerde de verslaggeefster haar, en Chelsea wachtte tot ze zich had omgedraaid voordat ze toegaf aan de drang om met haar ogen te rollen. Ze liep naar buiten, de warme middaglucht in. De metro reed langs; het geluid van de motor en het piepen van de remmen echode tegen de stenen gebouwen. Seattle had absoluut een andere uitstraling dan LA. Het tempo was sneller, maar misschien kwam dat doordat het hier koeler was. Of misschien was het omdat de in goretex geklede, muesli-etende, Starbucks-drinkende bewoners van Seattle een andere mentaliteit hadden. Wat het ook was, het beviel Chelsea wel. Ze zou het niet erg vinden om tot na haar operatie in Seattle te wonen. Ze dacht dat ze een paar weken nodig zou hebben om te herstellen voordat ze terugging naar LA om een nieuwe kans te wagen in het najagen van haar droom.

Ze had vaak tegen vrienden gezegd dat casting directors haar contracteerden om haar borsten en niet om haar. Ze werd altijd getypecast als een bimbo of een seksueel losbandig personage. Als haar borsten geen rol meer speelden, moesten ze haar wel serieus nemen. Dan moesten ze meer aandacht schenken aan haar talent dan aan haar lichaam.

Stel dat je dan nog steeds niet doorbreekt? vroeg een klein pessimistisch deel van haar hersenen. Ze zou zichzelf twee jaar geven. Nee, vijf. Als ze tegen de tijd dat ze vijfendertig was nog steeds geen belangrijke rol had gekregen, zou ze iets anders gaan doen. Ze zou verdrietig zijn, maar ze zou geen spijt hebben. Niet over het najagen van haar droom. En absoluut niet over het verkleinen van haar zware borsten.

Het kostte haar minder dan tien minuten om de vijf huizenblokken naar het kantoor van de Chinooks te lopen. Ze was een week eerder bij personeelszaken geweest en had geen moeite het te vinden. Nadat ze haar verzekeringspapieren had ingevuld, ging ze naar de afdeling public relations, waar haar zus werkte. Op het moment dat ze het kantoor in stapte, voelde ze dat er iets mis was.

Bo zat op de rand van haar bureau terwijl haar handen de onderkant van haar gezicht bedekten. Julius Garcia stond voor haar. 'Je maakt je druk om niets,' zei hij.

'Dat kun jij gemakkelijk zeggen. Jij hoeft het niet recht te breien.'

'Je hoeft niets recht te breien.'

'Nog niet.'

'Hallo allemaal,' zei Chelsea terwijl ze naar hen toe liep.

Bo liet haar handen zakken. 'Hallo, Chels.'

Hallo, begroette Jules haar terwijl hij met zijn prachtige groene ogen waarderend naar haar Gaultier keek. De vorige avond, toen ze Jules had ontmoet, had ze aangenomen dat hij homo was. Hij was gewoon te mooi en te bezorgd over zijn uiterlijk om hetero te zijn. Zijn opgeblazen spieren schreeuwden homo, maar een paar minuten in zijn gezelschap had de verwarring opgehelderd. Chelsea had veel homo's meegemaakt in haar leven. En hetero's. Jules was zo'n bijzonder type dat niet gemakkelijk in het ene of het andere kamp paste. Dat gold niet voor Mark Bressler. Het was heel duidelijk voor welk team Mark speelde. Zijn hele lichaam straalde heteroseksualiteit uit, terwijl de seksualiteit van Jules subtieler was en was verborgen achter haargel en moderisico's. Zoals het lavendelroze gestreepte overhemd dat hij vandaag had gekozen.

59

'Is er iets aan de hand?' vroeg Chelsea.

Bo gaf Chelsea het sportkatern van *The Seattle Times*. Een foto van een aantal mannen op een jacht, van wie er een bier uit de Stanley Cup op in bikini geklede vrouwen goot, nam het grootste deel van de voorpagina in beslag. De titel luidde: CHINOOKS FEESTEN BIJ VASHON MET LORD STANLEY CUP.

'Zijn ze aan het feesten met de Stanley Cup? Mogen ze dat?' Chelsea bestudeerde de foto. Hij was een beetje wazig, maar helder genoeg. 'Ik bedoel, hebben ze daar toestemming voor?'

'Het is traditie,' legde Jules uit. 'Ieder teamlid krijgt de cup een dag.'

'En mogen ze ermee doen wat ze willen?' Nu begreep ze Bo's ongerustheid een beetje.

'Binnen redelijke grenzen,' antwoordde Jules. 'En er moet voortdurend een vertegenwoordiger van de Hall of Fame bij zijn.'

Blijkbaar viel bier op vrouwen in bikini gieten 'binnen redelijke grenzen'.

Bo liet zich van het bureau glijden. 'Er is dus veel gelegenheid voor baldadigheid.'

Jules schudde zijn hoofd. 'Je maakt je te veel zorgen. Als ze allemaal aan de beurt zijn geweest, wordt hij meegenomen om hun namen erin te graveren en komt alles tot rust.'

Chelsea gooide de krant op het bureau van haar zus. 'Hoeveel spelers krijgen een dag met de beker?'

'Alle spelers van wie de naam erin wordt gegraveerd. Uit mijn hoofd denk ik dat het er vierentwintig zijn,' antwoordde Jules. 'Met inbegrip van Ty Savage en Mark Bressler. Ook al hebben ze allebei geen volledig seizoen gespeeld.'

'Krijgt Mark Bressler een dag met de cup?' Daar had hij niets over gezegd. Aan de andere kant zei hij niet veel. Behalve als hij onbeleefd wilde zijn.

'Natuurlijk. Hij was de aanvoerder tot net voor de play-offs. Iedere speler die in negenenveertig seizoenswedstrijden of vijf play-offwedstrijden heeft gespeeld, heeft daar recht op. Bressler

60

heeft in meer dan negenenveertig wedstrijden gespeeld en heeft een belangrijke bijdrage geleverd aan het halen van de finale. Hij heeft geholpen met het opbouwen van het team en verdient net zoveel eer dat ze hebben gewonnen als de anderen. Het is alleen jammer dat hij de laatste wedstrijden niet heeft gespeeld.'

'Wanneer is zijn dag?' Ze haalde haar BlackBerry uit haar tas om een aantekening te maken.

'Ik weet het niet,' antwoordde Bo. 'Ik weet zeker dat hij hem mag hebben wanneer hij dat wil. Heeft hij tegen iemand gezegd op welke dag hij de cup wil?'

Chelsea schudde haar hoofd. 'Ik weet het niet. Ik zal het hem vragen.'

Jules stak zijn hand uit en raakte de mouw van haar blouse aan. 'Mooi.'

'Dank je. Het is een Gaultier.'

'Dat dacht ik al. Ik heb een zijden Gaultier in zilver en goud.' Natuurlijk had hij die. 'Weet je zeker dat je niet gay bent?' Ze hield haar hoofd schuin. 'Bo is niet geïnteresseerd in mode, en ik vind het heerlijk om een gay vriend te hebben om mee te gaan winkelen.'

'Ik heb belangrijker dingen in mijn leven,' protesteerde Bo.

'Zoals wat?' vroegen Jules en Chelsea op hetzelfde moment.

'Zoals... zoals mijn baan.'

Jules keek van de ene zus naar de andere. 'Als jullie niet zoveel op elkaar leken, zou ik niet weten dat jullie een tweeling zijn. Jullie zijn zo verschillend.'

Chelsea dacht aan de ruzie die ze de vorige avond met haar zus had gehad. 'Bo is veel verantwoordelijker dan ik.'

Haar zus glimlachte stijf. 'Ik kan nogal lastig zijn.'

'Dat is een understatement.' Jules grinnikte. 'Je bent zo bazig als de pest.'

'Iemand moet dat zijn, anders zou er hier niets gebeuren.'

'Juist. De hele organisatie zou instorten zonder een vrouw van een meter eenenvijftig bij public relations die iedereen vertelt wat hij moet doen en hoe hij dat moet doen.'

'Ik ben een meter vijfenvijftig,' zei Bo, alsof ze op de middelbare school zaten en die vier centimeter belangrijk was. Ze fronste haar voorhoofd en duwde haar korte haar achter haar oren. 'Waarom ben je hier, Jules? Alleen om ruzie met me te maken?'

'Hoe prettig een ruzie met jou ook is, ik kwam vragen of je zin had om te gaan lunchen.'

'Ik heb over tien minuten een vergadering,' mopperde Bo.

Hij keek naar Chelsea. 'Ben jij vrij?'

Ze controleerde de tijd op haar mobiel. Ze had niet het gevoel dat Jules haar vroeg omdat hij dacht dat Bo en zij onderling verwisselbaar waren. Hij was een aardige man. Ze moesten allebei eten, maar ze moest het overleggen met haar zus omdat hij Bo eerst had gevraagd. 'Vind je het erg?'

'Helemaal niet.'

'Mooi, want ik ben uitgehongerd.' Ze keek naar Jules. 'Ik moet over een halfuur in de Spitfire zijn.'

'Ik weet een broodjeszaak vlakbij. Je kunt er iets halen en het onderweg opeten.'

'Goed.' Chelsea keek naar haar zus, die naar Jules keek alsof hij iets verkeerd had gedaan. 'Weet je zeker dat je het niet erg vindt?' vroeg ze.

'Ik weet het zeker.' Ze draaide zich naar haar bureau en pakte de krant. 'Sommige mensen moeten werken.'

'En sommige mensen hebben een vrije dag.' Jules begon naar de deur te lopen. 'Het is rot om jou te zijn.'

'Ja.' Ze zuchtte diep. 'Het is rot om mij te zijn.'

'Ik zie je vanavond thuis,' zei Chelsea op weg naar de deur. Bo knikte, maar draaide zich niet om.

'Is er iets gebeurd?' vroeg ze aan Jules terwijl ze door de gang liepen. 'Bo gedraagt zich vreemd.'

'Is dat zo?' Hij hield de deur voor haar open en ze rook een zweem van zijn aftershave toen ze hem passeerde. 'Ik denk dat die toestand met de cup haar gespannener maakt dan anders. En normaal gesproken is ze al behoorlijk gespannen.'

'Misschien.' Ze liet haar mobiel in haar tas vallen en haalde haar zonnebril eruit. 'Wat kun je me vertellen over Mark Bressler?'

'Ik weet niet veel over hem. Ik kende hem vaag toen ik vijf jaar geleden voor de Chinooks werkte. Ik ben een paar maanden geleden weer voor de organisatie gaan werken. Ik ben aangenomen om mevrouw Duffy te assisteren toen ze het team erfde. Dat was een maand of twee na zijn ongeluk.'

Chelsea dacht niet dat ze de wedstrijd van eergisteren ooit zou vergeten. Niet alleen omdat die leuk was geweest om naar te kijken, ook omdat tijdens de bekerceremonie mevrouw Duffy het ijs op was gelopen in een paar roze schaatsen, en de aanvoerder van het team, Ty Savage, haar achterover had gebogen en haar voor het oog van de hele wereld een tongzoen had gegeven. Het publiek in de Key Arena was wild geworden. 'Het was eergisteren zo romantisch,' zuchtte ze.

'Ja.'

Ze keek naar hem en zag dat de zon op zijn zwarte stekelhaar scheen. 'Vind jij van niet?'

'Natuurlijk wel.' Hij haalde zijn brede schouders op. 'Ik hoop alleen dat Ty haar hart niet breekt. Ze is een aardige vrouw, en ik zou het verschrikkelijk vinden als ze gekwetst werd.'

'Hij is voor haar gestopt. Niet veel mannen zouden zoiets doen. Hij moet van haar houden.'

Ze liepen nog een paar meter voordat Jules de deur van de kleine broodjeszaak openduwde en ze naar binnen liepen. De geur van versgebakken brood zorgde ervoor dat Chelsea's maag knorde. 'Liefde is niet altijd voldoende,' zei hij.

Dat wist ze maar al te goed. Ze was een paar keer verliefd geweest, alleen om uiteindelijk te worden gedumpt. Maar ze was altijd overeind gekrabbeld en verdergegaan. In het verleden had ze lust en liefde door elkaar gehaald. Ze had een mooi gezicht, een lekker lichaam en soepele bewegingen aangezien voor liefde.

Het soort dat voor altijd was. Het soort dat haar ouders deelden. Het had nooit gewerkt voor haar, maar ze was er zeker van dat ze ooit iemand zou vinden. 'Je klinkt een beetje cynisch.'

Hij haalde zijn schouders op en ze liepen naar de toonbank. 'Ik ga altijd voor vrouwen die mij niet leuk vinden of die alleen vrienden willen zijn. God, ik haat het als een vrouw alleen vrienden wil zijn.'

Ze vroeg zich af of hij over zijn bazin praatte. Ze keek naar het menu dat op een schoolbord was geschreven en vroeg: 'Wie wil er alleen vrienden met je zijn?'

Jules schudde zijn hoofd. 'Het is niet belangrijk.' Hij bestelde een broodje kalkoen en kaas, met veel groenten, zonder mayonaise. 'Hoe was je eerste werkdag?'

Chelsea bestelde een broodje ham en cheddar, zonder groenten en met mayonaise. 'Verander je van onderwerp?'

'Yep.'

Hoe was haar eerste dag? Ze had het overleefd en het was haar zelfs gelukt om in de uitverkoop bij Neiman Marcus een Betsey Johnson-rok op de kop te tikken. Maar... 'Mark Bressler is lastig.'

'Dat heb ik gehoord. In een maand tijd heeft hij vijf verpleegkundigen gehad. Jij bent de zesde.'

Ze had het precieze aantal niet geweten, maar ze was niet verbaasd. 'Ik ben geen verpleegkundige. Ik ben van plan hem te verpletteren met mijn vaardigheden als assistente.' Tot nu toe leek hij niet erg verpletterd, maar dat hoefde Jules niet te weten. 'Tegen de tijd dat ik hem vandaag thuis aflever, zal hij zich afvragen hoe hij het ooit zonder mij heeft gered.'

5

Chelsea schrokte haar broodje ham en cheddar naar binnen en was om tien over twee terug bij de Spitfire. Ze had de extra tien minuten gebruikt om de Mercedes voor de bar te parkeren zodat Mark Bressler voor de deur kon instappen. Ze was ervan overtuigd dat hij haar dankbaar zou zijn.

Er waren nu minder gasten en ze zwaaide naar Colin terwijl ze de viplounge in liep. Een zware, mannelijke lach vulde het achterste deel van de zaal en pas toen Chelsea Mark zag realiseerde ze zich dat het gelach van hem afkomstig was. Donda zat op de rand van de rode bank, met een van haar handen op zijn been, terwijl ze praatte en wild gebaarde met haar andere hand. Op de tafel voor hen stonden lege borrelhapjesschalen en glazen. Chelsea haalde haar BlackBerry tevoorschijn en keek ernaar alsof ze de agenda controleerde. 'We hebben nog net genoeg tijd om je naar je volgende afspraak te krijgen,' zei ze. Beroemdheden vonden het heerlijk om belangrijk te lijken. Alsof ze altijd op weg waren naar iets wat groter en beter was. Het was meestal een leugentje om bestwil.

'Ik heb nog een paar vragen,' zei Donda.

Chelsea keek naar Mark. Hij fronste zijn voorhoofd alsof ze een taal sprak die hij niet verstond. Hij was waarschijnlijk in de war over het leugentje om bestwil. Hij had nog nooit een persoonlijk assistente gehad en was niet vertrouwd met de manier waarop ze werkte en wat ze voor hem kon doen. Al snel zou hij

65

dolblij met haar zijn. 'Ik sta dubbel geparkeerd, maar als je meer tijd nodig hebt kan ik later terugkomen.'

'Ik denk dat we klaar zijn.' Hij pakte zijn stok.

'Bedankt dat ik je mocht interviewen, Mark.' Donda streelde zijn been en Chelsea vroeg zich af of dat professioneel gedrag was voor een verslaggeefster van *Sports Illustrated*. Ze durfde te wedden van niet. 'Als ik aanvullende informatie nodig heb, neem ik contact met je op.'

Hij legde zijn goede hand op de armleuning van de bank en stond op. Hij hield zijn adem in en klemde zijn kaken op elkaar. Chelsea vroeg zich af wanneer hij voor het laatst zijn pijnstillers had ingenomen. Als dat vanochtend was geweest, moest ze hem zo snel mogelijk thuis zien te krijgen. Maar hij zou natuurlijk pijnstillers bij zich hebben. Terwijl ze door de lounge liepen, waren zijn voetstappen een beetje langzamer en meer afgemeten dan een uur geleden.

'Hou je taai, schat,' riep Colin naar haar. 'En kom snel terug.'

Ze glimlachte naar hem. 'Tot ziens, Colin. Werk niet te hard.'

Terwijl ze naar buiten liepen, vroeg Mark: 'Is dat je vriendje?'

'Ik ben net een week in Seattle. Absoluut niet lang genoeg om een vriendje te vinden.' Ze schoof haar zonnebril naar beneden en liep naar de dubbel geparkeerde Mercedes. 'Geef me nog een paar dagen,' zei ze terwijl ze zijn portier opende. Daarna keek ze naar het verkeer en rende naar de chauffeursstoel voordat hij kon klagen omdat ze zijn portier voor hem had geopend. 'Maak er een week van,' voegde ze eraan toe terwijl ze in de auto ging zitten.

Hij keek naar haar en sloeg zijn portier dicht. 'Zo lang?'

Ze was ervan overtuigd dat het een ongepaste grap was, maar het kon haar niet schelen. 'Het is geen probleem om mannen te vinden om mee uit te gaan, maar het kost tijd om een vriendje te vinden,' zei ze terwijl ze de alarmlichten uitzette. 'Er zijn veel lekkere mannen zoals Colin. Mannen die er goed uitzien in een spijkerbroek en een mouwloos shirt. Die mannen zijn leuk om mee uit te gaan, maar ze zijn geen vriendjesmateriaal.' Ze deed haar gordel om.

'Dus die arme Colin staat niet op je lijst?'

'Nee. Maar ik zou wel met hem uitgaan.' Ze haalde haar schouders op. 'Hij vindt me pittig.'

'Dat is één woord om je te omschrijven.' Hij haalde zijn zonnebril uit de halsopening van zijn T-shirt. 'Een ander woord is pitbull.'

'Inderdaad.' Ze zette de auto in de versnelling en reed weg bij de Spitfire. 'Maar ik ben jouw pitbull.'

'Ik ben een geluksvogel.' Hij zette zijn zonnebril op en deed zijn gordel om.

Hij zei het alsof hij het niet meende, maar dat kwam nog wel. Ze keek naar de navigator en reed in noordoostelijke richting. 'Heb je de voorpagina van het sportkatern van *The Seattle Times* gezien?'

Hij draaide zijn hoofd weg en keek uit het passagiersraam. 'Helaas niet.'

Dat vond ze een beetje verrassend, omdat hij tot zes maanden geleden de aanvoerder van de Chinooks was geweest. 'De halve pagina is gevuld met een foto van een groep mannen op een jacht, en iemand giet bier uit de Stanley Cup op vrouwen in bikini.'

Hij gaf geen antwoord. Misschien had hij te veel pijn. Ze had ooit haar stuitje gebroken toen ze van een tafel viel. Ze had een paar cherrybomb-cocktails te veel gedronken en was ervan overtuigd geweest dat ze een exotische buikdanseres was.

Wat belachelijk was, omdat ze daar nog nooit les in had gehad en bijna net zo goed danste als dat ze zong. De volgende ochtend had haar stuitje verschrikkelijk zeer gedaan en kon ze zich nauwelijks bewegen zonder te vloeken. Ze kon zich dus enigszins inleven in Marks humeur. 'In eerste instantie schrok ik een beetje, maar Jules vertelde dat het geen probleem is en zelfs toegestaan. Iedereen van het team krijgt de cup een dag en mag ermee doen wat hij wil. Binnen redelijke grenzen, natuurlijk. Er zijn regels. Hoewel ik denk dat die niet veel voorstellen.' Ze keek naar de navigator en nam een flauwe bocht naar rechts. 'Maar ik neem aan dat je dat al weet.'

'Ja. Dat weet ik al.'

'Wanneer wil jij de Stanley Cup? Dan zal ik het voor je regelen.'

'Ik wil die verdomde cup niet,' zei hij emotieloos.

Ze keek naar de achterkant van zijn donkere hoofd. 'Je maakt een grapje. Waarom niet? Jules zei dat je een groot deel van de reden bent dat het team de finale heeft gespeeld.'

'Wie is Jules in vredesnaam?'

'Julius Garcia. Hij is de assistent van mevrouw Duffy. Min of meer zoals ik jouw assistente ben. Alleen weet Jules veel over ijshockey en weet ik daar helemaal niets van.' Ze haalde haar schouders op. 'Jules zei dat jij belangrijker bent geweest voor de opbouw van het team dan wie dan ook.' Oké, misschien had ze dat een klein beetje mooier gemaakt. Maar lege complimentjes maken was onderdeel van haar werk. Nu ze toch bezig was, voegde ze eraan toe: 'Belangrijker dan Ty Savage.'

'Ik wil de naam van die klootzak niet horen.'

Oké. Iemand klonk verbitterd. 'Tja, je hebt een dag met de cup verdiend, net als de andere spelers. Waarschijnlijk nog meer omdat jij de aanvoerder was en je...'

'Ik moet naar een drogisterij,' viel hij haar in de rede terwijl hij naar links wees. 'Daar is er een.'

Ze kruiste drie banen en reed het parkeerterrein op.

'Jezus christus! Je vermoordt ons nog.'

'Je wilde naar die drogisterij.'

'Ja, maar ik dacht dat je zou keren bij het verkeerslicht, zoals normale mensen doen.'

'Ik ben een normaal mens.' Ze parkeerde zo dicht mogelijk bij de ingang en keek naar haar spiegelbeeld in zijn zonnebril. Zijn kaken waren op elkaar geklemd alsof ze iets verkeerd had gedaan. Er waren geen andere auto's in de buurt geweest, en ze vond dat hij zich nogal aanstelde.

'Ik dacht dat je misschien snel pijnstillers nodig had.'

Hij haalde zijn portefeuille uit zijn achterzak. 'Mijn medicijnen worden thuisbezorgd.' Hij pakte twee briefjes van twintig en gaf ze aan haar.

Ze vermoedde dat dat betekende dat ze alleen naar binnen ging, wat geen probleem was. Het zou meer tijd kosten als hij uitstapte. 'Wat heb je nodig? Tandpasta? Deodorant? Aambeienzalf?'

'Een doos condooms.'

Ze deed haar ogen dicht en sloeg in gedachten met haar hoofd op het stuur. Tienduizend dollar. Tienduizend dollar. 'Weet je zeker dat je die niet zelf wilt halen?'

Hij schudde zijn hoofd en glimlachte. Zijn rechte tanden waren ongewoon wit in de schaduw van de Mercedes. 'Je blijft me eraan herinneren dat je mijn assistente bent. Jij bent de geluksvogel.'

Condooms kopen was zo gênant. Erger dan maandverband, en maar een beetje beter dan de herpeszalf die ze elke maand had moeten halen voor een zekere jonge actrice uit een komische televisieserie. 'Welke maat?'

'Magnum. Die met ribbels.'

Magnum? Ja, natuurlijk had hij magnum nodig. Tenslotte was hij een enorme lul. Voor de honderdste keer die dag dwong ze een glimlach op haar gezicht en keek hem aan. 'Nog iets anders?'

'Ik wil warme massageolie en een vibratiering. Zorg ervoor dat het een grote is.' Hij tilde zijn heup op en stopte de portefeuille in zijn zak terug. 'Ik wil niet dat hij te strak zit en mijn bloedcirculatie afsnijdt.'

'Nee. Natuurlijk wil je dat niet.' Dit was zo ongeveer het langste gesprek dat ze hadden en het ging over de bloedcirculatie van zijn penis. Ze was bijna bang om het te vragen. 'Is dat het?'

'Een zak rode dropstaven.' Hij dacht even na en voegde eraan toe: 'En doe maar wat tic tac.'

Ja, want stel je voor dat zijn adem niet fris rook.

Tegen de tijd dat Mark thuis was, deden zijn botten en spieren pijn. Het kostte hem maar een paar minuten om zijn kleine assistente weg te krijgen. Waarschijnlijk omdat ze dolgraag weg wilde. Als hij geluk had, kwam ze niet terug. Als de uitdrukking op haar gezicht toen ze terugkwam uit de drogisterij een aanwijzing was, was ze waarschijnlijk op dit moment op zoek naar een nieuwe baan. Het was verschrikkelijk grappig geweest om haar naar Bartell te sturen. Een combinatie van uitzonderlijke begaafdheid en snel denken.

Mark slikte zes Vicodin rechtstreeks uit het potje, pakte de zak rode drop en liep naar de kamer aan de achterkant van het huis, die de makelaar de recreatiekamer had genoemd. Hij pakte de afstandsbediening van de flatscreen en ging op de grote leren chaise longue zitten die Chrissy had aangeschaft. Het meeste meubilair dat ze had gekocht was lang geleden verdwenen, maar hij had de chaise longue gehouden omdat hij bij zijn lichaam paste en comfortabel was.

Hij zapte langs de zenders zonder er echt aandacht aan te schenken. Hij had een afspraak met zijn arts, een knipbeurt en een interview van een uur gehad. Het was nog niet eens drie uur 's middags, maar hij was uitgeput. Voor het ongeluk was hij gewend om acht kilometer te rennen en met gewichten te werken voordat hij naar de arena ging voor de training. Hij was achtendertig jaar, maar hij voelde zich achtenzeventig.

Dr. Phil verscheen op het scherm en hij bleef kijken naar de presentator, die schreeuwde tegen de een of andere vent omdat hij schreeuwde tegen zijn vrouw. Hij trok de zak drop open en haalde er een paar staven uit. Voor zover hij zich kon herinneren was hij altijd gek geweest op rode drop. Die deed hem denken aan de zondagmiddagvoorstellingen in het Heights Theater in Minneapolis. Zijn oma was een enorme filmfan en had hem omgekocht met rode drop en limonade. Hoewel het iets was wat hij nooit hardop zou toegeven, had hij eind jaren zeventig, begin jaren tachtig veel romantische films gezien. Alles van *Kramer vs. Kramer* tot *Sixteen Candles*. Zijn oma en hij waren altijd naar de zondagmiddagvoorstellingen gegaan, omdat hij op zaterdag meestal een ijshockeywedstrijd had en hij op zondag minder kans liep dat een van zijn vrienden hem naar een of andere sentimentele film zag gaan. Zijn vader had meestal een tweede en derde baan om Mark en zijn oma te onderhouden en ervoor te zorgen dat hij de beste ijshockeyschaatsen en -uitrusting had. Een van de beste dagen van Marks leven was die waarop hij zijn eerste miljoenencontract tekende en zijn vader vertelde dat hij kon stoppen met werken.

Mark nam een hap van zijn drop en kauwde. Hij had zijn moeder nooit gekend. Ze was nog voor zijn derde verjaardag weggelopen en was een paar jaar later duizenden kilometers verderop in Florida overleden bij een of ander auto-ongeluk. Ze had hem geschreven om hem te vertellen dat ze meer van hem hield dan van wat ook ter wereld, maar daar was hij niet in getrapt. Ze had meer van drugs gehouden dan van hem. Haar echtgenoot en haar zoon waren niet genoeg geweest voor haar; ze had crack boven haar gezin en zelfs boven haar leven verkozen, wat een van de redenen was dat hij nooit in de verleiding was gekomen om aan drugs te beginnen.

Tot nu tenminste. Hij was niet verslaafd, nog niet, maar hij had er absoluut meer begrip voor hoe gemakkelijk dat kon gebeuren. Hoe drugs de pijn wegnamen en het leven draaglijk maakten. Hoe gemakkelijk het was om eraan toe te geven en een ernstig verslaafde te worden. Maar zover was hij nog niet.

Hij had de hele dag tegen de pijn gevochten, en nu de Vicodin begon te werken voelde hij zijn spieren verslappen. Hij ontspande en dacht aan de foto in het sportkatern waarover zijn kleine assistente hem had verteld. Het klonk alsof de jongens een leuke tijd hadden, en als hij de cup samen met hen had gewonnen, was hij er waarschijnlijk bij geweest. Maar dat had hij niet en hij wilde niet drinken uit de cup en het vieren alsof dat wel zo was. Het leek op medelijden als ze hem de cup een dag gaven.

Natuurlijk waren er jongens die om verschillende redenen niet in de finale hadden gespeeld en het toch vierden. Prima. Fijn voor ze. Maar Mark dacht daar anders over. Voor hem was naar de cup kijken en hem aanraken en eruit drinken een herinnering aan alles wat hij kwijt was. Misschien kon hij op een dag de verbittering achter zich laten, maar vandaag niet. En morgen leek dat ook niet te gebeuren.

De verslaggeefster van *Sports Illustrated* had naar zijn plannen voor de toekomst gevraagd. Hij had tegen haar gezegd dat hij zijn leven van dag tot dag bekeek. Dat was waar, maar wat hij niet had gezegd, was dat hij geen toekomst zag. Zijn leven was één grote leegte.

Voor het ongeluk had hij nagedacht over stoppen. Hij had genoeg geld en hoefde de rest van zijn leven niet meer te werken, maar hij was niet van plan geweest om niets te doen. Hij was van plan geweest om ergens aanvallers te gaan coachen. Dat was hem op het lijf geschreven. Hij was er goed in om wedstrijden in zijn hoofd te zien voordat ze plaatsvonden. Zijn talent om openingen te vinden en goals te scoren had hem een van de tien beste aanvallers van de afgelopen zes jaar gemaakt en dat was iets wat hij de andere jongens probeerde te leren. Maar om aanvallers te coachen, en ook verdedigers, moest je kunnen schaatsen. Er was geen andere manier, en Mark kon nauwelijks dertig meter lopen zonder pijn.

Hij nam nog een paar dropjes en gooide de zak op de tafel naast de chaise longue. Toen er een Burger King-reclame werd uitgezonden, deed Mark zijn ogen dicht en voordat dr. Phil terug was, was hij weggezakt in een vredige, door medicijnen veroorzaakte slaap, met de afstandsbediening nog in zijn hand.

Zoals tijdens de meeste van zijn dromen was hij terug in de Key Arena, en ging hij een gevecht aan in een van de hoeken. Zoals altijd hoorde hij het gebrul van het publiek, het slaan van de sticks op het ijs en het *sshhtt* van de messcherpe ijzers. Hij rook zweet en leer en de unieke geur van het ijs. De koude wind waaide langs zijn wangen en nek terwijl duizenden ogen vanaf de tribunes toekeken. De verwachting en opwinding op hun gezichten waren vaag zichtbaar terwijl hij langsschaatste. De adrenaline zat achter in zijn keel terwijl zijn hart hamerde en zijn benen over het ijs vlogen. Hij keek naar de puck in de kromming van zijn stick, en toen hij weer opkeek zag hij haar. Een duidelijk gezicht in een vage massa. Haar grote blauwe ogen keken naar hem. Het licht straalde van haar tweekleurige haar. Hij draaide zijn schaatsen en remde. Alles om hem heen verdween terwijl hij door het plexiglas naar haar bleef staren.

'Waarom ben je hier?' vroeg hij. Het irriteerde hem verschrikkelijk dat ze hiernaartoe was gekomen en de wedstrijd onderbrak.

Ze glimlachte – met de volle lippen die hij herkende nadat hij maar één dag in haar buurt was geweest – maar gaf geen antwoord. Hij schaatste dichter naar haar toe en zijn stick viel uit zijn handen. 'Wat wil je?'

'Ik wil je geven wat je nodig hebt.'

Er waren zo veel dingen die hij nodig had. Zo veel. Te beginnen met de behoefte om iets anders te voelen dan de voortdurende zeurende pijn en de leegte in zijn leven.

'Je bent een geluksvogel,' fluisterde ze.

Marks ogen schoten open en hij snakte naar adem. Hij kwam te snel overeind en de afstandsbediening viel op de grond. Hij voelde zich duizelig terwijl hij naar de klok links onder op het televisiescherm keek. Hij had een uur geslapen. Jezus, ze was zijn leven binnen gedrongen en nu verscheen ze ook al in zijn dromen. De mensen in zijn dromen hadden geen gezicht, waarom zij dan wel?

Hij bukte zich en pakte zijn stok van de grond. Godzijdank was de droom niet seksueel getint. Hij wilde er niet eens aan denken om een erectie te krijgen door zijn assistente. Zelfs niet in een droom.

De spalk rond zijn hand jeukte en hij haalde hem eraf. Nadat hij hem opzij had gegooid, stond hij langzaam op en liep de kamer uit. Waarom zij? Het was niet dat ze niet knap was. Ze was heel knap, en God wist dat ze een lichaam had dat het verkeer tot stilstand kon brengen, maar ze was gewoon zo verdomd irritant. De rubberen dop van zijn stok bonkte op de stenen vloer en zijn slippers sloegen tegen zijn hakken. Nu hij uitgerust was en de pijn beheersbaar was, liep hij vrij gemakkelijk.

In de keuken lag de plastic zak van de drogisterij met de condooms, de massageolie en de vibratiering op het granieten kookeiland. Hij had er geen flauw idee van wat hij met dat spul moest doen. Hij zou het in elk geval voorlopig niet gebruiken. Hij trok een la open en stopte de zak erin.

Hij wist ook niet wat hij met zijn assistente moest doen. Heel jammer dat hij haar niet in een la kon opbergen. Hij dacht aan hoe ze in zijn nieuwe Mercedes reed alsof die van haar was. Hij dacht aan haar gezicht toen ze voor de eerste keer op de leren chauffeursstoel was gaan zitten. Ze had eruitgezien alsof ze op het punt stond een orgasme te krijgen. Onder andere omstandigheden had hij haar misschien op zijn schoot getrokken. Onder andere omstandigheden had hij misschien gedacht dat de manier waarop ze het leer liefkoosde zo ongeveer het heetste was wat hij ooit had gezien. Onder de huidige omstandigheden was het gewoon een nieuwe irritatie.

Ze zou hoogstwaarschijnlijk morgen terugkomen. Zijn optimisme van daarstraks was verdwenen. Om redenen die hij niet eens wilde begrijpen, leek ze echt zijn assistente te willen zijn. Misschien was ze niet helemaal goed bij haar hoofd. Nee, ze was absoluut niet goed bij haar hoofd, anders zou ze geen condooms en massageolie kopen als ze dat zo duidelijk niet wilde doen.

Chelsea ging ver voor tienduizend dollar. 'Hij heeft me condooms laten kopen,' zei ze tegen het donkere achterhoofd van haar zus. 'En massageolie.'

Bo keek over haar schouder en pakte een tweeliterpak melk. 'Tja, hij is een ijshockeyer,' zei ze alsof dat een excuus was en alles verklaarde. 'En hij heeft altijd veel verschillende vriendinnen gehad. In elk geval gebruikt hij bescherming.'

'En een vibratiering.'

'Wat is dat?'

'Een penisring die vibreert.'

Bo keek om zich heen om ervoor te zorgen dat niemand hen kon horen voordat ze de melk in de winkelwagen zette. 'Bestaat dat?'

'Blijkbaar wel, en voor het geval je er ooit een nodig hebt, er zijn drie verschillende soorten verkrijgbaar bij de drogist. De duo, de magnum, en de intens. De duo heeft twee plezierknoppen, aan elke kant een. De magnum spreekt voor zichzelf, en de intens vibreert sneller voor... je weet wel, intens genot.'

'Heb je alle verpakkingen gelezen?'

'Dat hoort bij mijn werk.' Hoewel, als ze eerlijk was had ze ze eerder gelezen uit nieuwsgierigheid.

'Heb jij er ooit...' Bo liet haar stem dalen en keek nog een keer om zich heen. '... een gebruikt?'

'Nee.' Maar als ze ooit een vriendje kreeg zou ze het misschien proberen. Het kopen van de condooms had haar eraan herinnerd dat haar laatste relatie zeven maanden geleden was geëindigd.

Omdat Bo net zo nieuwsgierig was als haar tweelingzus, vroeg ze: 'Welke heb je voor Mark gekocht?'

'Ik moest de magnum kopen omdat hij bang was dat zijn bloedcirculatie anders afgesneden zou worden.'

Bo trok haar wenkbrauwen op. 'Magnum? Dat klinkt angstaanjagend.'

'Heb je er weleens een gezien?' vroeg Chelsea.

'Niet in het echt.' Bo schudde haar hoofd. 'Alleen in de pornofilms waar mijn ex David altijd naar keek. Denk je dat hij echt een magnum nodig heeft of wilde hij je alleen choqueren?'

'Ik weet het niet, en ik wil er niet over nadenken. Het is te verontrustend.'

'Dat is waar,' was haar zus het met haar eens. 'Je moet morgen voor hem werken, en dat is het laatste waar je aan wilt denken als je zijn huis binnen loopt.' Bo keek op haar lijst. 'Ik weet dat Mark niet erg mobiel is, maar het was erg ongepast om jou condooms en dat soort dingen te laten kopen.'

'Dat vond ik ook, maar ik heb ergere dingen moeten doen.'

Bo legde haar rechterhand op de winkelwagen en hield hem tegen bij de boter. De bezorgdheid was op haar gezicht te lezen. 'Ik durf het bijna niet te vragen, maar wat was dat dan?'

'Tja, designerjurken terugbrengen naar winkels zoals Saks met grote vlekken in de oksels was altijd gênant. Medicijnen halen voor soa's was vernederend, en het uitmaken met de vriend of vriendin van iemand anders was verdrietig.'

'O.' Bo zuchtte en pakte een bakje cottagecheese.

Haar zus keek zo opgelucht dat Chelsea het moest vragen. 'Wat dacht je dat ik zou vertellen? Dat ik voor een bordeelhoudster in Hollywood Hills heb gewerkt?'

'Nee. Ik hoopte alleen dat je nooit iets hebt moeten doen wat illegaal is.'

Je had illegaal, en je had illegáál. Ze had zich alleen met de gewone illegale dingen beziggehouden. Door rood rijden. Te hard rijden. Wiet roken op een paar feesten. 'Hebben we boter nodig?' vroeg ze, doelbewust van onderwerp veranderend voordat haar zus gerichte vragen zou gaan stellen.

Bo schudde haar hoofd en streepte melk en cottagecheese van haar lijst. 'Jules is niet teruggekomen na de lunch.'

'Hmm.' Chelsea pakte een paar bakjes vetvrije kersenyoghurt. 'Is hij met jou naar de Spitfire gegaan?'

'Nee.' Ze legde de yoghurt in de winkelwagen. 'Wil je *string cheese*? We waren altijd gek op string cheese.'

'Nee.' Bo liep naar de eieren. 'Wat vind jij van Jules?'

'Ik vind dat hij hard werkt om er goed uit te zien. Daar is niets mis mee.'

'Behalve dat hij zichzelf geweldig vindt.'

Chelsea had die indruk niet gekregen. 'Als je hard aan je lichaam werkt, heb je min of meer het recht om erover op te scheppen. Als ik trainde, zou ik ook opscheppen. Maar dat doe ik niet, omdat ik een hekel heb aan pijn.'

'Hij is ook onbeleefd.' Bo controleerde de eieren en legde de doos in de winkelwagen. 'En lastig.'

Een gekwelde moeder met drie kinderen, die aan haar winkelwagen hingen, reed langs en Chelsea keek naar haar zus. 'Dat vond ik niet. Misschien is hij een beetje cynisch.'

Bo keek haar aan. 'Waarom zeg je dat hij cynisch is?'

'Omdat hij iets zei over de liefde die niet werkte. Ik vermoed dat zijn hart een paar keer gebroken is.' Ze leunde met haar onderarmen op de winkelwagen. 'Hebben we alles?'

'Hij was vroeger heel zwaar, en ik denk dat hij zichzelf nog steeds ziet als het dikke kind op school.'

'Dat kan niet. Hij heeft geen grammetje vet op zijn lichaam,' zei Chelsea. 'Hij is gespierd en heeft prachtige groene ogen. Je moet met hem uitgaan.'

'Met Jules?' Bo kokhalsde.

'Ja, echt. Hij is heel leuk en jullie hebben veel overeenkomsten.'

'Wat zijn je plannen voor morgen?' vroeg Bo. Ze wilde duidelijk van onderwerp veranderen.

'Ik weet het niet.' Chelsea herkende de tactiek, maar liet het erbij. 'Ik heb nog nooit gewerkt voor iemand die geen lijst heeft die zo lang als mijn arm is en het onmogelijke verwacht. Mark zei dat hij uit Medina weg wil. Misschien ga ik voor hem op zoek naar andere huizen. Zijn woning is veel te groot voor een man alleen.'

'De meeste sportmannen wonen in het centrum, of in Mercer, of in Newport Hills.' Ze duwde de winkelwagen naar de vleesafdeling. 'Ik denk tenminste dat veel spelers van de Seahawks en de Chinooks daar nog steeds wonen. Het wordt de Atletenrots genoemd.'

Chelsea maakte een mentale notitie om woningen in die wijken te bekijken. 'Welke film gaan we vanavond kijken?'

'Wat vind je van iets met buitenaardse wezens?' stelde Bo voor terwijl ze een pak hamburgers pakte.

'Iets wat niet sentimenteel is, zoals *Independence Day*? Misschien een beetje sentimenteel, zoals *Men in Black*? Of heel sentimenteel, zoals *Critters*?'

'Of komisch, zoals *Mars Attacks!*,' stelde Bo voor.

'Goede keus. Een zwarte komedie met een zweem politieke satire, verpakt in een B-filmparodie. Ik vind Tim Burton geweldig.'

'Je gaat tijdens de film toch geen dialogen citeren?' zuchtte Bo. 'Ik krijg altijd de neiging om je te vermoorden als je dat doet.'

Chelsea pakte een pak kippenpootjes. In LA praatten zij en haar vriendinnen altijd hardop mee tijdens de film. Dat was onderdeel van de pret. 'Bedoel je zoals: "Kleine mensen, waarom kunnen we niet gewoon met elkaar overweg?"'

6

Hoewel het niet gemakkelijk was, beheerste Chelsea zich tijdens *Mars Attacks!* en praatte ze niet mee.

Toen de film was afgelopen, pakte ze haar laptop en ging naar haar slaapkamer. Ze ging op bed zitten, zette de computer voor haar gekruiste benen en zette hem aan. Er verscheen een foto van Christian Bale op het scherm in zijn rol in *3:10 to Yuma*. Ze had Christian Bale nog nooit ontmoet, maar ze bewonderde iedere acteur die Jezus in de ene film en Batman in de volgende film kon spelen en beide rollen goed neerzette. Natuurlijk had hij nogal een agressieprobleem, net als Russell Crowe, maar dat maakte hen geen slechte acteurs. Hoewel ze moest toegeven dat als Christian zich niet leerde beheersen zoals Russell had gedaan, ze iemand anders moest zoeken om op afstand te bewonderen.

Ze schoof haar Verizon-pc-card in haar laptop en logde in op internet. Ze klikte expres niet op haar favorieten. Ze wilde geen Hollywoodroddels lezen of kijken welke producer een rolbezetting zocht voor welke film. Als ze terug was in LA zou ze contact opnemen met haar impresario en hun vertellen dat ze er weer was en dat ze haar portfolio konden rondsturen.

Iedereen in haar familie dacht dat ze met haar hoofd in de wolken liep. Misschien was dat zo, maar haar voeten waren stevig in de realiteit geworteld. Ze wist dat het in Hollywood na je dertigste bijna net zo gemakkelijk was om een rol te krijgen als om een man te strikken. Maar dat betekende niet dat haar enige optie was om een paar Crocs aan te trekken, een kat te nemen en het op te geven.

Terwijl ze naar onroerend goed in de omgeving van Seattle zocht en de huizen en flats markeerde waarvan ze dacht dat Mark erin geïnteresseerd kon zijn, dacht ze na over haar leven in LA. Delen ervan waren opwindend en heel grappig geweest en ze miste haar vrienden en vriendinnen. Maar er was ook een duistere kant. Er waren ontelbaar veel gruwelverhalen over seks en drugs. Jonge acteurs arriveerden in de stad met de droom om door te breken, alleen om te worden gebruikt en afgedankt als vuilnis. De wanhoop tijdens castings was misselijkmakend, en ze miste het absoluut niet om te moeten vechten voor een figurantenrol. Ze miste het ook niet om twaalf uur lang op de set van een historische film rond te hangen, gekleed als een sletterige dienstbode met haar borsten duidelijk zichtbaar. Ze had het leuk gevonden om in horrorfilms te spelen. Ze vond het fijn om deel uit te maken van de cast, om een rol te spelen en een paar uur lang een ander te zijn. Het was leuk en opwindend. Ze keek ernaar uit om terug te gaan naar LA en de kans te krijgen om andere rollen te spelen dan de sletterige bimbo.

Eerst moest ze het echter drie maanden uithouden met een chagrijnige ijshockeyspeler.

Ze klikte nog een paar sites aan en vond een aantal veelbelovende woningen. Ze markeerde ze en besloot daarna om naar Mark te googelen. Ze trok een van haar wenkbrauwen verrast op toen ze meer dan een miljoen resultaten zag en wel tien fansites die waren gewijd aan 'de Hitman'.

Jeez. Het leek wel of hij Brad Pitt was.

Op zijn officiële website keek ze naar videoclips waarin hij goals scoorde, met zijn stick boven zijn hoofd schaatste, of zijn handschoenen liet vallen en stompen uitdeelde. In interviews lachte hij en maakte hij grapjes en vertelde hij hoeveel het winnen van de Stanley Cup voor hem en de rest van de Chinooks zou betekenen. Er stonden verschillende foto's van hem op de site, waarop hij er rauw en zweterig uitzag terwijl hij de puck schoot. De foto's varieerden van Mark met bloed op zijn gezicht tot schoon en glimlachend op zijn portretfoto's.

Ze klikte op een link en zag een Gatorade-commercial waarin hij alleen een ijshockeybroek droeg die laag op zijn heupen hing. Op haar computerscherm boog hij zijn hoofd langzaam naar achteren, waarna hij de felgroene fles naar zijn lippen bracht en hem leegdronk. Een neongroene druppel gleed van zijn mondhoek naar zijn kaak en de zijkant van zijn keel. Donker haar bedekte zijn brede borstkas, en Chelsea zag dat Bo gelijk had. De man had een eightpack. Waarover haar zus niet had verteld was de donkere streep haar die van zijn navel langs zijn strakke, platte buik naar beneden liep en in zijn hockeybroek verdween. Jezus. Chelsea had in Hollywood gewerkt en veel harde mannenlichamen gezien. Dat van Mark was een van de indrukwekkendste die ze had gezien buiten een bodybuildingwedstrijd op Venice Beach.

Ze las over zijn doelpunten en puntengemiddelden. Niet dat ze er een idee van had wat het betekende, maar zelfs Wikipedia vond het indrukwekkend, dus ze nam aan dat het klopte. Ze vond een fansite met een foto waarin hij over het ijs vloog, en ze klikte op een link met de naam 'uitspraken van Bressler'.

Ze keek vluchtig naar een paar uitspraken over ijshockeyen voordat ze stopte bij 'Ik vier het niet als ik op de tweede plaats eindig'. Ze kende hem niet goed, maar ze kon zich voorstellen dat hij zoiets had gezegd. Toen hem werd gevraagd hoe het was om de aanvoerder van de Chinooks te zijn, had hij geantwoord: 'Ik ben een van de jongens. In de bus of het vliegtuig zit ik gewoon achterin te kaarten en probeer ik de jongens geld afhandig te maken.' De uitspraak die haar het meest verbaasde was: 'Als kind wist ik al dat ik professioneel ijshockey wilde spelen. Mijn vader werkte heel hard om schaatsen te kunnen kopen, en mijn oma vertelde altijd dat ik alles kon worden wat ik wilde.

Ik geloofde haar en hier ben ik. Ik ben hun allebei veel verschuldigd.' De meeste mensen bedankten hun ouders, maar zijn oma? Dat was anders en onverwacht. Er lag een glimlach rond haar lippen. Dat hij zijn vader en zijn oma noemde, maakte hem bijna menselijk. Eigenlijk leek hij op alle foto's en video's menselijker dan de man die ze kende. Er was iets veranderd aan hem, en dat was meer dan de manier waarop hij liep en zijn rechterhand gebruikte. Het was iets duisters. Iets hards.

Op een andere website vond ze drie foto's van Marks verpletterde Hummer. Dit keer trok Chelsea allebei haar wenkbrauwen verrast op terwijl ze naar het wrak keek. Mark had echt geluk gehad dat hij nog leefde. Op de volgende pagina stond een foto waarop hij uit het ziekenhuis werd gereden. De foto was enigszins wazig, maar er was geen vergissing mogelijk toen ze de donkere ogen zag die in zijn gezicht brandden.

Daar.

Dat was hem. De man voor wie ze werkte. De harde, donkere, sombere man.

Ze wist dat hoofdletsel een karakter kon veranderen. Ze vroeg zich af of dat van hem was veranderd. En als dat zo was, of hij dan de vrolijke, grappige delen van zijn leven ooit nog terug zou krijgen. Niet dat het haar echt uitmaakte. Ze bleef maar drie maanden, tot ze haar tienduizend dollar had.

Op de officiële Chinooks-site vond ze een gastenboek voor fans die Mark beterschap wilden wensen. Meer dan zevenduizend mensen hadden een bericht achtergelaten. Sommige berichten waren heel gevoelig, en ze vroeg zich af of Mark wist dat zoveel mensen de tijd hadden genomen om iets te schrijven. Ze vroeg zich af of het hem iets kon schelen.

Voordat ze haar laptop dichtklapte en het licht uitdeed om te gaan slapen, googelde ze naar plastisch chirurgen in de omgeving van Seattle. Ze lette erop waar ze hun opleiding hadden gevolgd en hoeveel jaar ervaring ze hadden. Ze keek echter voornamelijk naar de voor-en-na-foto's van borstverkleiningen. Ze was niet jaloers aangelegd, maar voelde een steek van afgunst terwijl ze naar de foto's keek. Om veel verschillende redenen wilde ze heel graag van een DD- naar een C-cup gaan. Ze wilde zonder pijn kunnen rennen en springen. Niet dat ze dat zou doen, maar het zou fijn zijn om de mogelijkheid te hebben. Ze wilde serieus genomen worden als een vrouw met een gemiddelde maat. In Hollywood werd ze gehuurd om uit haar kostuum te barsten, niet om haar acteertalent. En in LA nam iedereen automatisch aan dat ze implantaten had, wat haar altijd ergerde.

Ze wilde graag vrijen zonder dat haar zware borsten in de weg zaten. Zoals ze nu was, gaf ze er de voorkeur aan om te vrijen met haar beha aan. Het was comfortabeler, maar niet alle mannen met wie ze was opgetrokken vonden dat prettig.

Ze was een DD geweest sinds de vierde klas van de middelbare school. Het was vernederend en pijnlijk geweest, en waarschijnlijk was dat de reden waarom Bo zoveel moeite had om mannen te vinden die ze vertrouwde. Zelfs nu wierpen mannen en vrouwen één blik op Bo en haar en namen aan dat ze nymfomanen waren. Het verbijsterde haar nog steeds. Ze wist niet wat grote borsten te maken hadden met seksuele losbandigheid. De waarheid was dat ze door de omvang van haar borsten preutser was dan andere vrouwen die ze kende.

Een van de belangrijkste redenen dat ze de verkleining wilde was dat mensen naar haar gezicht zouden kijken als ze met haar praatten en niet naar haar borsten. Ze wilde voor één keer een man ontmoeten die niet naar haar borsten staarde. Een man zoals Mark Bressler.

Ze fronste haar voorhoofd. Mark Bressler staarde misschien niet naar haar borsten, maar hij was in veel andere opzichten een eikel. Op veel net zo beledigende manieren. Zoals het beledigen van haar kleding, haar intelligentie en haar rijvaardigheid.

'Hé.' Bo stak haar hoofd om de deur en Chelsea deed haar laptop dicht zodat Bo de voor-en-na-foto's niet zou zien. 'Jules belde net. Hij wil dat ik je vraag of Mark over een paar weken meespeelt in het Chinooks-sterrengolftoernooi.'

'Waarom vraagt Jules hem dat zelf niet?'

'Omdat Mark niet altijd zijn telefoon opneemt.' Bo glimlachte. 'Maar nu heeft hij jou.'

'Ja. Ik ben een geluksvogel.'

'Gisteravond heb ik op de website van de Chinooks een pagina gevonden die ze hebben gemaakt na het ongeluk. Je fans kunnen inloggen en je een speciale boodschap sturen. Het is echt hartverwarmend.'

Mark zat achter zijn bureau en keek naar het onroerend goed dat zijn assistente op zijn computer had opgeroepen. Dat deed hij alleen omdat hij inderdaad wilde verhuizen. Hij had de laatste maand meer tijd in dit huis doorgebracht dan de afgelopen vijf jaar. Zo leek het in elk geval. Het huis was een constante herinnering aan zijn verleden en hij voelde zich gevangen tussen de muren.

Hij krabde met zijn linkerhand aan zijn stoppelbaard terwijl hij naar voren boog om beter te kunnen kijken naar het aantal vierkante meters van het huis op het scherm. Hij had gedoucht en had zijn gebruikelijke T-shirt en trainingsbroek aangetrokken, maar hij had zich niet geschoren, omdat hij niet van plan was vandaag naar buiten te gaan.

'Wist je van het bestaan van die pagina?'

Hij schudde zijn hoofd terwijl hij de muis bewoog. Dat ging moeizaam met de lompe spalk rond zijn rechterhand. Misschien had iemand hem verteld over de pagina, maar hij kon het zich niet herinneren. Hij wist niet of het door de medicijnen of zijn hoofdletsel kwam, maar zijn geheugen was de afgelopen zes maanden erg oppervlakkig. 'Een soort rouwpagina?'

'Nee. Een plek waar je fans je beterschap kunnen wensen. Meer dan zevenduizend ijshockeyfans hebben je brieven en berichtjes geschreven.'

'Maar zevenduizend? Mark keek over zijn schouder naar de grote borsten van zijn assistente, die waren bedekt met glanzende gouden ruches, en langs haar keel naar haar blauwe ogen. Vandaag droeg ze een kort rokje met psychedelische kleuren, waarschijnlijk Pucci, en sandalen met hoge sleehakken die op zijn vloeren bonkten als ze liep. Voor haar doen was haar kleding bescheiden.

'Ga je ze beantwoorden?'

Het was niet dat hij de ijshockeyfans niet waardeerde, dat deed hij absoluut, maar hij haatte het al om een boodschappenlijstje te schrijven, laat staan zevenduizend berichten te beantwoorden. 'Nee.'

'Je zou een algemeen bedankje kunnen sturen. Ik denk echt dat het gepast is om dat te doen.'

'Maar goed dat het me niet kan schelen wat jij denkt.'

Ze zuchtte en rolde met haar ogen. 'Ze hebben me ook gevraagd of je deze zomer in het Chinooks-sterrengolftoernooi speelt.'

Ze was net een mug die verschrikkelijk irritant rond zijn hoofd zoemde. Heel jammer dat hij haar niet dood kon meppen. Als hij één moment dacht dat een flinke mep op haar billen haar zou beledigen en ze daardoor zou vertrekken, zou hij ernstig in de verleiding komen. Het was net na elf uur 's ochtends en hij was doodmoe. Zijn fysiotherapeut, Cyrus, was naar zijn huis gekomen en ze hadden een uur lang in de fitnesszaal getraind. Maar dat was niet het enige wat zijn vermoeidheid veroorzaakte. Hij had vannacht niet goed geslapen omdat hij geen slaappil had genomen. Deels omdat hij wilde weten of hij ze nog steeds nodig had en deels omdat hij geen krankzinnige dromen meer wilde waarin zijn assistente voorkwam.

Ze hield haar hoofd schuin en het felle rozerode haar raakte een kant van haar zachte hals. 'Heb je me gehoord, Mark?'

'Helaas wel.' Hij draaide zich weer naar het beeldscherm en keek naar het huis in Newport Hills. Het lag aan het water, dus

hij had geen interesse. Dicht bij het water wonen was een ver-
schrikking. 'Ik speel dit jaar niet.'

'Waarom niet? Je speelde vroeger altijd.'

'Ik kan niet spelen met één hand.' Wat niet helemaal waar
was. Als hij wilde spelen, speelde hij desnoods met de golfclub
tussen zijn tanden.

'Ik zou kunnen helpen.'

Hij moest bijna lachen, en klikte naar het volgende object
waarvan ze dacht dat hij er misschien in geïnteresseerd zou zijn.
'Ja? Hoe dan?' Ging ze voor hem staan en hield ze de golfclub
met haar rechterhand vast terwijl hij hem met zijn linkerhand
vasthield? Hij dacht aan haar rug die tegen zijn borstkas duwde,
zijn neus in haar haar en zijn hand net boven de hare op zijn
ijzer 9. Zijn hersenen kwamen slippend tot stilstand door het
beeld, en er lag een vreemd gewicht boven in zijn maag.

'Ik kan op zoek gaan naar speciale golfclubs.'

Het gevoel in zijn maag was zo onverwacht dat het hem on-
rustig maakte. Waarschijnlijk omdat hij het herkende. Hij had
het al een hele tijd niet meer gevoeld, maar dat wilde niet zeggen dat hij het niet herkende. 'Een golfclub voor gehandicapte
spelers? Nee, dank je.' Het laatste wat hij wilde was iets voor
zijn assistente voelen. Het was niet dat hij zich ertegen ver-
zette om weer naar een vrouw te verlangen, alleen niet naar
deze vrouw.

Ze leunde naar voren en wees naar het appartement op het
scherm, en hij kon niet anders dan kijken naar haar slanke handen en de zachte huid van haar vingers en hand. Haar nagels
waren kort en ongelakt. Gewoonlijk hield hij van nagels met
een kleurtje. Zijn blik gleed naar de fijne blauwe ader op haar
pols. Ze stond zo dicht bij hem dat hij zijn mond op de naakte
binnenkant van haar elleboog kon drukken als hij dat wilde. Ze
stond zo dichtbij dat hij was omringd door de geur van haar
parfum. Het was bloemig en fruitig, net als zij.

'Het uitzicht is spectaculair,' zei ze terwijl ze nog wat verder naar voren leunde. Haar haar viel naar voren en haar zachte borst raakte zijn schouder. Het gewicht in zijn maag schoof een stuk naar beneden en als hij niet beter wist, zou hij denken dat hij op het punt stond om opgewonden te raken.

'Ik wil niet in het centrum wonen. Te veel lawaai.'

'Daar hoor je niets van als je zo hoog zit.'

'Ik wel,' zei hij. Hij richtte zijn aandacht op een huis in Queen Anne. Misschien had het gevoel in zijn maag te maken met de medicijnen die hij slikte.

Ze leunde nog een stukje naar voren en duwde haar lichaam tegen hem aan. 'Dit huis is 375 vierkante meter. Het heeft een fantastisch uitzicht over de baai en alles is gelijkvloers. Ik dacht dat het perfect voor je zou zijn.'

Hij vroeg zich af of ze het expres deed. Vrouwen hadden tegen hem aan geduwd en gewreven sinds zijn begindagen als ijshockeyer. Ze lieten hem op niet al te subtiele manier weten dat ze seks wilden. Maar hij dacht niet dat zijn assistente tegen hem aan duwde omdat ze wilde dat hij haar op zijn bureau legde en seks met haar had.

Of wel soms?

'De keuken is volledig gerenoveerd en gemoderniseerd. Wat denk je?'

Wat hij dacht? Hij dacht aan haar, voor hem op het bureau zittend terwijl hij haar rok langs haar benen omhoogschoof, want hoe Mark er ook van genoot om met een paar mooie borsten te spelen, hij was uiteindelijk een dijenman. De zachte binnenkant was zijn favoriete deel. Hij vond het heerlijk om zijn handen over de zachte, warme huid te laten glijden, die zachter en warmer werd naarmate zijn handen hoger kwamen.

'Wat denk je ervan?'

Het gewicht daalde tot net onder zijn navel en stopte voordat het zijn liezen bereikte. 'Ik kook niet.' Zes maanden geleden zou hij nu een enorme erectie hebben.

'Je hoeft niet te koken.'

Het zware gewicht was het laatste wat hij wilde voelen voor de vrouw die tegen hem aan duwde. 'Kun je me vertellen waarom ik hier eigenlijk naar kijk?'

'Omdat je wilt verhuizen.'

Hij legde zijn linkerhand op het bureau en ging staan, waarbij het grootste deel van zijn gewicht op rechts balanceerde. Hij had er geen behoefte aan dat ze zich met zijn zaken bemoeide en zijn leven probeerde te regelen. 'Dat heb ik nooit tegen je gezegd.'

Ze deed noodgedwongen een stap naar achteren. 'Je hebt er wel iets over gezegd.'

Hij draaide zich om en leunde met zijn achterwerk op het bureau. 'Als ik zeg dat ik de afgelopen zes maanden geen seks heb gehad, ga je dan voor me op zoek naar hoeren?'

Ze fronste haar voorhoofd. 'Heb je gisteren geen seks gehad?'

Jezus, gedroeg ze zich nooit als een normale vrouw?

'Had je geen afspraakje met Donda?'

De verslaggeefster van *Sports Illustrated*? 'Nee.' Hij zou nooit iets met haar beginnen, omdat hij niet de kans wilde lopen dat ze erover schreef.

'Of iemand anders?'

Waarom zou ze zoiets denken? 'Daar heb je helemaal niets mee te maken.'

Ze kneep haar ogen tot spleetjes. 'Dat heb ik wel als je mij condooms en massageolie en een magnum vibratiering laat kopen. Jezus, dat was niet alleen gênant, maar ook hartstikke lomp. En nu blijkt dat het allemaal voor niets was!'

Hij sloeg zijn armen over elkaar. 'Ik was van plan om seks te hebben.' Ze keek boos. Goed. Dat waren er dan twee. Drammerige vrouw. Ze moest inbinden. En ze moest echt stoppen met tegen hem aan duwen, voordat hij inderdaad een erectie kreeg. Of erger, veel erger, voordat ze merkte dat hij hem niet omhoog kon krijgen. Dat hij niet functioneerde als man. 'Maar denken over seks en condooms kopen, betekent niet dat ik het met jou wil doen. Dus je kunt stoppen met tegen me aan duwen. Zo wanhopig ben ik niet.'

Ze sperde haar grote blauwe ogen open. 'Wat?'

'Je bent mijn type niet. Ik ben geen borstenman en het windt me niet op als je je borsten tegen me aan duwt.'

'Ik heb niet tegen je aan geduwd.'

'Dat deed je wel.' Hij wees met zijn stijve middelvinger naar de ruches op haar blouse. 'Ik wil je niet beledigen, maar ik wil geen seks met je.'

Haar mond viel open. 'Je wilt me niet beledigen? Dat heb je geprobeerd vanaf de dag dat we elkaar ontmoetten.'

Hij legde zijn hand naast zijn rechterheup op het bureau. Het was waar.

'Je hebt je uiterste best gedaan.'

'Nee, dat heb ik niet. Als ik mijn uiterste best had gedaan, had ik gezegd: je hoeft niet boos en verbitterd en gekwetst te zijn. Ik weet zeker dat sommige mannen je aantrekkelijk vinden. Daar hoor ik alleen niet bij. Eerlijk, ik kan hem gewoon niet omhoog krijgen voor een vrouw met een scherpe mond, grote borsten en belachelijk haar. Dat is absoluut onmogelijk.'

Ze knipperde met haar ogen. Hij had haar geschokt en hij verwachtte half dat ze het huis uit zou stormen. 'Dat is een opluchting.' Er lag een glimlach rond haar volle roze lippen. 'Ik heb heel vaak ontslag genomen en ben ook ontslagen omdat ik weigerde seks te hebben met mijn baas.' Ze trok haar neus op alsof ze iets smerigs rook. 'Je kunt je niet voorstellen wat sommige mannen me wilden laten doen.'

Eigenlijk kon hij dat wel. Mannen waren vrij voorspelbaar.

'Het was walgelijk. De laatste man voor wie ik werkte verwachtte een blowjob.'

Hoewel mannen en sommige vrouwen vrij voorspelbaar waren, was zij dat niet. Ze reageerde niet zoals hij had verwacht, omdat ze geen normale vrouw was. Ze had geel en rozerood haar en kleedde zich als een abstract schilderij.

Ze lachte en schudde haar hoofd. 'Het is een enorme opluchting om te weten dat ik me daar bij jou geen zorgen over hoef te maken.'

Voor een man die nooit moeite had hoeven doen om een vrouw in bed te krijgen, irriteerde haar lach hem meer dan zou moeten. Wat niet best was. 'Wacht eens even. Je bent niet lelijk. Ik heb niet gezegd dat er geen sprake kon zijn van een blowjob.'

Ze sloeg haar armen onder haar borsten over elkaar. 'Maar dat is wel zo.' Hij had nog nooit zo'n opluchting op het gezicht van een vrouw gezien. Ze glimlachte breed en haar ogen straalden alsof ze de lotto had gewonnen. 'En omdat we toch eerlijk zijn, kan ik je vertellen dat ik jou ook helemaal niet aantrekkelijk vind.'

'Godzijdank,' zei hij met een gefronst voorhoofd terwijl een doffe pijn zich achter zijn ogen begon te verspreiden. Dit gesprek liep niet zoals hij had gewild. Ze moest boos worden en dan zou hij lachen terwijl hij haar nakeek als ze de deur uit liep.

7

Chelsea keek naar de lange, arrogante man voor haar met zijn krachtige armen en brede borstkas, zijn gefronste voorhoofd en de harde blik in zijn ogen. De klootzak vond het duidelijk niet leuk om een koekje van eigen deeg te krijgen. 'Echt, je hebt er geen idee van hoe opgelucht ik ben nu ik weet dat ik nooit seks met je hoef te hebben.'

'Oké, ik geloof dat ik het snap. Je hebt het nu drie keer gezegd.'

'Ik ben gewoon zo blij dat we erover gepraat hebben.' Je bent niet lelijk, wat dacht hij wel niet. Natuurlijk was ze niet lelijk. Ze vond zelfs dat ze heel aantrekkelijk was. Hij was gewoon zo'n typische over het paard getilde sportman die dacht dat hij zo speciaal was dat hij supermodellen kon krijgen. 'En als ik je nog een keer aanraak als ik over je heen leun om je iets te laten zien, dan heb ik daar geen bijbedoeling mee.' En omdat ze haar baan heel graag wilde houden, voegde ze eraan toe: 'Hoewel ik zeker weet dat heel veel vrouwen er een moord voor zouden doen om je te kunnen aanraken.'

Zijn oogleden daalden over zijn donkere ogen, en gecombineerd met de zwarte schaduw van zijn stoppelbaard zag hij er een beetje angstaanjagend uit. 'Maar dat geldt niet voor jou.'

Chelsea had veel lastiger dingen meegemaakt dan een humeurige ijshockeyspeler. Zijn gewicht en postuur en woede intimideerden haar niet. 'Nee. Dat geldt niet voor mij.' Het was tijd om van onderwerp te veranderen, voordat hij boos werd en haar ontsloeg. Of erger nog, haar nog zo'n vernederende en nutteloze boodschap zou laten doen als condooms kopen. 'Ik denk dat je deelname aan het liefdadigheidsgolftoernooi belangrijk is. Ten eerste omdat het voor een goed doel is en de pers er meer aandacht aan zal schenken als jij erbij bent. En ten tweede omdat je fans je willen zien.'

'Begin je daar nu weer over?' Hij deed zijn ogen dicht en kreunde. 'Jezus, wat ben jij vervelend. Ik heb tegen je gezegd dat ik niet kan spelen. Ik speel bij elk schot boven par.'

Eerst een pitbull en nu vervelend. Heel vleiend. 'Je score is niet belangrijk.'

'De score is altijd belangrijk.' Hij pakte zijn stok en richtte zich in zijn volle lengte op. 'Ik speel geen wedstrijden die ik niet kan winnen.'

'Je bent niet blij met een tweede plaats.'

'Inderdaad.'

'Het is een liefdadigheidstoernooi. Het doel van spelen voor liefdadigheid is niet eerste, tweede of derde worden. Het gaat om je deelname.' Hij deed zijn mond open om een weerwoord te geven, maar ze stak haar hand op. 'Denk er gewoon over na. Ik heb nog een week voordat ik hun een antwoord moet geven.'

'Stop ermee je met mijn leven te bemoeien,' zei hij, waarna hij weg begon te lopen.

'Ik probeer je alleen te helpen.' Ze liep achter hem aan. 'Ik weet niet wat ik anders moet doen. Ik weet niet wat je nodig hebt.'

Hij bleef zo plotseling staan dat ze bijna tegen zijn brede rug en zwarte nylon trainingsbroek aan liep.

'Van alle mensen voor wie ik ooit heb gewerkt ben jij de eerste die geen onmogelijke lijst voor me heeft. Je hebt helemaal geen lijst. Vertel me wat ik voor je kan doen.'

Hij rechtte zijn rug. 'Je hoeft helemaal niets voor me te doen.'

Ze ging voor hem staan en keek naar zijn gezicht. Het zonlicht scheen door het raam naar binnen en viel op zijn neus en de bovenkant van zijn borstkas. Zijn mond was nog meer dan anders samengeperst. 'De Chinooks betalen me goed om je assistente te zijn.'

'Wat ze je ook betalen, ik geef het dubbele als je ontslag neemt.'

Toch betwijfelde ze of hij haar twintigduizend dollar zou geven. 'Het gaat niet alleen om het geld,' loog ze. 'Ik haal bevrediging uit mijn werk. Je hebt me nodig en...'

'Ik heb je niet nodig.'

'... en,' ging ze verder alsof hij haar niet had onderbroken, '... als je me niet vertelt wat ik kan doen om je te helpen, moet ik zelf dingen blijven bedenken.'

'Mooi. Je kunt alle zevenduizend hockeyfans over wie je zo bezorgd bent terugschrijven.'

Ze had natuurlijk eerder fanmail voor werkgevers beantwoord. 'Wat wil je dat er in de e-mail komt te staan?'

'Een algemene e-mail is zo onpersoonlijk.' Hij liep langs de trap naar de hal. 'Ik denk dat je ze allemaal individueel antwoord moet geven.'

'Wat?!' riep ze hem na. Ze had plotseling het gevoel dat haar sandalen met sleehak aan de tegelvloer vastgezogen waren.

'Schrijf alle fans een persoonlijke mail,' herhaalde hij.

Ze voelde afgrijzen opkomen en dwong zich om achter hem aan te lopen. 'Ik dacht dat een algemene "dank je voor je bezorgdheid, blablabla"-e-mail voldoende zou zijn.'

'Blablabla is niet persoonlijk.' Hij liep naar een enorme kamer met een van de grootste televisies die ze ooit had gezien, een grote leren bank, een chaise longue en drie pokertafels. Ze bleef in de deuropening staan.

'Laat hun weten hoeveel hun berichtjes voor me betekenen,' zei hij over zijn schouder. 'En zet er iets van hun eigen mail in zodat ze denken dat ik ze gelezen heb.'

'Wat een kwal,' fluisterde ze.

Hij draaide zich om en keek naar haar. 'Noemde je me net een kwal?'

Hij had misschien de helft van de botten in zijn lichaam gebroken, maar er was niets mis met zijn gehoor. 'Nee, ik zei: ik ga al.' Ze wees naar de pokertafels. 'Speel je vaak poker?'

'Vroeger wel.' Hij pakte de afstandsbediening en draaide zich naar de televisie. 'Je kunt beter aan die e-mails beginnen.'

'Kwal,' zei ze geluidloos tegen zijn rug. Daarna draaide ze zich om en liep naar zijn kantoor. Haar houten hakken bonkten op de stenen vloer. 'Zevenduizend e-mails,' kreunde ze. Tienduizend dollar.

Ze trok de stoel waarop Mark had gezeten naar achteren en belde haar zus. 'Ik moet weten wie ik moet bellen om toegang te krijgen tot Marks gastenboekpagina op de website van de Chinooks,' legde ze uit. 'De e-mailadressen van de personen die berichtjes hebben achtergelaten, zijn verborgen.' Ze pakte een pen en een blokje geeltjes uit een la, schreef een naam en een nummer op en belde de beheerder van de website. Na wat heen-en-weergepraat was hij ervan overtuigd dat ze niet een of andere gek was die toegang probeerde te krijgen. Hij gaf haar de juiste link, de gebruikersnaam en een password dat ze kon gebruiken. Even later was ze op de pagina. Een fluitje van een cent. Nu kwam het moeilijke deel, alle berichtjes beantwoorden.

In de eerste twaalf berichten stonden beterschapswensen. De mails hadden een bezorgde toon en de schrijvers gaven uiting aan hun bewondering voor Mark en haalden herinneringen op. Chelsea schreef in principe dezelfde e-mail naar allemaal:

Bedankt voor je bezorgdheid en dat je de tijd hebt genomen om me te schrijven. Je vriendelijke steun betekent veel voor me. Het gaat inmiddels goed met me en ik voel me elke dag sterker worden.

Mark Bressler

Na drie kwartier dodelijk saai werk kwam ze de volgende e-mail tegen:

Hallo Mark,

Ik ben Lydia Ferrari.

Chelsea glimlachte. Ferrari. Natuurlijk.

We hebben elkaar een paar maanden voor het ongeluk in de Lava Lounge ontmoet. Ik droeg een groen mini-jurkje en jij zei dat ik op Heidi Klum leek.

Chelsea rolde met haar ogen voordat ze verderging.

We zijn in mijn appartement in Redmond geëindigd. Het was een van de mooiste nachten van mijn leven. Ik heb je mijn nummer gegeven, maar je hebt nooit gebeld. In het begin voelde ik me gekwetst, maar nu ben ik alleen verdrietig omdat je dat ongeluk hebt gekregen. Ik hoop dat je snel beter wordt.

Lydia

Chelsea wist niet wat erger was. Dat Lydia een man die ze had ontmoet in een bar naar haar appartement had meegenomen of dat ze daarover schreef op een publiek forum. Ze was niet verbaasd over het gedrag van Mark, hoewel ze het weerzinwekkend vond. Hij was tenslotte een sportman.

Beste Lydia, schreef ze.

Het spijt me dat ik met je mee ben gegaan en je daarna nooit heb gebeld. Ik ben daarin nogal een klootzak. Uit naam van alle mannen die hebben gezegd dat ze zouden bellen en dat nooit deden, bied ik je mijn verontschuldigingen aan. Maar aan de andere kant, Lydia, wat had je dan verwacht? Zorg dat je een beetje zelfrespect krijgt en neem geen mannen die je in een bar hebt ontmoet mee naar je appartement.

Chelsea leunde naar achteren en las wat ze had geschreven. In plaats van op de antwoordknop te drukken, wiste ze Lydia's ongepaste berichtje en haar antwoord.

Ze begon zuchtend aan de volgende e-mail:

Mark,

Je bent een lul. Karma is verschrikkelijk. De klap die je Marleau hebt gegeven was zo illegaal als de pest. Ik ben blij dat je in coma ligt.

Dan uit San Jose

Die wiste ze ook. Er was absoluut geen excuus om zoiets te schrijven, en ze vond niet dat ze aandacht aan Dan moest schenken door zijn berichtje te beantwoorden.

Ze beantwoordde er nog een paar, en las toen:

Mark

Mijn zoon en ik missen nooit een thuiswedstrijd van de Chinooks en een kans om jou te zien spelen. Je bent een inspiratiebron voor mijn achtjarige zoon Derek. Je hebt hem afgelopen zomer ontmoet tijdens het jeugdijshockeykamp. Je was zijn coach en hebt hem geleerd om nooit op te geven. Hij praat voortdurend over je, en door jouw aanmoediging wil hij op een dag professioneel ijshockey gaan spelen.

Mary White

Chelsea keek naar de posters en trofeeën en andere souvenirs in de kamer. Een shirt van de Chinooks met het getal 12 en de naam Bressler op het rugpand hing achter plexiglas. Eronder hing een gebroken hockeystick aan de muur. Op een andere muur hing een foto van Mark in een diepblauw shirt, zijn haar dof en bezweet. Een enorme glimlach krulde zijn mond en toonde zijn rechte witte tanden. In een hand hield hij een puck met een stuk tape erover. Op de witte tape was het getal 500 geschreven.

Al deze spullen hadden betekenis voor hem en vertelden het verhaal van zijn leven. Een leven waarin hij was aanbeden, de vrouwen aan zijn voeten lagen en hij een inspiratiebron was voor jongens die ervan droomden om later ijshockeyer te worden.

Het was een verhaal dat ze niet kende. En eerlijk gezegd begreep ze het niet. Hij had zo veel. Hij was zo gelukkig, en toch was hij zo boos. Het was alsof hij een knop had omgedraaid en de lachende, glimlachende man die ze in interviews had gezien had uitgezet. De Mark Bressler die zij kende leek meer op de man die ze in videoclips had gezien, de ijshockeyer die klappen uitdeelde en vocht op het ijs.

Nee, ze begreep zijn boosheid en zijn sombere buien niet, maar ze nam aan dat ze niet betaald werd om hem te begrijpen. Ze keek naar het beeldscherm en ging weer aan het werk.

Beste Mary, schreef ze.

Ik vond het fijn om Derek vorige zomer te coachen. Ik ben blij te horen dat hij niet van plan is om op te geven. Op een dag ga ik naar een van zijn wedstrijden in de NHL *kijken.*

Mark Bressler

Ze scrollde naar de volgende brief en maakte een mentale notitie om Mark te vragen naar het jeugdijshockeykamp. Hij zou het niet prettig vinden. Hij zou haar er waarschijnlijk van beschuldigen dat ze probeerde zijn leven te controleren. Hij had haar vervelend genoemd, maar iemand moest zijn leven in goede banen leiden.

Na veertig minuten en nog tien e-mails kwam ze overeind en rekte zich uit. In dit tempo zou het haar een eeuwigheid kosten om de berichtjes te schrijven, en ze verdacht Mark ervan dat hij haar daarom deze taak had gegeven. Ze liet haar handen langs haar zij vallen en liep door het huis naar de recreatieruimte. Het licht dat door de glas-in-loodramen viel vormde melkachtige vlekken op de tegels en het hout en gaf haar het gevoel dat ze in een villa in Toscane was. Ze vroeg zich af of zijn ex-vrouw het huis had gekozen, omdat het, hoewel ze weinig van Mark wist, niet met zijn smaak overeen leek te komen. Hij leek meer iemand voor moderne architectuur.

Het kleed in de enorme ruimte dempte haar voetstappen toen ze naar binnen liep. Op de televisie werd het twaalfuurnieuws uitgezonden met de weersvoorspelling voor de komende week. Het geluid stond zo zacht dat ze het nauwelijks kon horen. De gordijnen waren open en de zon scheen door de grote openslaande deuren naar binnen en verbleekte het kleed tot lichtbeige. Het licht kwam net niet tot de chaise longue waarop Mark lag te slapen. Zijn rechterhand rustte op zijn buik, de blauwe spalk vormde een contrast met het wit van zijn T-shirt. Zijn linkerhand lag op het leer naast hem, met zijn handpalm naar boven en zijn vingers rond de afstandsbediening geklemd. De voortdurende frons was verdwenen, zijn voorhoofd was glad. Hij leek jonger, zachter, wat een vreemd contrast was met de scherpe lijnen van zijn gezicht en de donkere stoppelbaard.

Als ik je vertel dat ik de afgelopen zes maanden geen seks heb gehad, ga je dan hoeren voor me zoeken? had hij gevraagd, en ze moest op haar lip bijten om niet te lachen, waardoor ze hem misschien wakker zou maken. Ze had ooit gewerkt voor een acteur die haar inderdaad had gevraagd om een prostituee voor hem te regelen. Hij had een escortservice gebeld en wilde dat Chelsea het meisje ophaalde en afzette. Ze moest twee uur later terugkomen om het meisje weer naar huis te brengen. Ze had geweigerd, en de acteur had in plaats daarvan een taxi besteld.

In tegenstelling tot de acteur had Mark Bressler duidelijk geen moeite om vrouwen te krijgen. Hij zag er bijzonder goed uit en had een rauwe seksuele uitstraling, die hem omringde als een giftige wolk. Behalve als hij een fetisj had, kon ze zich niet voorstellen dat hij prostituees zou bellen.

Ze liep naar de zware gordijnen en schoof ze dicht. Het was maar goed dat ze niet zo gemakkelijk meer te kwetsen was. Als hij een paar jaar geleden die opmerking over haar grote borsten had gemaakt, was ze in tranen uitgebarsten en zijn huis uit gerend. Ze verdacht hem ervan dat hij haar om die reden had beledigd.

Al weer.

Ze draaide zich om en zag dat hij met zijn gewonde hand over zijn maag en borstkas wreef. Het geschraap van zijn spalk was nauwelijks hoorbaar boven de zachte stemmen van de televisie. Hij deed zijn ogen niet open en ze vroeg zich af of ze hem wakker moest maken voor de lunch. In plaats daarvan liep ze op haar tenen de kamer uit. Ze kon hem maar beter met rust laten.

De twee dagen daarna ging ze verder met het beantwoorden van de berichten en schreef ze voornamelijk algemene antwoorden of wiste ze berichtjes. Woensdag onderbrak ze haar werk om Mark naar een afspraak met zijn dokter te rijden, en donderdag reed ze hem naar de Verizon-winkel. Beide keren had hij zo veel commentaar dat ze dreigde om hem in haar Honda rond te rijden als hij zijn mond niet hield.

Dat deed hij. Een paar minuten.

'Jezus christus!' vloekte hij terwijl ze die donderdagmiddag van de Verizon-winkel naar huis reden. 'Die auto raakte de linkerkant bijna.'

'Ik zie dat altijd aankomen,' zei ze.

'Blijkbaar niet, anders zou je eigen auto niet zo vol deuken zitten.'

Haar Honda zat niet vol deuken. Het waren een paar kleine parkeerfoutjes. 'Ik heb er genoeg van. Van nu af aan nemen we mijn auto. Je noemt mij vervelend en een zeur, maar jij bent de allerergste meerijder in de hele staat Washington en de helft van Oregon.'

'Je kent niet elke meerijder in Washington en de helft van Oregon.'

Ze negeerde zijn commentaar. 'Je scheldt als ik te snel optrek. Je scheldt als het niet snel genoeg is. Je scheldt als ik door oranje rij en je scheldt als ik stop,' zei ze. 'Voor iemand die zo veel in zijn leven heeft, zanik je erg veel.'

'Je weet helemaal niets over mijn leven.'

'Ik weet dat je je verveelt. Je hebt een hobby nodig. Iets te doen.'

'Ik heb geen hobby nodig.'

'Het zou goed zijn als je je zou inzetten voor het jeugdijshockeykamp. Ik weet van je fanmail dat je een positieve invloed had op de levens van die kinderen.'

Hij keek uit het passagiersraam en was een paar momenten stil voordat hij zei: 'Voor het geval je het nog niet in de gaten hebt, ik kan niet meer schaatsen.'

'Toen ik met mijn zus en Jules bij de Stanley Cup-finale was, zag ik dat de Chinook-coaches achter de reservebank staan, heel chagrijnig doen en veel schreeuwen. Dat kun jij ook. Je bent goed in chagrijnig doen en schreeuwen.'

'Ik heb nog nooit tegen jou geschreeuwd.'

'Je schreeuwde net "Jezus christus" tegen me.'

'Ik praatte iets harder als reactie op jouw poging om me te

vermoorden. Ik heb een auto-ongeluk overleefd. Ik wil niet naar de andere wereld geholpen worden door een dwerg die nauwelijks over het dashboard kan kijken.'

Misschien verklaarde dat waarom hij zich zo afschuwelijk gedroeg als ze hem rondreed. Hij was doodsbang voor een auto-ongeluk. Natuurlijk verklaarde dat zijn verschrikkelijke gedrag thuis niet. 'Ik kan alles zien en ik ben een meter vijfenvijftig.' Ze stopte voor een rood verkeerslicht en keek naar hem. 'Om als dwerg te worden beschouwd en mee te kunnen doen aan de jaarlijkse Nationale Conventie voor Dwergen moet ik een meter zevenenveertig of kleiner zijn.'

Hij keek haar van opzij aan en trok zijn wenkbrauwen op tot boven de rand van zijn zonnebril.

'Wat?'

Hij schudde zijn hoofd. 'Weet je aan welke lengte-eisen een dwerg moet voldoen?'

Ze haalde haar schouders op en keek naar het verkeerslicht. 'Als je opgroeit met kinderen die je een dwerg noemen, dan zoek je dat soort dingen op.'

Hij grinnikte, maar ze vond het niet grappig. De enige keren dat hij lachte, was als het om haar was. Het licht sprong op groen en ze zette haar voet op het gaspedaal. Het was hem weer eens gelukt om van onderwerp te veranderen. 'Een van de berichtjes die ik gisteren heb beantwoord, was van Mary White. Je hebt haar zoon Derek gecoacht.'

Hij draaide zich om en keek weer uit het passagiersraam. 'Ik herinner me geen Derek,' zei hij even later.

Ze wist niet of het de waarheid was of dat hij gewoon probeerde haar de mond te snoeren. 'Dat is jammer. Zijn moeder gaf de indruk dat je een fantastische coach bent.'

'Je moet mijn mobiel vandaag programmeren,' zei hij, waarmee het onderwerp gesloten was. 'Ik geef je een lijst met namen en dan kun jij de nummers erbij zoeken.'

Ze liet het onderwerp vallen. Voor dit moment. 'Een mobiel

programmeren is heel gemakkelijk.' Omdat zijn mobiel verdwenen was en hij zijn nummers niet op de beveiligde site van
Verizon had gezet, was hij alles kwijt. Ja, het was gemakkelijk, maar het zou tijd kosten om alle nummers op te zoeken
en in zijn telefoon te zetten. Tijd die ze liever gebruikte om
de berichtjes op zijn site te lezen. 'Dat kun je zelf toch ook
doen.'

'Ik krijg niet betaald om het te doen,' zei hij terwijl ze de garage in reden. 'Jij wel.'

Toen ze het huis in liepen, was de schoonmaakdienst bezig
met stofzuigen en ramen lappen. Mark maakte een lijst met
namen en gaf haar daarna zijn mobiel. 'Daarmee kun je beginnen,' zei hij, waarna hij in de lift verdween.

Chelsea sloot de mobiel eerst op de lader aan en ging daarna
achter Marks computer zitten om aan het werk te gaan. Terwijl
ze een berichtje beantwoordde, verscheen er een e-mail in zijn
persoonlijke inbox. Ze opende zijn e-mailprogramma voor het
geval het een makelaar was. De afzender viel haar op en ze
opende hem.

Coach Mark, las ze.

*Mijn moeder heeft me laten lezen wat je hebt geschreven ik
hoop dat je snel beter wordt ik heb mijn stops geoefend
zoals je tegen me zei en ik word erg goed je zou het moeten
zien.*

Derek White

Derek White? Hoe was het dat kind gelukt om Marks e-mailadres te achterhalen? Hij was toch een jaar of acht? Als hij
ouder was geweest, zou ze misschien bang zijn. Nu was ze alleen lichtelijk gealarmeerd.

Derek White, schreef ze.

Goed om van je te horen. Ik weet niet of ik dit jaar bij het jeugdijshockeykamp ben. Ik zou het jammer vinden als het me niet lukt. Ik ben blij te horen dat je oefent en ik zou het fantastisch vinden om te zien hoe goed je bent geworden.

Coach Mark

PS Hoe ben je achter mijn e-mailadres gekomen?

8

Vrijdagmiddag keek Mark uit naar een tijd lang nietsdoen voor de televisie. Het leven leek echter samen te spannen om zijn plannen te dwarsbomen.

'Die dubbele verlenging tegen Colorado in het seizoen was een slachting. Een van de moeilijkste wedstrijden die we ooit hebben gespeeld,' zei Sam Leclaire terwijl hij een flesje Corona naar zijn lippen bracht. Het licht in de kamer viel op zijn blauwe oog.

'Het was niet best. Vooral omdat jij een double minor had,' beaamde Mark. Vier ijshockeyers hingen op zijn banken en stoelen in de recreatieruimte. Twee spelers sloegen buiten golfballen over het gazon naar de korte haag. Achter de haag was de golfbaan van Medina, en Mark hoopte dat ze de ballen niet naar de green sloegen. Dat zou een berisping betekenen van Kenneth de Nazi, de hoofdopzichter van de baan. Kenneth was een van de redenen waarom hij weg wilde uit Medina.

'Hensick ging onderuit. Dat mietje rolde over het ijs als een meisje. Hij heeft zichzelf goed voor schut gezet.'

Dat was misschien waar, maar dat betekende niet dat Sam Hensick niet had laten struikelen. Ze hadden hem op de koop toe gestompt, waardoor Colorado de meerderheid had gekregen.

Zijn teamgenoten hadden een halfuur geleden onaangekondigd voor de deur gestaan. Hij was er vrij zeker van dat ze van tevoren niet hadden gebeld omdat ze wisten dat hij dan zou zeggen dat hij geen tijd had. Hij haatte het om het toe te geven, maar hij was blij dat ze dat hadden gedaan. Hij was hun aanvoerder geweest, maar ze waren meer dan alleen teamgenoten. Ze waren vrienden. Bijna broers, en hij miste ze verschrikkelijk. Tot dit moment had hij niet geweten hoeveel.

Vandaag waren ze allemaal nogal gehavend. Als soldaten die net een slag hadden overleefd. De twee verdedigers op het gazon leken er het ergst aan toe te zijn. Linkerverdediger Vlad Fetisov had een paar hechtingen in zijn wenkbrauw, terwijl de bullebak van het team, Andre Courtoure, tape op een snee in zijn kin had. Plaatsvervangend aanvoerder Walker Brooks had een bandage rond zijn linkerknie. En natuurlijk had Sam een blauw oog, maar Sam had altijd een blauw oog. Hij was een goeie kerel, die altijd lachte en grapjes maakte, maar hij had ook een duistere kant. Iets wat hij op het ijs graag uitleefde. Waardoor Sam niet alleen een verdomd goede ijshockeyer was, maar ook een risicofactor.

'Er wordt gezegd dat Eddie weggaat,' vertelde aanvaller Daniel Holstrom van zijn plek op de chaise longue. Daniel had zijn playoffsbaard nog niet afgeschoren: het blonde haar op zijn wangen en kin zag eruit alsof de motten ervan gegeten hadden.

Scherpschutter Frankie Kawczynski nam een slok Corona. 'Die speelt toch al in de Zweedse competitie?'

'Niet Eddie the Eagle, assistent-coach Eddie,' legde Daniel uit.

'Wat?' Walker keek ongelovig naar Daniel. 'Eddie Thornton?' 'Thorny?'

'Dat heb ik gehoord. Hij gaat als assistent-coach voor Dallas werken.'

'Waar heb je dat gehoord?' wilde Mark weten.

'Overal. Ik weet zeker dat het waar is. Thorny heeft nooit goed overweg gekund met Larry,' voegde hij eraan toe. Hij doelde op de hoofdcoach van de Chinooks, Larry Nystrom.

'Nystrom kan bikkelhard zijn,' zei Frankie. Hij zat links van Mark op een stoel, een jongen uit Wisconsin met een lengte en een postuur waarmee hij veel tegenstanders verraste. Frankie was net zo soepel als een ballerina, met een hard vliegend schot dat was geklokt op 185 kilometer per uur, 4,82 kilometer onder de recordhouder, Bobby Hull. Mark had samen met de vroegere eigenaar van het team, Virgil Duffy, een aantal jaar geleden besloten om Frankie te contracteren.

Mark haalde zijn schouders op. 'Larry is altijd bikkelhard geweest.'

'Dat is waar,' beaamde Frankie. 'Maar weet je nog dat hij helemaal apoplectisch werd en een paars hoofd kreeg toen Tampa Bay de Chinooks een paar jaar geleden een pak slaag had gegeven? Ik dacht dat er een ader in zijn hoofd zou knappen en dat het bloed uit zijn ogen zou stromen.'

'Apoplectisch?' Mark lachte. 'Heb je weer met je neus in de boeken gezeten?'

'In tegenstelling tot de meesten van jullie heb ik een paar jaar universiteit gedaan voordat ik een contract aangeboden kreeg.'

Hoewel Mark zich verschrikkelijk kon ergeren aan zijn teamgenoten, miste hij het voortdurende gepest. Hij wees naar zijn kin en vroeg aan Daniel: 'Waarom heb je dat dons niet afgeschoren?' Daniel alias de Stromster en hij hadden de afgelopen zes seizoenen op dezelfde lijn gevochten. De Zweed was bij de Chinooks gekomen in het jaar dat Mark aanvoerder was geworden.

'Ik vind het mooi.'

'Je had die van Blake moeten zien.' Sam grinnikte en nam een slok uit zijn flesje. 'Hij zag eruit alsof iemand hem een Brazilian wax op zijn gezicht had gegeven. Net als mijn ex-vriendin altijd had.'

Mark keek naar de deur. De jongens wisten niet dat er een vrouw in huis was, en Mark wist niet waar zijn assistente precies was. Toen hij de deur had opengedaan, was ze niet in zijn kantoor geweest.

'Het was erg,' zei Walker, 'maar ik vond Johans baard...' Hij zweeg en zijn aandacht ging naar Marks broekzak, waar

American Woman klonk. Mark stopte zijn hand in zijn zak en haalde zijn nieuwe mobiel tevoorschijn terwijl The Guess Who de Amerikaanse vrouw waarschuwde om uit de buurt te blijven. Er verscheen een foto van Chelsea op het scherm. Hij nam op. 'Ja?' zei hij.

'Hoi, met mij.'

'Dat begreep ik al. Leg eens uit over "American Woman".'

'"American Woman" is een nummer dat is geschreven en uitgevoerd door The Guess Who, en later door Lenny Kravitz.'

'Dat weet ik, maar waarom hoor ik het op mijn mobiel.'

'Het is mijn ringtone, zodat je weet dat ik het ben. Ik vond het wel een gepast nummer met het oog op onze relatie.'

'Waar ben je en waarom bel je me?'

'In de keuken. Ik neem een pauze van het beantwoorden van fanmail en ik wilde weten of jij en je gasten iets willen drinken.'

Daar was het weer. Hulpbehoevendheid. 'Ik weet zeker dat de jongens nog wel een biertje willen.'

'Dat dacht ik al. Met hoeveel zijn jullie?'

'Zeven, met inbegrip van Vlad, maar hij drinkt vandaag niet.' Mark kende de Rus al zo lang dat hij wist dat het betekende dat hij een kater had. Hij klapte zijn mobiel dicht en stopte hem terug in zijn zak. Meestal als de jongens naar zijn huis kwamen om te drinken of te pokeren of allebei te doen was er niemand bij. Hij wist niet hoe ze zouden reageren op een vrouw in hun gezelschap. 'Dat was mijn assistente,' zei hij. 'Ze komt meer bier brengen.'

Sam dronk zijn Corona leeg en zette het flesje op tafel. 'Heb je een assistente?'

'Ze is ongelofelijk lastig.' Mark stak een vinger onder de spalk en krabde aan zijn hand. 'De Chinooks bleven verpleegkundigen sturen om mijn pols te controleren en te zorgen dat ik op tijd poepte. Ik vond het verschrikkelijk dat ze me de hele tijd in de gaten hielden, dus ik denk dat de club dacht dat ze beter een assistente konden sturen.'

'Hoe is ze?'

'Verschrikkelijk irritant.' Mark leunde achterover op de zachte leren bank. 'Je zult het wel merken.'

Een paar minuten later liep Chelsea de kamer binnen met een emmer gevuld met ijs en flesjes Corona. 'Hallo, heren. Jullie hoeven niet op te staan,' zei ze, hoewel niemand aanstalten maakte om dat te doen. Ze droeg hoge schoenen en een kort leren rokje met een zebraprint. Haar wijde zwarte blouse had een grote strik op het voorpand, en haar neonroze mobiel hing aan een glinsterende rode riem rond haar middel. In de korte tijd dat ze voor Mark werkte, was het hem opgevallen dat ze heel losse bovenkleding droeg en heel strakke rokjes. Hij vroeg zich af of ze dacht dat wijde kleding haar grote borsten minder deed opvallen. Dat was niet zo. 'Ik ben Chelsea Ross, de persoonlijk assistente van Mark.' Ze boog zich naar voren om de emmer op de salontafel te zetten, en Mark zag dat Frankie naar haar in zwart-wit gestreept leer verpakte billen keek. 'Wil er iemand?'

De vier mannen staken hun hand op alsof ze op school zaten.

'Je komt me bekend voor,' zei Walker, die zijn hoofd schuin hield om haar te bestuderen.

Dat vond Mark ook.

Ze pakte een flesje bier uit de emmer en draaide de dop eraf. 'Kijk je naar *The Young and the Restless*?'

'Nee.'

'Heb je *Slasher Camp* gezien?'

'Nee.'

Ze gaf Walker het flesje. '*Killer Valentine*? *Prom Night 2*? *He Knows It's You*?' Ze draaide zich terug naar de emmer. '*Motel on Lake Hell*?'

'Vergeet de cheerleadercommercial niet,' hielp Mark haar herinneren.

Ze grinnikte en pakte nog een flesje bier uit het ijs. 'Ik ben blij dat je geluisterd hebt.'

De waterdruppels liepen langs haar vingertoppen en het flesje in de emmer. Ja, hij had geluisterd. Hij had maar al te goed geluisterd, hoewel hij niet wist waarom. 'Chelsea heeft vele talenten; ze is ook scream queen,' zei hij tegen de jongens.

Daniel keek naar haar op terwijl ze naar hem toe liep. 'Wat ben je?'

'Ik ben actrice.' Ze gaf de Zweed het flesje. 'Ik ben pasgeleden vanuit LA hiernaartoe gekomen.'

'En speelde je hoofdrollen in horrorfilms?' vroeg Walker.

'Ik wilde dat het waar was.' Ze schudde haar hoofd en liep terug naar de salontafel. 'Ik heb een paar kleine rolletjes in horrorfilms gehad. Mijn grootste rol was in *Slasher Camp*. Binnen een halfuur was ik met een bijl vermoord.' Ze zocht tussen het ijs en haalde er nog een flesje uit. 'De hoeveelheid bloed was belachelijk. De scène werd 's nachts in het bos opgenomen en ik droeg bijna niets. Ze hebben het namaakbloed niet eens opgewarmd voordat ze het over me heen goten. Al dat smerige spul liep over mijn lichaam en maakte mijn witte ondergoed nat. Ik ben bijna doodgevroren.'

Verbijsterde stilte vulde de kamer terwijl Mark, net als de andere jongens binnen gehoorsafstand, haar naakte borsten voor zich zag, met tepels die hard waren van de kou en bedekt waren met namaakbloed. Jezus, hij kreeg dat zware gevoel in zijn buik weer.

Sam was uiteindelijk degene die de stilte verbrak. 'Wat was de naam van die film ook alweer?'

'*Slasher Camp*. Ik speelde Angel, de sletterige hartsvriendin van de hoofdrolspeelster.' Ze draaide de dop van het flesje en liet die in de emmer vallen. 'In veel horrorfilms is het sletterige meisje een metafoor voor een immorele maatschappij, zodat ze vermoord moet worden. Je kunt het sletterige meisje vervangen door de wietrokende jongen, maar de boodschap is altijd dezelfde. Immorele keuzes moeten bestraft worden, terwijl de maagdelijke, onberispelijke hoofdrolspeelster de slechterik vermoordt en mag blijven leven.' Ze haalde diep adem en ging verder. 'Ik heb altijd de grens getrokken bij martelporno zoals *Turistas* of de *Hostel*-films. Er is een enorm verschil tussen metaforische stereotypes in de maatschappij en seksuele objectivering.'

Wat? dacht Mark. Wat bedoelde ze daar in vredesnaam mee?

'Ik kijk niet naar dat soort films. Ik vind ze eng,' zei Frankie, waarna hij met zijn vingers knipte. 'Ik heb het. Je lijkt op die kleine vrouw van de afdeling public relations.' Hij stak zijn handen omhoog en wilde net twee meloenen voor zijn borstkas projecteren, maar bedacht zich snel en liet ze weer vallen. 'Hoe heet ze ook alweer?'

'Bo.' Ze liep met het flesje naar Frankie. 'Bo Ross. Ze is mijn tweelingzus.'

'Jezus. Mini Pit.' Natuurlijk. Het was zo duidelijk dat Mark zich afvroeg waarom hij het zelf niet had gezien.

'Mini Pit,' legde Sam uit. 'Dat is een afkorting voor Mini Pitbull.'

'Noemen jullie mijn zus Mini Pit?'

Sam schudde zijn hoofd. 'Niet waar ze bij is. We zijn veel te bang voor haar.'

Ze grinnikte, en Mark was nog steeds verbaasd dat hij daar zelf niet op was gekomen. 'Klein. Bazig. Verschrikkelijk irritant. Ik had het de eerste dag moeten weten.' Het idee van twee even irritante, kleine, verschrikkelijk bazige vrouwen maakte hem doodsbang. Het gevoel in zijn buik verdween. Wat goed was. Heel goed zelfs.

Ze keek over haar schouder naar Mark terwijl ze het flesje bier aan Frankie gaf. 'Waarschijnlijk ben je misleid door het haar.'

'Je haar is erg, maar ik denk dat het eerder...' Mark pauzeerde en wees naar haar rokje. 'Het zijn volgens mij de zintuigverdovende kleren die je draagt.'

Ze liep naar de emmer en pakte nog een biertje. 'Als je zintuigen verdoofd zijn komt dat waarschijnlijk eerder door de Vicodin.'

Sam lachte. Hij vond het heerlijk als er gepest werd, en het maakte hem niet uit wie dat deed. 'Hij wordt oud. Zijn geheugen is niet zo geweldig meer.'

'Zijn geheugen is selectief.' Ze hield Sam het flesje voor.

'Dank je, Kleine Baas.'

Sam pakte het van haar aan. 'Wat doe je vanavond?'

'Ben je mijn assistente aan het versieren?' vroeg Mark voordat ze antwoord kon geven. Hij vond het geen prettig idee dat een van de jongens Chelsea probeerde te versieren. Niet omdat hij interesse in haar had, maar omdat hij zijn best deed haar te ontmoedigen om te blijven. Als de jongens haar leuk vonden zou ze nooit vertrekken.

'Ik heb nog nooit een scream queen meegemaakt.' Sam grinnikte en nam een slok bier. Mark wist dat Chelsea zijn type niet was. Sam hield van vrouwen met lange benen en volle lippen. Zoals Angelina Jolie. Zijn voorkeur was zo bekend dat iedereen hem ermee pestte dat hij uit moest gaan met Octomom.

'Ik ga met mijn zus naar de kerk,' zei ze terwijl haar blauwe ogen vrolijk fonkelden. 'Je mag met ons mee.'

'Laat maar zitten.'

Vlad en Andre, die door de openslaande deuren naar binnen liepen, wisten niet dat Chelsea in de kamer was. 'Als je naar een stripteaseclub gaat,' zei de grote Rus tegen de eerstejaars, 'is de Lusty Lady een goede. De beste.'

'De Lusty Lady is een tweederangstent,' zei Andre. 'Geef mij de clubs in Canada maar. In Cheetahs in Kelowna dansen de meisjes helemaal naakt en ze zijn ongelofelijk lekker. Als je gaat, zorg er dan voor dat je een lapdance van Cinnamon krijgt. Ik denk niet dat het haar eigen naam is, maar ze heeft betere...'

'Jullie hebben mijn assistente nog niet ontmoet,' viel Mark hen in de rede voordat ze een discussie begonnen over welke tent de beste lapdance gaf. Hoewel iedereen wist dat dat Cheetahs niet was. Dat was natuurlijk Scores in Las Vegas.

'Hallo jongens.' Ze keek op en glimlachte. 'Jij moet Vlad zijn.'

Vlad was niet aantrekkelijk. Er werd verteld dat de vrouwen voor hem wegrenden, vooral als hij zijn broek liet zakken en hen 'de spies' liet zien. Hoewel hij dat niet zo vaak meer deed.

Zonder zijn hoofd te bewegen keek Vlad naar Mark voordat hij terugkeek naar Chelsea. 'Ja.'

'Mark vertelde dat je vandaag niet drinkt.' Ze pakte een flesje Evian, liep naar hem toe en keek hem aan. 'Ik heb water voor je meegenomen.'

'Dank je.'

'Geen dank.' Ze draaide zich naar Andre. 'Wil jij een biertje?'

Andre was niet zo lang als Vlad of de rest van de spelers, maar hij was massief en had een laag zwaartepunt, wat heel handig was als hij een tegenstander van de puck moest halen of iets moest uitvechten. 'Eh... ja.'

Mark wist niet of de bullebak verbaasd of verlegen was. Waarschijnlijk allebei. Het afgelopen jaar was er nooit een vrouw in huis geweest als zijn teamgenoten bij elkaar waren gekomen. Ze waren er niet aan gewend om zich te gedragen als ze bier dronken in Marks huis.

'Ik heb de wedstrijd gezien,' zei Chelsea terwijl ze naar de emmer liep. 'Ik was nog nooit naar een ijshockeywedstrijd geweest, en ik weet er helemaal niets van, maar jullie hebben het geweldig gedaan.'

'Dat kun je wel zeggen,' zei Mark droog. 'Ze hebben de cup gewonnen.'

Ze boog een stukje voorover, waardoor haar rok langs haar soepele benen omhoogschoof. Ze had het soort benen dat hij graag zag bij een vrouw. Als ze naakt voor hem zou staan, zouden haar knieën elkaar raken terwijl er net voldoende ruimte was om zijn hand tussen haar dijbenen te laten glijden.

Ze ging rechtop staan en liep met een biertje naar Andre. 'Waarom heb je je tegenspeler op zijn hoofd geslagen?'

'Wanneer?'

'In de tweede periode.'

Andre fronste zijn voorhoofd. 'Hij had de puck,' antwoordde hij alsof het vanzelfsprekend was. Ze gaf hem het biertje en hij bedankte.

Little Miss Sunshine glimlachte naar hem. 'Geen dank. Doet je kin pijn?'

Hij schudde zijn hoofd en glimlachte terug. 'Het was gewoon een liefhebbend tikje.'

Ze keek naar Vlad terwijl ze naar haar wenkbrauw wees. 'Was dat ook een liefhebbend tikje?'

'Nee. Dat doet verdomd veel pijn.'

Ze lachte, en het viel Mark op dat ze niet alleen niet wegrende, maar dat ze absoluut niet geïntimideerd was door de zeven imposante ijshockeyers in de kamer. Ze pakte een flesje water en liep naar Mark toe. 'Roep me maar als je iets nodig hebt,' zei ze terwijl ze hem een flesje Evian gaf. Hij pakte het aan, maar ze liet het niet los. Haar vingers raakten hem en hij trok zijn hand bijna weg. 'Mijn nummer staat in je mobiel. Je hoeft me dus niet te zoeken.'

'Wat is mijn ringtone?'

Ze glimlachte en liet het flesje water los. 'Heeft iemand nog iets nodig?' vroeg ze in plaats van antwoord te geven op zijn vraag.

'Wat nacho's zou lekker zijn,' antwoordde Andre.

Ze draaide zich naar hem om. 'Ik maak geen eten.'

'Maar je bent een vrouw.'

Mark haalde zijn mobiel uit zijn zak.

'Dat betekent nog niet dat ik ben geboren met een brandend verlangen om vlees te bakken en kaas te gratineren.'

Hij drukte op 'terugbellen' en Chelseas BlackBerry lichtte op, een fractie van een seconde voordat *Messing with a son of a bitch* in de buurt van haar taille klonk. Ze pakte haar mobiel, drukte op een paar knopjes en draaide zich naar hem om. Hij trok zijn wenkbrauw op en ze legde het uit. 'Ik wilde het op The Guess Who houden, als een soort ringtonethema.'

Sam lachte.

'Veel plezier, allemaal,' zei ze, waarna ze de kamer uit liep.

De mannen keken haar zwijgend na. Natuurlijk was Sam degene die de stilte verbrak.

'Ze is knap.'

Mark zag de witte strepen van haar rokje uit zijn beeld verdwijnen. Natuurlijk was ze een aantrekkelijke vrouw, maar zij kenden de echte Chelsea niet.

'Ik hou van kleine vrouwen,' zei Vlad.

'Jij houdt van alle vrouwen.'

Vlad haalde zijn brede Russische schouders op en wees naar de deuropening. 'En ze brengt nog bier ook.'

'Jezus. Ik wil ook een assistente.' Sam zette zijn flesje aan zijn mond en nam een flinke slok. 'Dat is veel beter dan een vrouw. En het geeft minder problemen dan een vriendin.'

Mark schudde zijn hoofd. 'Je hebt alleen haar goede kant gezien. Ze is drammerig en irritant. Ze is een minipitbull, net als haar tweelingzus.'

Bij de gedachte aan Bo Ross krompen ze allemaal in elkaar, behalve Andre. 'Ik heb Mini Pit altijd knap gevonden. Pittig.'

'Ik hou van pittige vrouwen,' zei Vlad.

Het werd even stil in de kamer. De jongens keken allemaal naar elkaar alsof ze ergens op wachtten. Walker leunde naar voren en zette zijn onderarmen op zijn dijbenen. 'Hoor eens, Mark, we willen je iets vragen.' Hij schommelde zijn biertje met een hand heen en weer en begon over de echte reden waarom ze allemaal waren gekomen. 'Waar was je die avond?' Hij keek naar Mark. 'We dachten dat je erbij zou zijn.'

Hij hoefde het niet uit te leggen. Mark wist welke avond hij bedoelde.

'We hebben er van tevoren met elkaar over gepraat. Als we zouden winnen, zou Ty Savage de beker onmiddellijk aan jou geven, omdat jij lang voor hem onze aanvoerder was. Hij is na het ongeluk op een fantastische manier voor je ingevallen. Hij was geweldig en alle jongens vinden hem aardig en respecteren hem, maar hij is jou niet. Hij kan jou nooit zijn, en het is netjes van hem dat hij dat ook nooit heeft geprobeerd.' Walker keek om zich heen naar de anderen. Hij was de plaatsvervangend aanvoerder. Degene die de leiding had als de aanvoerder er niet was. 'Het is voor niemand makkelijk geweest om zonder jou te spelen. We maakten ons zorgen om je, probeerden te wennen aan Ty Savage en vochten voor de beker. Je zit al acht jaar bij dit team. Je hebt het opgebouwd en je hebt ons naar de play-offs gebracht. We hebben de cup niet gewonnen omdat we Ty Savage hadden. Hij is een verdomd goede ijshockeyer en we hadden geluk dat we hem hadden, maar we hebben gewonnen omdat we er allemaal hard voor hebben geknokt. Omdat jij er hard voor hebt geknokt, en je had bij de wedstrijd moeten zijn. Waarom was je er niet?'

Ze hadden een antwoord nodig, en hij nam aan dat hij kon liegen en dat ze dan allemaal tevreden naar huis zouden gaan. Maar dat verdienden ze niet, en bovendien had hij hun altijd de waarheid verteld. 'Ik heb heel gemengde gevoelens over die avond,' zei hij terwijl hij de dop van zijn flesje Evian draaide. 'Ik kan tegen jullie liegen, maar dat doe ik niet. Ik ben blij dat jullie hebben gewonnen. Ik ben dolblij voor jullie allemaal. Jullie verdienen het, en dat meen ik uit het diepst van mijn hart.' Hij legde zijn rechterhand op zijn borstkas. 'Maar tegelijkertijd ben ik razend dat ik de beker niet samen met jullie kon winnen. Ik ben razend dat Ty Savage speelde en ik niet. Ik had er die avond bij kunnen zijn en net kunnen doen alsof het me niet kon schelen en dat alles helemaal geweldig was, maar jullie zouden er allemaal doorheen geprikt hebben.'

Hij nam een slok water en draaide de dop weer op het flesje.

'Ik heb mijn hele leven van de Stanley Cup gedroomd. Het is het enige wat ik ooit echt heb gewild, maar een bizar ongeluk heeft dat van me afgepakt.' Hij legde zijn hand naast zich op de bank. 'Iedereen zegt tegen me dat ik dankbaar moet zijn dat ik nog leef, maar dat ben ik niet. Zo voel ik me niet. Ik ben alleen razend.' Hij had een brandende bal van razernij binnen in zich en hij wist niet hoe hij die weg moest krijgen. 'Het spijt me. Ik ben een egoïstische klootzak. Het spijt me als ik jullie teleurgesteld heb. Jullie hebben gelijk. Ik had er samen met jullie moeten zijn, maar ik kon het gewoon niet.'

'Bedankt dat je zo eerlijk bent.' Walker ging achteroverzitten. 'Ik kan alleen niet zeggen dat ik het begrijp. Jij verdiende het meer dan ieder ander om de eerste te zijn die de beker vasthield. Dat je niet in de play-offs hebt gespeeld, verandert daar niets aan.'

Sam was het met hem eens. 'Dat klopt.'

Mark keek naar Sam. 'Misschien was ik er niet, maar dat betekent niet dat ik de wedstrijd niet heb gezien. Ik heb hier gekeken.' Hij wees naar de bank. 'Die strafschop die je veroorzaakte in de tweede periode was stom en die had jullie de wedstrijd kunnen kosten. Dan zouden jullie je ogen uit je kop huilen in plaats van feesten en bier uit de beker op vrouwen in bikini gieten.'

'Ty Savage moest ook naar de bank.'

'Ty Savage werd van achteren geraakt. Jij niet. Wanneer dringt het eens tot je door dat je geen bullebak bent? Dat is de taak van Andre.'

Sam grinnikte.

Daniel lachte.

Vlad wipte op zijn voeten heen en weer en glimlachte.

'Wat?' vroeg Mark. 'Wat is er zo grappig?'

'Je klinkt alsof je weer de oude bent,' antwoordde Walker.

Hij zou nooit meer de oude zijn. En de pijn in zijn heup en zijn dijbeen was daar een constante herinnering aan.

'Je moet met iemand gaan praten over een baan als coach,' opperde Daniel. 'Tijdens de persconferentie zei Darby dat er altijd een plek voor je is bij de Chinooks.'

'Ik denk niet dat hij het meent.' De brandende razernij tolde rond bij de gedachte dat hij naar de Key Arena zou rijden.

'Dat geloof ik niet,' zei Walker. 'Je moet erover nadenken.'

Ze waren vandaag gekomen omdat ze antwoord wilden, maar ze waren ook gekomen omdat ze wilden dat het goed met hem ging. Dat las hij in hun ogen. Omdat ze het zo graag wilden geloven, deed hij zijn mond open en loog. 'Ik zal erover nadenken.'

9

'Ik weet wat je nodig hebt.'

Hij keek naar haar fijne gezichtje, dat half in de schaduw lag. 'Wat dan?'

Ze streelde met haar tengere handen over zijn naakte borstkas en ging op haar tenen staan. 'Dit.' Ze kuste de zijkant van zijn hals. De hete, vochtige aantrekkingskracht van haar mond op zijn huid perste de lucht uit zijn longen. 'Je hebt dit nodig.' Haar warme adem gleed over zijn keel en hij huiverde. Zijn hele lichaam leefde, alle cellen en zenuwuiteinden waren gevoelig voor haar satijnen aanraking.

'Ja.' Hij woelde met zijn vingers door haar blond met rozerode haar. Hij trok haar hoofd naar achteren en staarde in haar met begeerte gevulde blauwe ogen terwijl zijn mond langzaam naar haar zoete, vochtige lippen daalde. Ze smaakte heerlijk, naar het plezier dat hij in zijn leven miste. Naar seks. Naar hete, hongerige seks. Het soort seks dat een man verscheurde. Die hem gehavend en bloederig achterliet, en bereid om voor meer seks te sterven.

Haar tong gleed glad en dwingend in zijn mond. Hij voedde zich met haar lange, hongerige kussen terwijl haar handen over zijn lichaam gleden. Haar vingers kamden door het korte haar op zijn borstkas. Waar ze hem aanraakte, liet ze vurige sporen achter op zijn huid.

Hij liet haar lippen los, hijgde en keek naar haar gezicht: naar haar volle, vochtige lippen en haar ogen, die glansden van verlangen. Ze deed een stap naar achteren en trok haar jurk over haar hoofd. Eronder droeg ze alleen een witte string, verder was ze naakt. Hij deed geen moeite zijn reactie te controleren. Om langzaam te doen. Hij gaf gehoor aan de wilde, primaire plek in zijn borstkas en liezen en duwde haar op de chaise longue. Haar string verdween samen met zijn kleren, en hij ging boven op haar zachte, warme lichaam liggen.

'Ja,' fluisterde ze terwijl hij omhoogkwam en in haar binnendrong. Ze kromde haar rug en glimlachte. 'Dit is wat je nodig hebt.'

Marks ogen vlogen open en hij staarde naar het donkere plafond. De zwarte bladen van de ventilator verplaatsten de lucht en waaiden die over zijn gezicht. Zijn hart bonkte in zijn borstkas en zijn liezen deden pijn. Verlangen, zowel scherp als dof, verstrakte zijn scrotum, en hij gleed met zijn hand onder het dekbed om te controleren of hij dat ook droomde. Hij legde zijn hand op zijn boxer en voelde een indrukwekkende erectie. Hij haalde tussen opeengeklemde tanden door adem, zowel van plezier als van pijn. Zijn erectie verwarmde het katoen van zijn boxer en zijn handpalm en hij legde zijn vingers rond de lange, harde lengte. Hij was zo hard als een stalen golfclub omdat hij een erotische droom over zijn assistente had gehad. Hij wist niet of hij gealarmeerd of geschokt moest zijn, of dat hij naast zijn bed op zijn knieën moest vallen om God te bedanken.

Chelsea deed haar ogen moeizaam open en kromp in elkaar toen het ochtendlicht in haar hoornvliezen stak. De pijn schoot door haar hoofd, en haar mond voelde aan alsof ze sokken had gegeten. Ze staarde naar het gezicht van haar zus op het kussen naast haar, net als toen ze kinderen waren. Was er iets gebeurd? Waar waren ze de vorige avond geweest?

'O mijn god,' kreunde ze. Het beeld van karaoke in Ozzie's

Roadhouse verscheen voor haar pijnlijke ogen, een ondraaglijke herinnering van Bo en zij die zo hard mogelijk meebrulden met *Like a Virgin* en *I'm Too Sexy*. Er was maar één persoon ter wereld met een slechtere stem dan Chelsea. Bo. Bo was erger, en Chelsea was geschokt dat het publiek in Ozzie's ze niet naar buiten had gegooid.

Ze ging zitten en wachtte tot het bonken in haar hoofd minder werd voordat ze haar voeten over de rand van het bed liet glijden. Met haar ogen half dicht liep ze door de gang naar de badkamer. De vinyl vloer voelde koel aan haar voeten en ze draaide de koudwaterkraan open en hield haar mond eronder. Ze dronk gulzig, kwam overeind en keek naar haar spiegelbeeld. Zwarte kringen omcirkelden haar ogen en haar haar stak naar één kant uit. Ze zag er net zo goed uit als ze zich voelde en pakte de paracetamol. Ze slikte twee tabletten en liep terug naar de slaapkamer.

'Goedemorgen, zonnestraaltje.'

Chelsea stopte en keek naar de halfnaakte man die in de keuken stond. 'Wat ben je aan het doen?'

'Ontbijten,' antwoordde Jules terwijl hij melk in een kom ontbijtgranen schonk.

'Waarom ontbijt je hier?'

'Het verbaast me niet dat je dat niet meer weet. Bo belde me gisteravond en we zijn samen gaan stappen. Ik was de enige die in staat was om te rijden.'

Chelsea liep terug naar de slaapkamer, pakte een badjas van de badkamerdeur en liep naar de keuken terug. Er begonnen flarden terug te komen. 'Waarom ben je hier nog steeds?' vroeg ze terwijl ze de ceintuur rond haar middel vastmaakte.

'Omdat ik in Kent woon en het na tweeën was hebben jij en je zus besloten dat ik in Bo's kamer mocht slapen.' Hij trok een la open en pakte een lepel.

Het was heel jammer dat ze een kater had en haar ogen pijn deden, omdat ze Jules ontwikkelde borstkas en zijn sixpack nu niet voldoende kon waarderen. Ze wees naar zijn strakke leren broek. 'Probeer je Tom Jones of Slash te zijn?'

'Daar hebben we gisteravond al over gepraat, toen je me ervan beschuldigde dat ik een metroseksuele meltdown had.'

'Ik weet het nog.' Helaas begon er meer dan alleen flarden van de vorige avond terug te komen. Het zingen. Het drinken. Het flirten met studenten en toeristen.

Jules wees met zijn lepel naar haar. 'Je ziet er belabberd uit.'

'Dat kan kloppen. Ik voel me ook belabberd.'

'Wil je muesli?'

'Misschien.' Ze liep langs hem en pakte een blikje cola uit de koelkast. Niets hielp zo goed tegen een kater als cola. Behalve een Quarter Pounder met kaas en extra vette patat. Dat was een volmaakte katerhemel.

'Hoe voelt Bo zich?'

Chelsea bracht de cola naar haar mond en dronk in één keer het halve blikje leeg. 'Ze slaapt nog,' zei ze. Ze had een vage herinnering van haar zus en Jules die zoenden terwijl Chelsea druk aan het flirten was met een toerist uit Ierland. Ze zou Bo er later naar vragen. Ze pakte een kom ontbijtgranen voor zichzelf en ging bij Jules aan de keukentafel zitten.

'Hoe gaat het werken voor Bressler?' vroeg hij.

'Hetzelfde. Hij vindt het vreselijk dat ik er ben en laat me allerlei rotklusjes doen.' Ze nam een hap. Het kraken in haar hoofd was zo overweldigend dat ze nauwelijks voorbij de pijn kon denken. 'Gisteren zijn er wat ijshockeyers naar zijn huis gekomen om bier te drinken.'

'Dat vertelde je gisteravond, maar je hebt niet verteld wie het waren.'

Chelsea dacht aan al die enorme mannen in één kamer. Ze moest toegeven dat ze een beetje geïntimideerd was geweest. Niet zozeer door hun omvang, want de meeste mensen waren langer dan Bo en zij, maar omdat ze hen ijshockey had zien spelen. Ze had gezien dat ze zo hard tegen de boarding aan knalden dat het hout en het plexiglas ervan schudden. Ze had gezien dat ze net zo hard tegen andere spelers aan ramden. Toen ze de vorige dag de recreatiekamer in ging, was het alsof ze tegen een muur van testosteron op liep, maar Chelsea was actrice. Ze had auditie gedaan in het bijzijn van castingdirectors en producers, en ze had lang geleden geleerd om haar zenuwen in bedwang te houden. Om aan de buitenkant kalm en koel te lijken, waarin ze ook verzeild raakte. 'Er was een grote Russische man, Vlad,' antwoordde ze.

'Heeft hij zijn broek laten zakken?'

'Nee.'

'Mooi. Ik heb gehoord dat hij dat tegenwoordig niet meer zo vaak doet. Wie waren er nog meer?' Jules nam een hap en wachtte op haar antwoord.

'Eens even denken. Een man met een blauw oog.' Binnen een paar seconden nadat ze de spelers had ontmoet, had ze ontdekt dat ze in werkelijkheid niet intimiderend waren. Het leken aardige mannen. Nou ja, behalve Mark. Hoewel, te midden van zijn teamgenoten was Mark ontspannener geweest. En vriendelijker. Voor zijn doen.

'Er zijn nogal wat mannen met blauwe ogen.'

'Ik denk dat hij Sam heet.'

'Sam Leclaire. Hij heeft dit seizoen zesenzestig doelpunten gemaakt. Tien daarvan...'

'Stop.' Chelsea stak haar hand op. 'Bespaar me de details.' Ze had de vorige avond vanaf Bo's huis tot Ozzie's moeten luisteren naar Bo en Jules die over doelpunten, gemiddelden en strafminuten praatten, en eerlijk gezegd had ze hen allebei willen doodschieten.

Jules lachte. 'Je doet me denken aan Faith.'

'Wie?'

'De eigenaar van de Chinooks. Als de anderen beginnen te praten over gemiddelden, kijkt ze scheel en droomt ze weg.'

Chelsea wist het weer. De mooie blondine die midden in de Key een uitgebreide tongzoen had gekregen van de nieuwe aanvoerder, terwijl de fans schreeuwden en hen toejuichten. 'Moet de eigenaar van het team niet alles weten over punten en dat soort dingen?' Chelsea probeerde nog een hap; dit keer kauwde ze langzamer.

'Ze heeft het team pas in april geërfd. Daarvoor was ze net als jij en wist ze niets over ijshockey. Maar ze heeft de belangrijke dingen heel snel opgepikt.' Hij haalde zijn schouders op. 'En nu heeft ze Ty om haar te helpen.'

'De aanvoerder?'

'Ja. Ze zijn op de Bahama's.'

'Wat doen ze daar?'

Jules keek op van zijn kom ontbijtgranen en staarde naar haar.

'O.' Ze legde haar lepel neer, onzeker of ze nog meer in haar maag kon hebben. 'Als ze Ty heeft om haar te helpen, ben jij dan niet bezorgd over je baan?'

Hij schudde zijn hoofd en haalde zijn schouders opnieuw op. 'Niet echt. Ik denk dat Ty als scout gaat werken of dat hij een rol krijgt bij de ontwikkeling van de spelers, zodat ze nog steeds een assistent nodig heeft. Ik ga met haar praten over mijn rol als ze terugkomt.'

'Wanneer is dat?' Zelf zou ze het haten om niet te weten of ze zeker was van haar baan. Nou ja, minder zeker dan met Mark Bressler.

'Hopelijk voor het feest.'

'Wordt er een feest gegeven?'

Jules leunde achterover. 'Volgende maand is er een feest in het Four Seasons om het winnen van de Stanley Cup te vieren. Ik geloof dat het de 24e is. Het is de afgelopen week georganiseerd, en ik weet zeker dat Bressler een uitnodiging heeft gekregen. Of die binnenkort krijgt.'

Natuurlijk had hij dat niet verteld.

'Iedereen mag een introducé meenemen, dus als jij geen uitnodiging krijgt kun je met Bo gaan.'

Op dat moment kreunde Bo lang en hardop terwijl ze door de gang naar hen toe liep.

'Verdomme, Chelsea,' kraste ze. 'Ik heb niet meer zo'n kater gehad sinds de laatste keer dat ik bij je op bezoek ben geweest in LA.' Ze schuifelde naar de tafel en ging zitten. 'Heb je koffie-gezet?'

Chelsea schudde haar hoofd en gaf haar zus het blikje cola.

'Ik wel.' Jules stond op en schonk een beker voor Bo in.

'We worden hier te oud voor,' zei Bo terwijl ze haar hoofd op de tafel liet vallen.

Chelsea was het stiekem met haar eens. Ze waren dertig en op een bepaald punt in je leven was het niet meer aantrekkelijk om bovenmatig te feesten. Dan werd het gewoon zielig, en voordat je het wist was je een van die vrouwen die op een barkruk leefden. Ze probeerde nog een hap en kauwde voorzichtig. Chelsea wilde niet een van die vrouwen worden met een krakende stem en te overdadig gekapt haar. Ze wilde geen slechte tanden en een leer-achtige huid. Ze wilde geen vriend die Cooter heette en die tien tot twintig jaar moest zitten voor een gewapende roofoverval.

Jules zette de koffie voor Bo neer en ging daarna terug naar zijn plek aan de tafel. 'Jullie ruiken net als de oude Rainer-brou-werij voordat die gesloten werd.'

Bo bracht de beker naar haar mond. 'Je mag twee dagen lang niet over bier praten.'

'Goed.' Jules lachte. 'Mini Pit.'

De vorige avond, toen Chelsea Bo had verteld dat de ijshoc-keyers haar Mini Pit noemden, had Jules gelachen tot hij erin stikte. De tweelingzusjes hadden het minder grappig gevonden, maar om Bo een beter gevoel te geven had Chelsea opgebiecht dat de spelers haar Kleine Baas noemden.

'Vandaag niet, Jules.' Bo zette de koffie neer. 'Waar is je shirt?'

Jules grinnikte, stak zijn armen omhoog en spande zijn spie-ren alsof hij meedeed aan een bodybuildingwedstrijd. 'Ik wilde jullie van mijn biceps laten genieten.'

'Alsjeblieft,' kreunde Chelsea. 'We zijn al ziek.'

'Ik heb kotsneigingen,' voegde haar zus eraan toe.

Jules lachte en liet zijn armen zakken. 'Ik zal de biceps wegstoppen tot later.'

'Hemel, ik haat het als je zo vrolijk bent. Waarom heb jij geen kater?' vroeg Bo aan Jules.

'Omdat ik ben gebombardeerd tot jullie chauffeur,' zei hij. 'Weet je dat niet meer?'

'Nauwelijks.'

Chelsea vroeg zich af of haar zus zich nog herinnerde dat ze met Jules had gezoend. Ze vroeg zich ook af of ze daarover beter haar mond kon houden. Voor altijd. Er waren dingen die je je beter niet kon herinneren. Zoals die keer, enkele jaren geleden, dat ze naakt had rondgerend op een feest in het Hollywood Hills. Chelsea bewoog niet bepaald als een gazelle en het was geen aantrekkelijk plaatje geweest. Helaas herinnerde ze zich dat pas de volgende ochtend. Jeez, nu ze erover nadacht was ze misschien impulsief. Vooral als ze had gedronken.

'Herinner je je dat jullie *Kiss* hebben gezongen?'

'Het nummer van Prince?' vroeg Chelsea. Ze herinnerde zich niet dat ze Prince had gezongen. Madonna en Celine Dion waren erg genoeg.

'Ja. En jullie gingen helemaal los bij *I Will Survive*.'

Blijkbaar was het een hele lijst geweest. Waarom had niemand hen tegengehouden? Ze waren ongetwijfeld afgrijselijk geweest. Chelsea keek naar haar zus. 'Herinner jij je *I Will Survive*?'

'Nee. Ik haat dat nummer. Waarom zou ik het dan zingen?'

'Jullie gingen echt helemaal los.' Daarmee maakte Jules hun ellende nog groter. 'Jullie brulden dat nummer uit alsof het jullie lijflied was.'

'Het is waarschijnlijk maar goed dat bepaalde delen van gisteravond een zwart gat zijn,' fluisterde Bo.

'Ja,' was Chelsea het met haar eens.

'Vertel me niet dat jullie alles zijn vergeten.' Jules pakte zijn lepel en at verder. 'Jullie moeten je ons trio herinneren. Seks met twee hete tweelingzusjes is altijd een fantasie van me geweest.' Hij keek op en glimlachte. 'Ik denk dat ik daar veilig aan kan toevoegen dat ik die fantasie deel met de meeste mannen op de wereld. Ik heb jullie een paar van mijn beste bewegingen laten zien, en ik zou verpletterd zijn als jullie je die niet herinneren.'

Bo ondersteunde haar hoofd met haar hand. 'Zorg ervoor dat ik je niet hoef te vermoorden, Jules,' zei ze met een gekwelde zucht. 'Vandaag niet. Ik ben niet in de stemming om de rotzooi op te ruimen.'

Nadat Jules was vertrokken, gingen Chelsea en Bo op de bank zitten voor wat welverdiende H&R: herstellende realitytelevisie. Een kleine koelemmer gevuld met cola stond op de salontafel, en ze trokken hun voeten op en verdiepten zich in het vergif voor de hersenen dat *New York Goes To Work* heette.

Chelsea wees naar de realityster die haar eerste optreden had gehad in *Flavor of Love*. 'Ze had altijd zo'n mooi lichaam, maar dat heeft ze geruïneerd met die enorme stripperimplantaten.'

Bo knikte. 'Sister Patterson had haar op haar hoofd moeten slaan. Waarom wil iemand zichzelf zoiets aandoen?'

Het was een retorische vraag.

'Aan de andere kant kan ik me een borstverkleining heel goed voorstellen.' Chelsea vroeg zich af of haar zus inmiddels van mening was veranderd. 'Grote borsten zitten altijd in de weg.'

'Ja, maar heb je gezien hoe ze een verkleining uitvoeren?' vroeg Bo terwijl New York varkensmest schepte. 'Het is een vorm van verminking.'

Chelsea had op dat antwoord gerekend. 'Zo erg is het niet meer. Het is niet zoals vroeger. En het litteken is helemaal niet groot.'

'Vertel me niet dat je daar opnieuw over nadenkt. Ze snijden enorme stukken van je vlees weg. Alsof je een pompoen bent.'

Bo klonk net als hun moeder. Het was niet mogelijk om er

met haar over te praten, dus probeerde Chelsea het niet eens meer.

'Weet je nog dat we een auditietape voor *The Real World* hebben ingestuurd?'

Chelsea lachte. Ze waren negentien jaar geweest en hadden gehoord dat MTV de realityshow op Hawaii zou opnemen. Ze wilden er dolgraag naartoe.

'Ja. We wisten zeker dat ze ons zouden nemen omdat we een tweeling waren.'

'We waren er zo van overtuigd dat we al zwemkleding hadden uitgezocht.'

'Ik zou de slechte tweelingzus zijn die flirtte met de mannelijke castleden en jij zou degene zijn die me de les las en zei dat ik mezelf moest sparen voor het huwelijk.' Omdat ze dachten dat ze iets nodig hadden om op te vallen bij de casting, hadden ze hun 'goede tweelingzus-slechte tweelingzus'-scenario op de auditietape opgenomen. Bo had haar haar achterover gedragen en had een nepbril opgezet, terwijl Chelsea haar haar paars had geverfd en het bikerjack van een vriendin had geleend. Aan de buitenkant leek het misschien of ze die rollen nog steeds speelden, maar dat was niet zo. Ze was gewoon zichzelf. Chelsea Ross. Tweelingzus en liefhebbende dochter. Actrice en assistente van een ijshockeysuperster die in het laatste stadium van humeuritis was. Terwijl ze keek hoe New York een varken kunstmatig bevruchtte, vroeg ze zich af hoe haar leven er over een jaar uit zou zien. Katers maakten haar altijd een beetje humeurig en meditatief over haar leven.

Over een jaar zou ze in LA wonen en weer naar audities gaan. Ze zou haar droom najagen, maar ze wilde het dit keer anders aanpakken zodat ze het langer volhield. Ze wilde niet meer als assistente van beroemdheden werken.

Misschien moest ze een evenementenbureau beginnen. Haar eigen assistent huren om te kunnen commanderen. Niet dat ze gemeen of onredelijk zou zijn. Ze wist namelijk hoe dat voelde.

Ze had in het verleden vaak met evenementenbureaus gewerkt, en ze hield ervan om te regelen en te organiseren. Ze was er goed in, en over het algemeen was ze graag bij andere mensen. Ze had niet veel geld nodig om zo'n bureau op te starten, en hopelijk had ze dan meer tijd om naar audities te gaan.

En over een jaar wilde ze een man in haar leven. Een leuke man met een stevig lichaam. Het beeld van Mark Bressler verscheen in haar hoofd. Nee, een leuke man.

Bo's hersenen zaten op dezelfde golflengte, iets wat Chelsea niet verbaasde. 'Vraag jij je weleens af of we ooit een relatie krijgen?' vroeg haar tweelingzus.

'Natuurlijk krijgen we die.'

'Hoe weet je dat zo zeker?'

Chelsea dacht even na en zei toen: 'Als de vrouwen in *My Big Redneck Wedding* een man kunnen vinden, dan kunnen wij dat ook.'

Er verscheen een blik van afgrijzen in Bo's blauwe ogen. 'Die mannen worstelen met varkens, eten doodgereden beesten en dragen vierentwintig uur per dag en zeven dagen per week camouflagekleren.'

Chelsea negeerde de bezorgdheid van haar zus. 'Ik denk dat we rustig kunnen stellen dat we allebei niet trouwen onder een prieel van bierblikjes met een camouflage dragende aso die "Pak haar" schreeuwt. We hebben onze normen.'

Bo beet op haar lip. 'Gisteravond flirtte je met een man met een "pak haar"-chauffeurspet.'

'Dat was geen flirten en hij was geen aso.' Dat wist ze omdat ze zijn tanden had gecontroleerd. Hij had ze allemaal nog en er zaten geen vlekken op. 'Het was gewoon een zielige man die hip probeerde te zijn. En ik heb niet met hem gezoend zoals jij met Jules.'

'Ik zou nooit met Jules zoenen,' zei Bo terwijl ze haar aandacht weer op de televisie richtte. 'Kijk, New York bindt een geit vast.'

'O nee. Probeer me niet af te leiden. Ik heb je gezien.'

'Waarschijnlijk was het een andere kleine vrouw met donker haar.'

'Je hebt gelijk. Het was een andere vrouw die er precies zo uitzag als mijn tweelingzus.'

'Oké.' Bo zuchtte en draaide haar bleke gezicht naar Chelsea toe. 'Ik ben een paar keer dronken geworden en die keren heb ik Jules gebeld.'

'Hoe vaak?'

'Twee of drie keer.'

'Als je hem zo leuk vindt, waarom bel je hem dan alleen als je dronken bent.'

'Ik heb niet gezegd dat ik hem leuk vind.' Bo staarde boos naar haar alsof ze weer tien jaar waren en jongens afgrijselijk vonden. 'Jules heeft een enorm ego en gaat met veel verschillende vrouwen uit. We zijn gewoon vrienden. Min of meer.'

Chelsea herinnerde zich wat Jules had gezegd over vrouwen leuk vinden die hem niet leuk vonden. 'Misschien wil hij meer dan vrienden zijn.'

'Waarom belt hij dan nooit om me mee uit te vragen? Nee. Hij wil gewoon vrijblijvende seks.'

Chelsea's mond viel open. 'Geef je hem dat?'

'Nog niet, maar ik ben bang dat dat er wel van komt.' Ze duwde haar korte haar achter haar oor. 'Heb je zijn lichaam gezien? Ik weet niet hoe lang ik mezelf nog kan beheersen voordat ik helemaal *Basic Instinct* ga op zijn prachtige billen.'

'Ga je hem met een ijspriem steken?'

'Nee. Ik gooi hem op de grond en bespring hem.'

Chelsea vond Jules aardig. 'Misschien moet je hem over je gevoelens vertellen.'

'Ik weet niet wat mijn gevoelens zijn.' Bo haalde een blikje cola uit de koelemmer. 'Soms vind ik hem niet eens aardig. Soms vind ik hem heel leuk. Maar het maakt niet uit. Ik kan geen relatie krijgen met Jules.'

'Waarom niet?'

'Omdat we samenwerken. Je kunt geen relatie hebben met iemand met wie je werkt.'

Chelsea vergat dat ze een kater had, rolde met haar ogen en kromp in elkaar. 'Dat is belachelijk.'

'Nee. Dat is het niet. Het zou zijn alsof jij een relatie met Mark Bressler had.'

'Er is een verschil tussen werken met en werken voor.' Ze zou nooit kunnen zoenen met haar chagrijnige werkgever, laat staan een relatie met hem hebben. Hij was een onbeleefde hork, en dat was nog zijn goede eigenschap. De gedachte aan vrijblijvende seks met Mark was... was...

Was niet zo verontrustend als die zou moeten zijn. Het idee dat ze haar handen over zijn spieren liet glijden moest haar doodsbang maken, maar om de een of andere reden was dat niet zo. In plaats daarvan veroorzaakte het beeld dat ze hem aanraakte gedachten aan tongzoenen. Aan kijken in zijn donkerbruine ogen terwijl ze met haar vingers door zijn haar kamde. Aan haar lippen op zijn warme hals drukken en haar hete, plakkerige huid tegen hem aan duwen.

Het feit dat deze gedachten haar niet verontrustten, verontrustte haar nog het meest. Natuurlijk, hij was een knappe man, maar ze was nooit op grote mannen gevallen. Machomannen die hun lichaam gebruikten en op elkaars hoofd sloegen.

Natuurlijk, ijshockeyers droegen een helm, maar ze had filmopnamen gezien van Mark die andere spelers sloeg en zelf werd geslagen.

En ze gaf absoluut niets om supersterren en sportmannen. En al helemaal niet om superster-sportmannen. Sportmannen waren de ergste supersterren. Veel van hen feestten flink buiten het seizoen en hadden een slechte reputatie. Ze had nooit verkeerde dingen over Mark gelezen, maar ze nam aan dat ze genoeg zou vinden als ze goed spitte. Ze betwijfelde of hij een engel was geweest.

Het maakte niet uit dat Mark niet langer professioneel ijshockey speelde. Als hij in het openbaar was werd hij nog steeds behandeld als een supersportman. Hij kreeg het soort verering waaraan ze altijd een hekel had gehad.

Maar waarom verontrustte de gedachte aan haar handen op zijn keiharde lichaam haar dan niet? Ze wist het niet. Misschien kwam het doordat het een tijd geleden was dat ze haar handen over iemand anders dan zichzelf had laten glijden. Misschien had Bo hetzelfde dilemma. Of misschien bracht Bo haar seksuele frustratie op Chelsea over. Het klopte dat ze elkaars fysieke pijn soms konden voelen. Als een van hen van haar fiets was gevallen, had de ander het gevoeld. Tegenwoordig gebeurde dat niet zo vaak meer, maar toen Bo vorig jaar haar sleutelbeen brak tijdens het skiën, had Chelsea pijn in haar schouder gevoeld, en ze waren niet eens in dezelfde staat geweest. Ze nam dus aan dat het mogelijk was dat ze Bo's onderdrukte begeerte opving. Vooral omdat ze naast elkaar op de bank hingen.

Ze draaide zich om en keek naar haar zus, die er heel onschuldig uitzag, junktelevisie keek en cola dronk. 'Je moet gewoon met een wildvreemde naar bed gaan.'

Bo wees naar de televisie. 'Mag ik wachten op het reclameblok of moet het meteen gebeuren?'

'Je mag wachten.'

10

Gelukkig was Chelsea niet afhankelijk van haar zus om zichzelf te genezen van haar verontrustende gedachten. Daar zorgde Mark op zijn eigen onaangename manier voor.

Godzijdank.

Toen ze maandagochtend op haar werk kwam, stond hij in de keuken en keek naar haar alsof hij iets te weten probeerde te komen. Iets waar hij extreem ongelukkig mee was. Ze liet hem alleen en werkte aan zijn fanmail, die met de dag leek te groeien.

Op dinsdag leek hij nog minder gelukkig, en op woensdag gedroeg hij zich alsof ze een onvergeeflijke zonde had begaan. Alsof ze hem tegen zijn been had getrapt of zijn Mercedes in puin had gereden.

Donderdagochtend had ze een gesprek met een makelaar en maakte ze een lijst met woningen die interessant voor Mark konden zijn om te bezichtigen. Daarna ging ze op zoek naar hem in het grote, grillige huis. Na vijf minuten zoeken nam ze de lange wenteltrap. Ze was nog nooit op de eerste verdieping geweest. Ze keek door de open deur van een grote slaapkamer. Verkreukelde witte lakens en een dik blauw dekbed lagen in een hoop op het niet-opgemaakte bed. Een trainingsbroek en slippers lagen op de vloer naast een gestoffeerde bank, en achter het bed leidde een tweede deur naar een badkamer met een tegelvloer.

Chelseas aandacht werd getrokken door gekletter en ze liep naar de gang. Ze passeerde verschillende lege kamers en bleef in de deuropening van de laatste kamer aan de rechterkant staan. Ze zag fitnessapparatuur, een drukbank en meerdere gewichten. Ze wist dat hij thuis trainde met een fysiotherapeut, maar vandaag was hij alleen.

Mark zat bij de leg press. Hij duwde de stang met zijn voeten omhoog terwijl hij zijn vooruitgang in de spiegelwand bekeek. Soundgarden stroomde uit verborgen boxen en vulde de kamer met *Black Hole Sun*. Hij droeg een grijze katoenen sportbroek en witte loopschoenen. Het haar op zijn hoofd en naakte borstkas was nat van het zweet. Een lelijk roze litteken liep van zijn linkerdijbeen naar zijn knie. Chelsea keek via de spiegels naar zijn prachtige benen, die de stang in een flink ritme omhoogduwden. Daarna ging haar blik naar zijn bezwete, gespierde borstkas en schouders, en ze eindigde bij de vastberaden trek rond zijn mond.

Ze stak haar hand uit naar de volumeknop naast de deur en zette *Black Hole Sun* zachter. De gewichten vielen met een luid gekletter op elkaar toen Mark zijn hoofd omdraaide en met zijn donkere ogen naar haar keek. Hij staarde haar een paar hartslagen aan voordat hij vroeg: 'Wat wil je?'

Ze hield de papieren die ze in haar hand had omhoog. 'Ik heb een lijst voor je geprint met woningen die je zou kunnen gaan bezichtigen.'

Hij zette zijn voeten op de grond, pakte de stang voor hem met zijn goede hand en stond op. Hij wees naar de drukbank die een eindje verder stond. 'Leg ze daar maar neer.'

In plaats van te doen wat hij had gevraagd, rolde ze de papieren op en tikte ermee tegen haar been. 'Heb ik vandaag iets gedaan om je boos te maken?'

Hij pakte een witte handdoek, depte zijn nek droog en fronste zijn voorhoofd terwijl hij naar haar keek. 'Vandaag?' Zijn mondhoeken wezen naar beneden en hij schudde zijn hoofd. 'Nee, maar de dag is nog niet voorbij.'

Ze liep naar de drukbank en legde de papieren erop. Ze moest een aantal dingen met hem bespreken. Dat was tenslotte haar werk. 'Heb je een uitnodiging voor het Stanley Cup-feest gekregen?'

Hij wreef zijn gezicht droog. Zijn 'ja' klonk gedempt achter de handdoek.

'Ga je ernaartoe?'

Hij haalde zijn brede schouders op. 'Waarschijnlijk wel.'

'Heb je een pak?'

Hij grinnikte en sloeg de handdoek rond zijn nek. 'Ja. Ik heb een pak.'

Ze ging naast de papieren op de bank zitten en sloeg haar ene been over het andere. Vandaag droeg ze een oranje kanten tuniek, een bruine leren riem en een beige capribroek. Heel bescheiden voor haar doen. Ze vroeg zich af of hij het merkte. 'Zal ik een taxi voor je regelen?'

'Je bent dus niet van plan me naar het feest te rijden?'

'Ik werk niet in het weekend.' Ze schudde haar hoofd. 'Maar het zou ook niet gaan als het niet op een zaterdagavond was. Ik ga met mijn zus.'

'De minizusjes.' Hij trok een wenkbrauw op. 'Dat kan interessant zijn.'

Ze vroeg zich af of hij interessant op een positieve manier bedoelde. Ze besloot het niet te vragen. 'Heb je nog nagedacht over het liefdadigheidsgolftoernooi?'

Hij hield zijn hoofd scheef, maar gaf geen antwoord.

'Jeugdijshockey coachen?'

Hij stak zijn slechte hand op en ze zag dat hij geen spalk droeg. 'Stop ermee.'

'Ik haat het gewoon om je rond te zien hangen terwijl er zo veel is wat je zou kunnen doen.'

Mark reikte boven zijn hoofd en pakte de chin-up bar. Zijn rechtermiddelvinger wees naar het plafond en het krullende haar in zijn oksel was donker van het vocht. 'Laten we voor de verandering eens over jou praten.'

Ze pakte de bank met twee handen beet. 'Ik ben een gemiddelde, normale vrouw.' Die naar mooie spieren bedekt met kort zwart haar staarde. Normaal gesproken was Chelsea geen fan van borsthaar, maar nu ze naar Mark keek zou ze zich kunnen bekeren. Het dunne haar dat op zijn borstkas groeide omringde zijn tepels en vernauwde tot een fijne lijn die over zijn borstbeen naar zijn navel liep. Net als in de sportdrankreclame.

'Uh-huh.'

'Er is niet veel om over te praten.' Hij was de scherpe omlijning van zijn eightpack kwijt, maar zijn buik was nog steeds strak en zijn buikspieren tekenden zich duidelijk af. Net boven de band van zijn sportbroek, die laag op zijn smalle heupen hing, was een dun stukje wit elastiek zichtbaar.

'Laten we het er toch maar over hebben.'

Het soort elastiek dat betekende dat hij waarschijnlijk een boxer droeg, omdat ze zich niet kon voorstellen dat hij een witte onderbroek aanhad. Niet dat ze erover nadacht hoe hij er in zijn boxer zou uitzien. Dat was niet goed. Ze werkte voor hem. Nou ja, technisch gezien misschien niet, maar...

'Je vindt dat ik iets met mijn leven moet doen. Wat doe jij met het jouwe?'

'Op dit moment ben ik je assistente.'

'Er is zoveel meer wat je zou kunnen doen dan mij rondrijden en je met mijn leven bemoeien.'

Ze keek omhoog voordat haar ogen nog lager belandden en ze begon te speculeren over zijn magnumpakket. Al weer. 'Ik heb plannen.'

'Zoals?'

Ze keek in zijn bruine ogen. 'Ik werk en spaar.'

Hij gebaarde met zijn goede hand dat ze door moest gaan. 'Waarvoor spaar je?' Een langzame glimlach krulde zijn lippen. 'Iets persoonlijks?'

'Ja.'

'Er zijn maar een paar dingen waarover een vrouw niet wil

praten. Hij haalde een vinger van de stang. 'Het werkelijke aantal vroegere minnaars, bijvoorbeeld. Jullie willen allemaal precies weten met hoeveel vrouwen een man seks heeft gehad, hoe vaak, en alle sappige details. Maar jullie delen dezelfde informatie niet.'

'Dat is omdat er nog steeds een dubbele moraal heerst als het aankomt op vrijblijvende seks.'

Hij haalde zijn schouders op en leunde naar voren terwijl hij de stang boven zich nog steeds vasthield. 'Dat snap ik, maar vrouwen moeten niet naar mijn seksleven vragen als ze niet over dat van hen willen praten.' Hij ging rechtop staan en liet zijn handen langs zijn zij vallen. 'Sommige dingen zijn privé.' Hij liep naar de gewichten en maakte de pin los. 'Misschien wil ik niet dat iedereen alles van me weet.'

Te laat. De brief van Lydia Ferrari was maanden voordat Chelsea hem had gelezen in het gastenboek gezet. Ze bedacht dat ze het hem misschien moest vertellen, omdat hij het anders van iemand anders zou horen. 'Ken je een vrouw met de naam Lydia Ferrari?'

Hij fronste zijn voorhoofd en liep naar de plek waar hij had gezeten toen ze de kamer binnen was gekomen. 'Zoals de auto?' Hij pakte de stang en ging zitten.

'Nee. Dat denk ik in elk geval niet. Ze heeft een bericht in je gastenboek achtergelaten.'

'Ik ken haar niet.'

'Ze beweert dat ze je in de Lava Lounge heeft ontmoet, dat ze seks met je heeft gehad in haar appartement in Redmond, en dat je daarna niet hebt gebeld.'

Het gewicht bleef in het midden hangen en hij keek via de spiegel naar haar. 'Wat heeft ze nog meer geschreven?'

'Dat het de beste seks van haar leven was en dat haar gevoelens gekwetst waren toen je niet belde.'

'Ze spoorde niet.'

'Je kent haar dus wel.'

'Ik herinner me haar. Jezus, het is moeilijk om een vrouw te vergeten die zoveel scherpe bodypiercings heeft.' Zijn kaak verstrakte.

'Waar was ze gepiercet?'

'Overal. Ik was bang dat ik zou eindigen met een kapotte huid en blijvende littekens.'

'Blijkbaar zat het bange deel niet onder je middel.' Hij grinnikte diep en een glimlach verspreidde zich over zijn lippen. 'Staat het bericht er nog op?'

'Ik heb het gewist.'

'Dank je wel.'

'Geen dank.' Ze keek nog even naar hem en zei toen: 'Het lijkt je niet erg dwars te zitten dat iedereen je "privézaken" met Lydia Ferrari kent.'

'Ten eerste betwijfel ik of het haar echte naam is.' Hij haalde diep adem. 'Ten tweede zeggen vrouwen voortdurend dat soort dingen. Zelfs als ik ze nooit ontmoet heb.'

Chelsea stond op het punt hem erop te wijzen dat hij Lydia wel degelijk had ontmoet, toen hij eraan toevoegde: 'Ik ben eraan gewend.'

'En vind je dat niet vervelend?'

Hij haalde zijn schouders op. 'Mensen zeggen en schrijven wat ze willen en het kan hun niet schelen of het de waarheid is. Iedereen heeft een agenda.' Hij haalde diep adem. Chelsea dacht dat het onderwerp Lydia Ferrari gesloten was, maar opeens voegde hij eraan toe: 'Als ik bedenk waar die vrouw zich mee bezighield, bedank ik God voor wat ze niet heeft geschreven.'

Ze kauwde op haar onderlip terwijl ze vocht om niet nieuwsgierig te zijn. Ze verloor. 'Wat dan?'

'Dat zijn jouw zaken niet, nieuwsgierig aagje. Maar goed, we praten weer over mij en je hebt me nog steeds niets over jezelf verteld.'

Hij ademde gecontroleerd terwijl hij met de gewichten werkte. 'Het tweede punt waar vrouwen over het algemeen niet over willen praten,' zei hij in plaats van haar vraag te beantwoorden, 'is plastische chirurgie. Veel vrouwen hebben iets laten doen, maar niemand geeft dat toe.' Hij keek over zijn schouder naar haar. 'Ben je van plan je neus te laten doen?'

'Wat?' Chelsea hapte naar adem. 'Er is niets mis met mijn neus.' Ze bracht een hand naar haar gezicht. 'Wat is er mis met mijn neus?'

'Niets. Mijn ex heeft haar neus laten doen, maar dat moest een groot geheim blijven.' Hij keek naar zijn spiegelbeeld. 'Alsof iedereen die haar kende niet zag wat ze had laten doen nadat ze één blik op haar hadden geworpen.'

Ze liet haar hand langs haar zij vallen. 'Nee. Het is niet mijn neus.'

'Je billen? Karlssons vrouw heeft vet uit haar dijen laten zuigen en in haar billen laten injecteren.'

'Dat wordt een Braziliaanse billift genoemd. En nee, dat wil ik niet.' Ze stond op en liep naar het rek met gewichten. Wat kon het haar schelen als hij het wist? Ze was in principe niet geïnteresseerd in zijn mening en hij kon niet moralistisch gaan doen nadat hij had toegegeven dat hij seks had gehad met een vrouw terwijl hij bang was geweest dat ze hem zou veranderen in een menselijk speldenkussen. Ze wreef met haar hand over het bovenste gewicht. 'Ik wil voldoende geld sparen voor een borstoperatie.'

De gewichten vielen naar beneden en zijn blik ging naar haar borsten. 'Vind je ze niet groot genoeg?'

Ze fronste haar voorhoofd en schudde haar hoofd. 'Ik wil een borstverkleining.'

'O.' Hij keek weer naar haar gezicht. 'Waarom?'

Typisch. Ze wist dat hij het niet zou begrijpen. Hemel, haar eigen familie begreep het niet eens. 'Ik vind het niet fijn om grote borsten te hebben. Ze zijn zwaar en zitten altijd in de weg. Het is moeilijk om kleding te vinden die me past, en ik heb pijn in mijn rug en schouders.'

Hij stond op en pakte de handdoek die nog steeds rond zijn nek hing. 'Welke maat wil je?'

Ze vouwde haar armen over elkaar. 'Ik denk aan een volle C.'

Hij knikte en droogde zijn gezicht af. 'C is een mooie maat.'

Jeez, praatte ze echt met Mark Bressler over haar borstoperatie? Met een man die niet zeurde dat het zonde was van haar mooie borsten? 'Je vindt het dus geen slecht idee?'

'Wat kan het jou schelen wat ik denk? Als je rugpijn hebt en je kunt er iets aan doen, dan moet je dat niet laten.' Als hij het zei klonk het heel redelijk.

'Wat voor maat heb je nu?'

Ze staarde naar het stuk vloer tussen zijn schoenen. 'Ik heb dubbel D.'

'Bij iemand die langer is vormt dat misschien geen probleem, maar jij bent een kleine vrouw.'

Ze keek naar hem op. Hij stond een meter bij haar vandaan. Groot en donker en half naakt. Zijn vochtige haar plakte aan zijn hoofd en borstkas. Als ze Mark niet zou kennen, als ze niet zou weten wat een chagrijnige eikel hij kon zijn, dan bestond het gevaar dat ze verliefd op hem zou worden. Dan zou ze zich misschien tegen zijn hete, plakkerige borstkas drukken en hem vol op zijn mond kussen. Niet om zijn uiterlijk, hoewel hij erg knap was, maar omdat hij begreep hoe ze zich voelde.

'Wat?'

Ze schudde haar hoofd en keek weg. 'Mijn familie wil niet dat ik het doe. Ze vinden het allemaal heel impulsief en denken dat ik er spijt van zal krijgen.'

'Je lijkt me niet bepaald impulsief.'

Ze keek met open mond naar hem. Ze had haar hele leven gehoord dat ze impulsief was en leiding nodig had. De behoefte om hem vol op zijn lippen te zoenen werd nog een beetje sterker. 'Vergeleken bij mijn familieleden is mijn leven chaotisch. Ongecontroleerd.'

Hij hield zijn hoofd schuin en bestudeerde haar. 'Misschien is je omgeving chaotisch, maar jij hebt controle.' Eén mondhoek ging een stukje omhoog. 'Zo was mijn leven ook. Maar nu is dat niet meer zo.'

'Je lijkt controle te hebben.'

'Dat is omdat je me vroeger niet kende.'

'Was je een controlfreak?'

'Ik vond het gewoon prettig als de dingen op mijn manier gingen.'

Natuurlijk.

'Ik verloor de controle over mijn leven op de dag dat ik gekoppeld aan machines en vastgebonden aan een bed wakker werd in een ziekenhuis.'

'Waarom was je vastgebonden?'

'Ik denk dat ik probeerde de slang uit mijn keel te trekken.'

Zelfs nu ze de littekens zag was het moeilijk om te beseffen dat hij zo dicht bij de dood was geweest. Hij was sterker en had meer controle dan hij dacht.

'Laat die operatie doen als je dat wilt.' Hij haalde zijn schouders op. 'Het is jouw leven.'

'Bo vindt het verminking.'

'Jij bent Bo niet.'

'Dat weet ik, maar…' Hoe moest ze het uitleggen aan iemand die niet een van een tweeling was? 'Als je er je hele leven uitziet als iemand anders, is het heel eng om dat te veranderen. Vreemd.'

'Je hebt het over je borsten. Niet over je gezicht.' Hij pakte zijn stok, die tegen de gewichten geleund stond. 'Maar misschien moet je mij niet om mijn mening vragen. Ik ben een dijenman.' De stok viel uit zijn hand en belandde met een zachte bonk op het kleed. 'Shit.' Hij pakte de gewichten vast om in evenwicht te blijven en liet zich langzaam zakken.

Zonder erover na te denken liep Chelsea naar voren en ging op één knie zitten. Ze pakte de stok en keek omhoog. Zijn gezicht was vlak boven het hare, en er kroop iets donkers en intens in zijn bruine ogen.

'Ik wilde dat je dat niet deed,' zei hij, zijn stem een rauwe fluistering tegen haar wang.

'Wat doe ik dan?'

Hij kwam overeind en torende boven haar uit. 'Je behandelt me alsof ik hulpeloos ben.'

Ze ging ook staan, zo vlak bij hem dat er maar een paar centimeter ruimte was tussen haar kanten tuniek en zijn harde borstkas.

Hij staarde naar haar gezicht terwijl hij de stok aanpakte. Zijn hand omvatte de hare en zijn warme, sterke greep stuurde een tinteling van haar pols naar haar elleboog. 'Ik ben geen kind.'

Ze stond zo dicht bij hem dat ze de donkere lijn rond zijn irissen zag en alle kleine nuances van het donkerbruin van zijn ogen, die werden omringd door zijn dikke, jaloersmakende wimpers. 'Ik weet het.'

Zijn hand kneep in de hare en zijn blik ging naar haar lippen. 'Ik ben een man.'

Ja, dat was hij. Een halfnaakte man met een groot, bezweet lichaam en smeulende ogen. Plotseling voelde ze zich warm en licht in haar hoofd. Waarschijnlijk van alle testosteron die ze inhaleerde. 'Ik weet het.'

Hij deed zijn mond open alsof hij iets wilde zeggen. In plaats daarvan liet hij zijn arm zakken en liep om haar heen. Ze had het gevoel dat hij de kamer uit gerend zou zijn als hij dat had gekund.

'Wil je de lijst met woningen niet zien die ik heb samengesteld?' Ze pakte de papieren van de werkbank en deed een paar stappen in zijn richting.

'Dat hoeft niet. Je weet waarnaar ik op zoek ben.' Hij bleef in de deuropening staan, die hij bijna helemaal opvulde met zijn brede schouders. 'Regel afspraken en bel me.'

'Je wilt dat ik je bel over woningbezichtigingen?'

'Ja.' Hij legde een hand op de witte deurpost en draaide zijn gezicht opzij. Licht en schaduw sneden over zijn profiel. 'Je hebt het nummer van mijn mobiel. Het is niet nodig om me overal te gaan zoeken.'

Haar blik ging van zijn donkere haar naar de kromming van zijn wervelkolom. 'Ik vind het niet erg.'

'Ik wel.'

'Maar...' Ze schudde haar hoofd. 'Stel dat je in de kamer ernaast bent? Moet ik dan nog steeds bellen?'

'Ja. We hoeven elkaar niet in persoon te spreken.'

Wat? Had ze iets gemist? Hoe kon het gesprek zo snel veranderen? Het ene moment wilde ze hem kussen en het volgende moment wilde ze hem een knal voor zijn kop geven. En waarom was ze daar helemaal niet verbaasd over?

Chelsea belde hem die dag vijf keer. Voornamelijk om hem te treiteren.

'Heb je iets tegen kastanjebruin tapijt?' vroeg ze. 'Ik heb een huis gevonden waar je in geïnteresseerd zou kunnen zijn, maar het heeft kastanjebruin tapijt.'

'Regel maar een bezichtiging.' *Klik.*

Ze wachtte een halfuur en belde opnieuw. 'Zal ik je pak naar de stomerij brengen?'

'Nee.' *Klik.*

Om twaalf uur belde ze weer. 'Wat denk je van een broodje?'

'Ik kan verdomme wel zelf een broodje maken!'

'Dat weet ik.' Ze glimlachte. 'Ik dacht alleen dat als je er toch een voor jezelf maakt, je er ook een voor mij kunt maken. Ik wil graag ham en kaas. Een beetje sla erbij, met een likje...'

Klik.

Hij kwam geen broodje brengen, wat haar nog meer ergerde toen ze hem in de keuken hoorde bonken.

Ze beantwoordde nog wat berichten en belde om twee uur weer. 'Ik zie een eekhoorn op je oprit.'

'Neem je me verdomme in de maling?'

'Nee. Ik kijk ernaar.'

'Je belt me verdomme voor een eekhoorn?'

'Ja. Natuurlijk. Wil je dat ik een ongedierteverdelger voor je bel om hem knaagdierenvallen te laten neerzetten? Je weet toch dat eekhoorns drager van hondsdolheid kunnen zijn?'

Hij mompelde dat ze stapelgek was en daarna... *Klik.*

Vlak daarna reed er een glanzende rode auto de oprit op, en Mark scheurde erin weg. Waarschijnlijk met een van zijn ijshockeymaten achter het stuur. Ze belde zijn mobiel, maar werd meteen doorgeschakeld naar de voicemail. Die eikel had zijn telefoon uitgezet.

Toen ze de volgende ochtend op haar werk arriveerde, belde ze om te controleren of hij zijn telefoon weer aan had gezet. Dit keer had ze iets belangrijks te melden.

'Ik heb drie huizenbezichtigingen geregeld voor maandag, na je tandartsafspraak.'

'Ik haat de tandarts.'

'Iedereen haat de tandarts.' Ze bladerde door de notities die ze had gemaakt tijdens het gesprek met de makelaar. 'Het gaat om een vijfkamerwoning in de wijk Queen Anne, een zeskamerwoning op Mercer Island, niet ver van waar je nu woont, en een prachtig huis van vijfhonderdzestig vierkante meter in Kirkland.'

'Mooi. Is dat het?'

'Nee. Ik denk dat je een appartement aan Second Avenue moet bezichtigen. Ik weet dat je hebt gezegd dat je niet houdt van het lawaai van het centrum, maar dit appartement moet je echt zien.'

'Nee.' *Klik.*

Ze wachtte een halfuur voordat ze weer belde. 'Ik heb druiven meegenomen. Ze zijn heerlijk fris. Wil jij ook?'

Klik.

Ze wachtte een uur en belde weer. 'Als je nadenkt over de uitdrukking "halsoverkop vertrekken", dan klopt dat toch niet? Dat slaat toch nergens op?'

Hij vloekte zo hard dat het klonk alsof hij in de kamer stond. 'Ik vermoord je,' zei hij in de deuropening.

Chelsea schrok en draaide zich om in haar stoel. 'Jezus!' Ze legde haar hand op haar hart.

'Ik zweer bij God dat ik je met mijn blote handen wurg als je nog een keer over iets onzinnigs belt.' Hij zag eruit alsof hij het meende. Zijn ogen loensden en schoten tegelijkertijd vuur. Hij droeg voor de verandering een spijkerbroek bij zijn witte T-shirt.

Ze legde haar vingers tegen haar hals en voelde het bonken van haar hart. 'Ik ben me doodgeschrokken.'

'Zoveel geluk heb ik niet.' Hij staarde nog even naar haar, met een blik die hij anders voor zijn ijshockeytegenstanders bewaarde. En ze wist zeker dat die werkte. 'Ik verwacht over een kwartier een telefoontje op de vaste lijn. Het is mijn sportmakelaar. Neem hem niet op.' Hij vertrok en zijn laatste zin stierf weg. 'En bel me níét op mijn mobiel.'

Ze hield wijselijk haar mond. Ze herinnerde zichzelf eraan dat ze deze baan wilde. Dat ze hem nodig had. De rest van de dag was ze druk bezig. Ze maakte een afspraak om Marks woning de volgende week te laten taxeren, meteen nadat het schoonmaakbedrijf geweest was.

Om drie uur belde de makelaar Chelsea op haar mobiel. Er kwam een huis in Bellevue op de markt, maar het stond nog niet officieel te koop. Ze voorspelde dat het snel weg zou zijn als het eenmaal bekend was. Waarschijnlijk voor maandag. Nadat Chelsea had opgehangen, staarde ze naar haar mobiel. Ze wilde niet dood. Ze wilde niet gewurgd worden. Maar als ze hem niet over het huis vertelde, deed ze haar werk niet goed. En een telefoontje over een woning die in de verkoop kwam was geen onzin. Ze haalde diep adem en toetste het nummer snel in. Marks mobiel ging ergens in huis over, maar hij nam niet op. Ze koos het nummer opnieuw en volgde *American Woman* door het huis.

Ze vond Mark slapend in de recreatiekamer. Het geluid van de televisie stond weer heel zacht en hij lag op de brede chaise longue te slapen. Ze bleef in de deuropening staan en riep hem. 'Mark!'

Hij bewoog niet en ze liep naar hem toe. Zijn rechterhand lag op zijn borstkas en hij droeg zijn spalk niet. 'Mark.' Hij krabde zijn borstkas door zijn T-shirt, maar werd nog steeds niet wakker. Ze boog zich over hem heen en raakte zijn arm aan. 'Mark. Ik moet met je praten.'

Langzaam gingen zijn oogleden open en hij keek haar aan. Ze zag verwarring op zijn gezicht en hij vroeg met een stem die rauw en hees was door de slaap: 'Waarom heb je je kleren aangetrokken?'

Chelsea verstijfde met haar hand op zijn schouder. 'Hè?'

'Het is niet erg.' Een mooie, lieve glimlach krulde zijn lippen. Hij keek naar haar alsof hij blij was haar te zien. Heel anders dan hij eerder naar haar had gekeken, toen hij dreigde om haar te vermoorden. Nu ze zag dat zijn glimlach zijn ogen bereikte kon ze hem bijna alles vergeven.

'Ik moet met je praten, Mark.'

'En ik moet met jou praten.' Hij stak zijn hand naar haar uit. Het ene moment keek ze op hem neer en het volgende moment lag ze naast hem op de chaise longue en keek ze omhoog naar zijn gezicht.

De lucht verdween met een diepe zucht uit haar longen. 'Mark!'

Hij keek op haar neer met halfdichte oogleden. 'Denk je niet dat het tijd wordt dat je me schat of zoiets gaat noemen? Vooral na alle dingen die ik met je mag doen?'

'Wat voor dingen?'

Hij grinnikte en liet zijn gezicht dalen. 'Dit,' zei hij net boven haar mond. 'Hier.' Zijn lippen gleden over haar wang. 'Overal,' fluisterde hij in haar oor.

Dit hadden ze niet gedaan. Ze zou het zich herinneren als hij haar had gekust. Vooral overal. Ze legde haar hand op zijn schouder om hem weg te duwen. Onder haar hand trokken zijn spieren samen en werden keihard.

'Ja,' fluisterde hij tegen de zijkant van haar hals. 'Raak me weer aan.'

Weer? Zijn zachte adem liefkoosde haar huid en verspreidde warmte over haar bovenlichaam. Hij kuste haar net onder haar oor. Het voelde goed. Lekker. Als langzame, luie seks op een hete zomerdag. Absoluut iets wat ze niet mocht voelen voor haar werkgever. 'Ik dacht dat je me niet graag mocht.'

'Ik mag je veel te graag.' Hij opende zijn vochtige mond en zoog zachtjes aan de huid in haar hals.

Haar keel kneep dicht. 'Ik denk niet dat we dit moeten doen,' perste ze eruit.

'Nee. Waarschijnlijk niet.' Hij kuste het kuiltje in haar keel, ging verder naar haar kin en zei net boven haar lippen: 'Maar waarom zouden we ons daar iets van aantrekken?' Voordat ze kon protesteren bedekte zijn mond de hare, en dat maakte haar ademloos. Zijn warme hand omvatte haar gezicht, zijn duim wreef over haar wang. Een hete golf seksuele spanning stroomde door haar bovenlichaam en langs haar maag naar beneden. De plotselinge en onverwachte begeerte verbaasde haar.

Dit was niet verstandig. Het was geen goed idee. Vroeger was het haar zonder moeite gelukt om de seksuele toenaderings-pogingen van werkgevers af te wijzen. Ze moest hem tegenhou-den. In plaats van te doen wat verstandig was, liet ze haar hand van zijn schouder naar zijn nek glijden en een kreun vibreerde diep in zijn borstkas. 'Kus me, Chelsea. Open je prachtige mond voor me.'

Ze reageerde op de rauwe klank van zijn stem en het genot van zijn aanraking. Haar lippen gingen uit elkaar en hij kuste haar. Zacht, langzaam, met zijn vochtige mond en tong, haar plagend tot ze reageerde en in de aanval ging terwijl elke laat-ste gedachte aan weerstand wegsmolt onder zijn hete begeerte. Haar tong gleed in zijn gladde mond, die haar verwelkomde.

Hij smaakte heerlijk, naar verlangen en begeerte en seks. Ze gleed met haar vingers door zijn haar en omvatte zijn hoofd met haar handen. Haar lichaam kromde zich, wilde meer van zijn warmte terwijl hij haar vochtige kussen gaf. Een diepe, sensuele kreun ontsnapte aan haar mond.

Hij trok zich terug en keek naar haar gezicht. Zijn ademhaling was zwaar, hij knipperde met zijn ogen en fronste zijn voorhoofd. 'Chelsea.'

Ze vond het heerlijk dat zijn stem hees van begeerte was toen hij haar naam zei. Ze liet haar handen naar zijn achterhoofd glijden en trok zijn mond nog een keer op de hare. Ze gaf hem lange, hongerige kussen, waardoor haar borstkas verstrakte en ze een knoop in haar maag kreeg.

Hij streelde haar zij en ze hield haar adem in terwijl ze wachtte tot hij zijn hand op haar borst zou leggen. Toen hij dat niet deed, ontspande ze. Ze ging met haar hand over de harde spieren van zijn borstkas en pakte zijn shirt vast. De knoop in haar maag zakte naar beneden terwijl Mark haar heup en been streelde. Hij vond naakte huid, schoof zijn hand onder de zoom van haar jurk en legde zijn hand op haar dijbeen.

Ergens in de verte klonk een bel. Chelsea wist niet of het echt was of verbeelding. Het kon haar niet schelen. Het enige wat haar kon schelen was dat Mark zijn mond op de hare drukte en dat zijn hand haar liefkoosde. Ze draaide zich naar hem toe en hij pakte haar billen in een van zijn grote, warme handen. Zijn duim wreef over haar kanten broekje en gleed onder het elastiek.

De bel ging opnieuw en Mark hief zijn hoofd op en keek naar haar. Zijn blik gleed van haar gezicht langs haar arm naar zijn hand die op haar billen lag.

'Shit.' Hij haalde zijn hand weg en rolde op zijn rug.

Terwijl de begeerte nog steeds door haar aderen stroomde vroeg Chelsea zich af of hij 'shit' had gezegd omdat hij moest stoppen of dat hij 'shit' had gezegd omdat hij niet had moeten beginnen.

Hij legde een arm over zijn ogen. 'Laat dit alsjeblieft weer een nachtmerrie zijn.'

Ze nam aan dat haar vraag daarmee beantwoord was. Ze zwaaide haar benen over de zijkant van de chaise longue en stond op. Dat hij het een nachtmerrie vond om haar te kussen deed haar meer pijn dan verstandig was, met het oog op het karakter van hun relatie. Het was niet alsof ze iets met elkaar hadden. Ze werkte voor hem. Het wás een nachtmerrie. Toch hoefde hij niet zo onbeleefd te zijn. Vooral niet omdat het zo heerlijk was geweest.

'Hoe kon dat verdomme gebeuren?' Hij haalde zijn arm weg en keek naar haar. 'Je hoort hier niet eens te zijn.'

Het leek er verdacht veel op dat hij haar de schuld probeerde te geven, hoewel zij de onschuldige partij was. Goed, misschien niet helemaal onschuldig, maar toch. 'Ik moest je iets belangrijks vertellen, maar je nam je mobiel niet op.'

Hij ging zitten en pakte zijn stok van de vloer. 'Heb je weer een eekhoorn gezien?' Hij stond op en keek naar haar vanaf de andere kant van de chaise longue. De voorkant van zijn shirt was gekreukt waar ze hem vastgepakt had. 'Heb je druiven in de aanbieding?'

'Je doet net alsof ik dit van plan was.' Ze legde haar hand op haar borst. 'Ik ben de onschuldige partij.'

'Als je zo onschuldig bent, waarom lig ik dan naast je met mijn hand op je kont en je tong in mijn mond?'

Ze hapte naar adem. 'Dat was mijn schuld niet! Je hebt me vastgepakt en naast je getrokken.' Ze wees naar hem. 'En toen heb jij mij gekust.'

Zijn mond vertrok. 'Je leek het niet bepaald erg te vinden.'

11

Mark stond achter de chaise longue en keek naar zijn assistente. Haar haar zat in de war en haar lippen waren gezwollen. Zijn vingers omklemden het handvat van zijn stok om zich ervan te weerhouden haar weer aan te raken en om de behoefte te weerstaan haar terug te duwen en zijn hand opnieuw over haar zachte dijbeen naar haar strakke billen te laten glijden.

'In eerste instantie was ik geschokt. Daarna wachtte ik gewoon tot je ontspande zodat ik weg kon komen.' Ze was helemaal in haar rol en haalde haar schouders op. 'Ik stond op het punt je een knietje te geven en weg te rennen.'

Hij lachte. Geen wonder dat ze geen werk had. Ze was gewoon niet overtuigend. Niet zolang haar verlangende gekreun nog steeds in zijn hoofd klonk.

De bel ging opnieuw. 'Ik verwacht niemand,' zei hij. 'Heb je een afspraak gemaakt zonder me dat te vertellen?'

'Natuurlijk niet. Misschien is het de makelaar. Ze is heel enthousiast over een huis in Bellevue.'

Hij spreidde zijn armen en hoefde niet naar beneden te kijken om te weten dat er een flinke bult achter de rits van zijn spijkerbroek zat. 'Jij zult open moeten doen.'

Ze keek naar zijn spijkerbroek en staarde een paar seconden naar zijn erectie terwijl haar wangen rood werden. 'O.' Ze draaide zich om en rende zowat de kamer uit.

Mark keek haar na en bukte zich om de afstandsbediening

van de tafel te pakken. Hij zette de televisie uit en gooide de afstandsbediening op de chaise longue. Hij had al weer over haar gedroomd en ineens was ze een levend, ademend onderdeel van die droom geweest. Toen hij wakker werd en naar haar keek, was hij in de war geweest. In zijn droom was ze naakt geweest en hadden ze wilde, gepassioneerde seks, terwijl ze nu die verschrikkelijke Pucci-jurk weer droeg.

Hij liep naar de openslaande deuren en keek uit over de achtertuin en de golfbaan. Hij had haar naast zich getrokken en had haar hals gekust in een dromerig waas van realiteit vermengd met fantasie. Haar verlangende gekreun had hem naar de werkelijkheid teruggebracht en hij had zijn hoofd opgetild om naar haar te kijken. Hij had vluchtig gedacht dat hij moest stoppen, maar ze had zijn hoofd naar beneden getrokken en had hem gekust met haar vochtige mond en soepele tong. Het gevoel dat hij moest stoppen was onmiddellijk verdwenen en was vervangen door hartstochtelijke gedachten, waarin hij alle ondeugende dingen deed die hij de afgelopen week in zijn dromen met haar ondeugende lichaam had gedaan. Hij wist niet of dat hem eenzaam of geobsedeerd of ziek maakte. Misschien alle drie.

'Er is iemand voor je.'

Mark wilde tegen haar zeggen dat ze degene die voor de deur stond moest afpoeieren en draaide zich naar haar om. Hij deed zijn mond open, maar de woorden kwamen niet. Zijn blik belandde op een mager kind met kort rood haar dat op zijn hoofd plakte, koperkleurige sproeten en een bril met een gouden rand. Marks geheugen vertoonde na het ongeluk gaten, maar hij wist wie de jongen in de deuropening was. Het was moeilijk om een kind te vergeten dat zo'n absoluut gebrek aan ijshockeytalent bezat. Het joch schaatste als een windmolen, sloeg naar de puck en mepte andere kinderen tegen hun scheenbenen. 'Hallo, Derek. Hoe gaat het met je?'

'Goed, coach Bressler.'

Wat deed het kind hier en hoe had hij Mark gevonden? 'Wat kan ik voor je doen?'

'Ik heb uw e-mail gekregen. Daarom ben ik hier.'

Mark keek naar Chelsea, die naast die jongen stond. Haar gezicht was uitdrukkingsloos. Hij kende die blik. Ze was zo schuldig als wat. 'Ik ben een beetje vergeetachtig door het ongeluk,' zei hij tegen de jongen. 'Je moet me dus even vertellen wat ik in die e-mail heb geschreven.'

Derek hield een paar bij elkaar gebonden inlineskates omhoog. 'Dat ik langs moest komen om mijn ijshockeystops te laten zien.'

Chelseas mond viel open en ze schudde haar hoofd. 'Dat heb je niet geschreven,' zei ze tegen Mark.

Hij hield zijn hoofd schuin en sloeg zijn armen over elkaar. 'Wat heb ik nog meer niet geschreven?'

Chelsea kneep haar ogen tot spleetjes terwijl ze naar de jongen naast haar staarde. 'Je hebt niet geschreven dat hij langs moest komen om ze te oefenen, dat is zeker.'

Derek keek wantrouwig naar Chelsea. 'Hoe weet u dat?'

'Tja, ik... ik... ik controleer alle e-mails van meneer Bressler op fouten voordat hij ze wegstuurt. Vanwege zijn geheugenprobleem en zo.'

Het was een waardeloze leugen, maar het kind trapte erin. Hij knikte en richtte zijn aandacht op Mark. 'Misschien kan ik helpen, mijn moeder maakt altijd geheugenkaartjes voor me.'

Het laatste waar Mark behoefte aan had was dat de jongen morgen weer voor zijn deur stond met geheugenkaartjes. 'Bedankt voor het aanbod, maar het gaat al veel beter. Hoe ben je aan mijn adres gekomen?'

Derek duwde zijn bril met zijn vrije hand omhoog. 'Internet.'

Het antwoord van de jongen was alarmerend. Als een achtjarige hem kon vinden, wie konden dat dan nog meer?

'Ik weet zeker dat je de een of andere wet hebt overtreden. Ten eerste door de e-mail van meneer Bressler te hacken en ten tweede door zijn adres op te zoeken.'

'Ik heb geen wet overtreden! Zijn e-mailadres stond op de papieren die we vorig jaar hebben gekregen. En ik heb zijn naam gewoon ingetikt op Whosit en toen kreeg ik het adres.'

Wat was Whosit?

Chelsea stak haar vinger op naar Derek. 'Zelfs als je geen wetten hebt overtreden, waar ik niet zeker van ben, is het onbeleefd om zomaar bij iemand op de stoep te staan. Weet je moeder waar je bent?'

Derek haalde zijn magere schouders op. 'Mijn zus is in het winkelcentrum en mijn moeder is op haar werk. Ze is pas om zes uur vrij.'

'Waar woon je?' vroeg Mark.

'In Redmond.'

'Hoe ben je hier gekomen?'

'Op de fiets.'

Geen wonder dat het haar van de jongen op zijn hoofd plakte. 'Wil je wat water of limonade?' Hij moest hem iets te drinken geven voordat hij hem wegstuurde.

Derek knikte. 'Hebt u Gatorade? Zoals we op kamp dronken?'

'Waarschijnlijk wel.' Hij pakte zijn stok steviger beet en liep naar de deur. 'Je moet je moeder bellen om te vertellen dat je hier bent.'

'Moet dat, coach? Kan ik niet gewoon op tijd weggaan zodat ik er ben voordat ze thuiskomt?'

'Nee.' Mark liep naar de voordeur en gebaarde dat Derek naar binnen moest gaan. De jongen liep voor hem uit en Mark keek naar Chelsea. 'Wij praten straks.'

Ze stak haar kin in de lucht. 'Ik heb nooit tegen hem gezegd dat hij moest komen trainen.'

Hij keek naar de verschillende blauwnuances in haar ogen. 'Daarover niet.'

'Waarover dan?'

Hij keek naar haar mond. 'Over wat er is gebeurd voordat Derek aanbelde.'

'O, dat.'

'Ja, dat.' Hoewel hij niet echt wist wat erover te bespreken viel. Behalve dat het hem speet en dat het niet meer zou gebeuren.

Hij haalde zijn blik van de mond van zijn assistente en volgde de jongen door de gang. Dereks sokken zakten langs zijn dunne scheenbenen naar beneden terwijl hij liep. 'Kom je dit jaar weer naar het ijshockeykamp?'

Derek schudde zijn hoofd. 'Mijn moeder zegt dat we daar geen geld voor hebben.'

Mark wist dat de Chinooks-organisatie voor een aantal kinderen de kosten van het ijshockeykamp betaalde. Hij was er vrij zeker van dat Derek vorig jaar een van die kinderen was geweest. 'Heb je geen beurs gekregen?'

'Dit jaar niet.'

'Waarom niet?'

'Ik weet het niet.'

Mark liep naast Derek de keuken in. Het licht weerkaatste van zijn rode haar, zijn bril en de spierwitte huid met sproeten. 'Welke naam hebben we vorig jaar ook alweer voor je uitgekozen?' vroeg hij terwijl hij naar de koelkast liep en hem opendeed.

Derek zette zijn skates op de vloer naast zijn voeten. 'De Hakker.'

'Dat is waar ook.' Tijdens het kamp hadden alle kinderen een hockeynaam gekregen. Derek was de Hakker, om de manier waarop hij naar de puck hakte. Mark pakte een flesje groene Gatorade en opende het met zijn rechterhand.

'Doet het pijn?'

Mark keek op. 'Wat?'

'Uw hand.'

Hij gooide de dop op het granieten kookeiland en boog zijn vingers. De middelste bleef rechtop staan. 'Soms. Maar niet zoveel als eerst.' Hij gaf Derek het flesje.

'Kunt u uw middelvinger buigen?'

Mark stak zijn hand uit en liet hem aan het kind zien. 'Nee. Die blijft zo staan, wat ik ook doe.'

'Gaaf.'

Mark lachte. 'Vind je?'

'Ja. Je kunt je middelvinger naar iemand opsteken zonder daar straf voor te krijgen.' Derek dronk net zo lang tot hij buiten adem was en het flesje liet zakken. 'De school kan je moeder niet bellen,' zei hij, 'omdat je er niets aan kunt doen.'

Het was waar. In Marks geval zou de school zijn oma bellen, die het aan zijn vader zou vertellen, die hem een pak slaag zou geven.

'Gaat u weer ijshockey spelen?'

Mark schudde zijn hoofd en keek naar de dop op het granieten kookeiland. Zijn sportmakelaar had hem eerder gebeld om een sportverslag voor ESPN te doen. 'Ik ben bang van niet.' Hij had niet meteen nee gezegd, maar hij wachtte eigenlijk op een beter aanbod. Hij was er niet zo enthousiast over om in een studio te zitten en te praten over de wedstrijd in plaats van op het ijs te staan waar de actie plaatsvond. Maar zoals zijn agent hem al had gezegd, de aanbiedingen voor werk voor Mark Bressler liepen net zo snel terug als de reclamecontracten.

'Mijn moeder heeft me meegenomen naar de play-offswedstrijd tegen Detroit. We hebben met drie tegen een gewonnen.' Derek nam nog een slok en duwde zijn bril naar boven. 'Ty Savage viel McCarty aan, om zich te wreken voor de aanval van McCarty op Savage. Het was een mooie wedstrijd, maar hij zou nog beter zijn geweest als u mee had gespeeld.' Derek keek naar Mark. Zijn ogen waren glazig van heldenverering.

'U bent de beste speler ooit. Beter dan Savage.'

Mark wilde niet zover gaan om te zeggen dat hij beter was dan Ty Savage. Nou ja, misschien een beetje.

'Zelfs beter dan Gretzky.'

Mark betwijfelde of hij beter was dan Gretzky, maar één ding wist hij wel: hij had zich nooit prettig gevoeld in de heldenrol. Hij had ijshockey gespeeld. Hij had nog nooit een leven gered of zijn leven gewaagd. Hij was geen held, maar het leek belangrijk voor Derek. 'Dank je, Hakker.'

Derek zette het flesje op het kookeiland. 'Wilt u mijn stops zien?'

Eigenlijk niet, maar als de jongen zo naar hem keek kon hij niet weigeren. 'Natuurlijk.' Hij wees naar Dereks skates. 'Laat het me maar zien op de oprit.' Die was lang genoeg zodat de jongen nergens tegenaan zou schaatsen. Behalve misschien tegen Chelseas auto, maar die had toch al veel deuken.

Derek pakte zijn skates en ze liepen samen naar de voordeur. Toen ze langs het kantoor kwamen, stak Chelsea haar hoofd om de hoek van de deur.

'Kan ik even met je praten, Mark?'

Hij legde een hand op Dereks schouder. 'Ga maar vast naar buiten en trek je skates aan. Ik kom zo bij je.'

'Goed, coach.'

Hij wachtte tot Derek de voordeur achter zich had dichtgetrokken en liep naar zijn assistente toe. Hij wist zeker dat ze over de kus wilde praten. 'Het spijt me dat ik je daarstraks naast me heb getrokken,' zei hij om het achter de rug te hebben. 'Het zal niet meer gebeuren.'

Ze glimlachte naar hem. 'Laten we gewoon vergeten dat het gebeurd is.'

'Kun je dat?' Hij had de ervaring dat vrouwen zoiets niet vergaten. Ze wilden er dagenlang op herkauwen en het ontleden.

'Natuurlijk.' Ze grinnikte en maakte een gebaar met haar hand boven haar hoofd alsof de herinnering al verdwenen was. Door de beweging schoof de zoom van haar afschuwelijke jurk langs haar dijbeen omhoog. Haar lach was een beetje te gekunsteld om overtuigend te zijn en hij trapte er niet in. 'Het is niet erg. Ik ben het al vergeten.'

Leugenaar. Hij deed een stap naar haar toe en stopte een paar centimeter voor haar, waardoor hij haar dwong om haar hoofd achterover te buigen en naar hem op te kijken alsof ze op zijn kus wachtte. 'Ik ben blij dat je er geen probleem van maakt. Ik sliep half.' Nu was het zijn beurt om te liegen. 'En ik zat onder de medicijnen.' Hij had 's ochtends zijn laatste Vicodin genomen.

Haar glimlach verdween. 'Ik denk dat we al vastgesteld hebben dat we ons absoluut niet tot elkaar aangetrokken voelen. Jij vindt mijn gezicht oké, maar mijn lichaam niet. En hoewel ik jou...' Ze stak een hand op en bewoog hem heen en weer. '... oké, je bent onbeleefd en hebt een verschrikkelijk karakter. En ik hou van mannen met een goed karakter.'

Dat betwijfelde hij. 'Natuurlijk.'

'Echt waar,' probeerde ze hem te overtuigen.

'Je praat als een alledaagse vrouw.' En ze was verre van alledaags. 'Alleen alledaagse vrouwen willen mannen om hun persoonlijkheid.'

Ze wees naar hem. 'Dat is precies wat ik bedoel. Dat was heel onbeleefd.'

Hij haalde zijn schouders op. 'Misschien, maar het is de waarheid.'

Ze fronste haar voorhoofd en sloeg haar armen over elkaar. 'Ik wil niet met je praten over wat er daarstraks is gebeurd. Een makelaar van Windemere heeft gebeld over een huis in Bellevue. Het komt binnenkort op de markt, maar de makelaar wil het eerst aan jou laten zien.'

'Maak maar een afspraak voor volgende week.'

'Ze wil het vandaag nog laten zien.'

Hij schudde zijn hoofd en liep naar de voordeur. Hoe minder tijd hij op dit moment met haar doorbracht, des te beter was het. 'Ik heb Derek iets beloofd.'

'Dat kind gaat je problemen bezorgen.'

Derek was niet de enige. Mark keek over zijn schouder naar

zijn knappe assistente met het brutale haar en de mooie mond. De vrouw was één groot probleem.

Hij trok de voordeur open en deed hem achter zich dicht. Derek maakte op de trap zijn skates vast. 'Die vrouw is gemeen.'

'Chelsea?' Hij zette de punt van zijn stok op de tree onder hem en deed een stap naar beneden. Chelsea was veel dingen, vooral irritant, maar ze was niet gemeen.

'Ze keek gemeen naar me.'

Mark lachte. 'Ze keek niet gemeen naar je.' Hoewel ze dat naar Mark regelmatig had gedaan. Zoals de keer dat ze had ontdekt dat hij haar condooms had laten kopen om haar te pesten. 'Ze zei alleen iets tegen je wat je niet wilde horen. Je hoort niet zomaar langs te gaan bij andere mensen. Dat is onbeleefd.' Hij haalde zijn mobiel uit zijn zak en gaf hem aan de jongen. 'Bel eerst je moeder.'

Derek was klaar met zijn skates. 'O, shit.'

'Dacht je dat ik dat zou vergeten?'

'Ja.'

De jongen toetste de zeven cijfers in en wachtte tot er werd opgenomen. De bezorgde trek rond zijn mond verdween en hij fluisterde: 'Ik word doorgeschakeld naar haar voicemail.'

Dat was een meevaller voor hem.

'Hallo, mam. Ik was aan het fietsen en toen kwam ik coach Mark tegen. Ik ben om zes uur terug. Tot straks.'

Mark zei niets over Dereks leugentje om bestwil.

De jongen klapte de mobiel dicht en gaf hem aan Mark terug. 'Ik kan achteruitschaatsen. Ik heb in de kelder geoefend.'

Mark stopte zijn telefoon in zijn achterzak. 'Laat maar zien.'

Derek ging staan en zijn enkels zakten naar binnen. Hij hield zijn armen gespreid en bewoog zijn schaatsen heen en weer tot hij langzaam naar het midden van de oprit rolde. Hij gebruikte een voet om te remmen. Veel beter dan de sneeuwploeg die hij afgelopen zomer had gebruikt, maar zijn evenwicht was nog steeds verschrikkelijk slecht.

'Dat gaat best goed.'

Derek glimlachte en de late middagzon zette zijn haar in vuur en vlam en weerkaatste van zijn witte voorhoofd.

'Kijk eens.' Hij boog zijn knieën, dook in elkaar en zette druk op de binnenkant van zijn skates. Hij rolde een paar centimeter naar achteren en straalde alsof hij net een hattrick had gescoord. Wat Derek miste aan talent, maakte hij goed met hartstocht. Hartstocht was het ondefinieerbare element dat van een goede speler een fantastische speler maakte. Hoeveel je ook trainde, de hartstocht voor het spel moest gewoon in je zitten.

'Je komt er wel.' Het was heel jammer dat hartstocht alleen niet genoeg was. 'Maar je buigt voorover om naar je voeten te kijken. Wat is de eerste regel in ijshockey?'

'Niet janken.'

'Nummer twee?'

'Hoofd omhooghouden.'

'Dat klopt.' Hij wees met zijn stok naar de jongen. 'Heb je je sprongen en pootje over geoefend?'

Derek zuchtte. 'Nee.'

Mark liet zijn stok zakken en keek op zijn horloge. 'Schaats met je hoofd omhoog naar het eind van de oprit en terug.'

Chelsea schoof de zware gordijnen opzij en zag Derek zijn ene en daarna zijn andere knie optillen. Hij marcheerde met uitgestoken armen naar het eind van de oprit. Toen hij probeerde te draaien, viel hij op zijn magere achterwerk.

'Hoofd omhoog!' riep Mark.

Derek klopte het stof van zijn kleren en marcheerde terug. Hij deed Chelsea denken aan Ron Wemel in de eerste Harry Potter-film, maar dan sulliger.

Mark liep naar het midden van de oprit en gaf hem een half-volle fles Gatorade. Chelsea kon niet horen wat Mark tegen die jongen zei, alleen het diepe timbre van zijn stem. Derek knikte en dronk.

Mark pakte de fles aan en liep weer naar de schaduw van het portiek. 'Twee kleine, een grote,' riep hij tegen het kind, en Derek begon op de plaats te springen. Hij viel meteen.

Chelsea liet het gordijn los, liep naar buiten en ging naast Mark staan. 'Ik dacht dat hij je een paar stops zou laten zien en dan naar huis zou gaan. Waarom laat je hem over de oprit heen en weer lopen?'

'Hij moet evenwicht krijgen.' Hij wees met zijn stok naar de jongen en schreeuwde: 'Wissel nu af! Kleine sprong. Grote sprong. Kleine sprong. Grote sprong. Buig je knieën, Derek!'

'Wie ben je? Mr. Miyagi?' Ze hield haar handen voor zich met haar handpalmen naar buiten. '*Wax on, wax off.* Buig je knieën, mijn zoon.'

Mark grinnikte. 'Zoiets.' Hij liep naar het midden van de oprit met een lichte hapering in zijn loop. Chelsea sloeg haar armen over elkaar en ging op de trap zitten. Mark wees naar de oprit en zei iets over duwen en glijden, over vallen en opstaan.

'Gebruik je heupen. Hoofd omhoog!' riep Mark tegen hem.

Na ongeveer een kwartier duwen en glijden was Derek buiten adem. Zijn wangen waren vuurrood en een van zijn knieën was geschaafd. Chelsea had bijna medelijden met hem, maar niet helemaal, want die kleine leugenaar had haar in een slecht daglicht gezet.

Hij liet zich naast Chelsea op de trap vallen en stak zijn hand uit naar zijn Gatorade. 'Ik word goed,' zei hij, waarna hij de fles aan zijn mond zette en hem leegdronk. Chelsea was geen deskundige, maar zelfs zij kon zien dat de jongen nog een lange weg te gaan had voordat hij in de buurt van 'goed worden' kwam.

De jongen keek naar Mark, zijn blik vol uitputting en heldenverering. 'Misschien kan ik nog een keer terugkomen om te oefenen.'

Natuurlijk, alsof Mark dat goed zou vinden. Hij wilde niemand om zich heen.

Mark fronste zijn voorhoofd alsof hij plotseling hoofdpijn

had. 'Vraag maar aan Chelsea op welke dagen ik volgende week vrij ben.'

'Je bent woensdag en vrijdag vrij,' antwoordde Chelsea geschokt.

Derek zette de fles neer en maakte zijn skates los. 'Op woensdag oefen ik met de zomerkapel.'

Chelsea stond er niet van te kijken. Waarschijnlijk speelde hij tuba. De meeste magere jongens die ze kende hadden tuba gespeeld. Net als de meeste kleine jongens vrachtwagenchauffeur waren geworden.

'Wat denk je van dinsdag en donderdag?' vroeg Mark.

'Dan heb je 's ochtends bezichtigingen.'

'Ik kan 's middags komen,' zei Derek terwijl hij zijn schoenveters strikte. Hij stond op en stopte zijn skates in zijn rugzak, die hij naast de trap had verborgen. Hij ritste de rugzak dicht en stak zijn broodmagere armen door de schouderbanden.

'Zeg tegen je moeder dat ze me moet bellen.' Mark legde zijn rechterhand op het bezwete hoofd van Derek. 'Als je thuiskomt, moet je veel water drinken en uitrusten.'

'Oké, coach.'

Chelsea beet op haar lip. Achter zijn chagrijnige, ruwe, onaangename buitenkant was Mark een softie.

Ze stond op toen Derek naar de garage liep, waar hij zijn fiets had achtergelaten. 'Moeten we hem geen lift geven?'

'Natuurlijk niet,' zei Mark spottend. 'Hij moet kracht in zijn benen krijgen. Hij is zo zwak als een meisje. Fietsen is goed voor hem.' Hij draaide zich om en keek naar Chelsea, met haar tweekleurige haar en veelkleurige jurk. Hij had een assistente die meer last veroorzaakte dan hij gemak van haar had, en nu had hij ook nog een magere, sullige jongen die hem adoreerde en die twee keer per week langs zou komen. Hoe was dat in vredesnaam gebeurd? 'Het is bijna vijf uur.'

'Ik stond op het punt om weg te gaan. Heb je nog iets nodig voordat ik vertrek?'

Daar ging ze weer. Ze vroeg hem wat hij nodig had. 'Niets.' Hij liep terug naar de oprit terwijl Derek wegfietste.

'Dan zie ik je maandag weer,' riep Chelsea hem na.

Hij stak zijn hand op en liep naar de garagedeur. Hij toetste de code in en de deur schoof langzaam open. Als hij Derek ging trainen, had hij zijn fluitje nodig. Hij liep naar binnen en keek naar zijn Mercedes. Deze week had hij niet zoveel pijnstillers geslikt. Zijn kracht kwam langzamerhand terug in zijn rechterhand en hij was ervan overtuigd dat hij binnenkort weer zelf kon rijden. Hij deed het licht aan en liep naar de planken die aan de achterste muur hingen.

De laatste keer dat hij zijn fluitje en stopwatch had gezien, had hij ze in een sporttas gestopt. Hij zette zijn stok tegen de muur en keek naar de planken die van vloer tot plafond liepen. Zijn blik bleef hangen op een blauwe sporttas, en de lucht schoot uit zijn longen alsof hij een stomp in zijn maag had gekregen. De tas was oud en versleten en had er duizenden vlieguren op zitten. Hij hoefde er niet in te kijken om te weten wat erin zat: zijn schaatsen en beschermers, zijn helm en clubshirt, zijn ijshockeybroek en sokken, en waarschijnlijk zijn tok.

Toen het bestuur naar het ziekenhuis was gekomen om te vertellen dat de jongens zijn spullen in zijn kluisje wilden laten liggen, had hij gezegd dat ze alles moesten inpakken en naar zijn huis moesten brengen. De jongens hadden zonder hem genoeg aan hun hoofd. Ze hoefden geen voortdurende herinnering aan hem, en hij wilde niet op een dag de kleedruimte in lopen om zijn spullen zelf in te pakken.

Naast de sporttas lag zijn tas met ijshockeysticks die speciaal voor hem waren gemaakt. Zijn oude leven zat in die twee tassen. Alles wat hij was en ooit had willen zijn. Het enige wat over was van negentien jaar in de NHL zat in die tassen. Dat en de adoratie van een achtjarige jongen met magere benen en zwakke enkels.

Hij had tegen Derek gezegd dat hij hem twee keer per week

wilde coachen, hoewel hij niet goed wist hoe dat was gebeurd. Het ene moment wilde hij naar de koelte van zijn huis en het volgende moment had hij tegen Derek gezegd dat hij aan Chelsea moest vragen op welke dagen hij kon. Hij was helemaal niet van plan geweest om Derek te coachen, maar het kind had naar hem gekeken zoals Mark ooit had gekeken naar mannen als Phil Esposito en Bobby Hull. Dat had hem week gemaakt.

Hij was een sukkel. Dat verklaarde alles.

Een andere verklaring was misschien dat er niet veel gebeurde in zijn leven. Hij stak zijn hand uit en pakte een kleine sporttas van een van de bovenste planken. Hij had geen baan en geen gezin. Hij was achtendertig, gescheiden en had geen kinderen. Zijn oma en vader woonden een aantal staten verderop. Ze hadden hun eigen levens, en hij zag ze ongeveer een keer per jaar.

Verder had hij een huis dat te groot voor hem was, een Mercedes waarin hij nog niet kon rijden en een assistente die hem stapelgek maakte. Het gekke was dat hij Chelsea zonder aanwijsbare reden leuk begon te vinden. Ze was niet op haar mondje gevallen en lichamelijk gezien was ze niet zijn type vrouw. Hij was zeker dertig centimeter langer dan zij en was minstens vijfenveertig kilo zwaarder. Over het algemeen voelde hij zich aangetrokken tot vrouwen die hem leuk vonden, en niet tot vrouwen die naar hem keken alsof hij een eikel was. Hoewel hij haar dat waarschijnlijk niet eens kwalijk kon nemen. Hij was een eikel en het verraste hem toen hij besefte dat dat hem meer dwarszat dan anders.

Hij ritste de tas open en vond een fluitje, een stopwatch en de baseballpet met TOPCOACH erop die de kinderen van het ijshockeykamp hem vorig jaar hadden gegeven.

Hij haalde een paar jeugdhockeysticks en oranje kegels van de plank. Derek White miste het aangeboren talent om ooit professioneel ijshockey te spelen. Hij was gewoon geen sportman, maar er waren veel mannen die van de sport hielden en voor hun plezier speelden. Mannen die fanatiek ijshockeyden en toch veel plezier hadden. Mark kon zich de laatste keer niet herinneren dat hij zijn schaatsen alleen had vastgemaakt om plezier te hebben.

Hij zette de pet op zijn hoofd en verplaatste hem een paar keer tot hij de perfecte plek had gevonden. Het voelde goed. Juist. Zoiets had hij een hele tijd niet gevoeld. Hij hield van ijshockey. Hij hield van alles eromheen, maar ergens was het plezier erin opgehouden. Spelen had om winnen gedraaid. Elke wedstrijd. Elke keer.

Hij hoorde Chelseas auto van de oprit rijden. Hij kende zijn assistente minder dan twee weken, twaalf dagen om precies te zijn. Het leek langer. Ze regelde zijn dagen en drong binnen in zijn dromen.

De vorige dag had ze hem verteld dat hij controle over zijn leven had, maar dat zag hij anders. Voor het ongeluk had hij zowel op het ijs als daarnaast controle gehad. Hij had zeggenschap over zijn persoonlijke leven en zijn carrière gehad. Hij had toezicht gehouden op de vreemde streken die zijn teamgenoten uithaalden en hij had er controle over gehad wie zijn huis binnen liep.

Hij voelde een zeurende pijn in zijn heup en dijbeen opkomen terwijl hij via de achterdeur naar de keuken liep. Hij zocht in de la en haalde er een flesje Vicodin uit. Tegenwoordig had hij nergens controle over. Hij maakte het flesje open en keek naar de witte pillen die hij in zijn handpalm schudde. Het zou heel gemakkelijk zijn om een handvol te nemen. Om ze in zijn mond te stoppen alsof het snoepjes waren en al zijn problemen te vergeten. Om de sterke pijnstiller meer weg te laten nemen dan alleen de pijn. Om zijn hersenen te verdoven en hem weg te voeren naar een heerlijke, knusse plek waar niets nog belangrijk was.

Hij dacht aan Chelsea en hun gesprek over controle, en stopte de pillen in het flesje terug. Hij had ze nodig voor de pijn, maar vaak had hij ze niet voor de pijn in zijn lichaam genomen. Als hij niet voorzichtig was werd hij er te afhankelijk van.

Hij dacht aan Chelsea die in een kort rokje ijshockey speelde. Als hij niet heel, heel voorzichtig was werd hij ook te afhankelijk van haar.

12

Toen Bo vrijdagavond thuiskwam van haar werk, gaf ze Chelsea een visitekaartje. Op de voorkant stond de naam van het mediabedrijf dat de commercials voor de Chinooks-organisatie produceerde. Op de achterkant stonden de naam en het telefoonnummer van het castingbureau dat ze gebruikten.

'Ik dacht dat je misschien geïnteresseerd zou zijn,' zei Bo. 'Meestal gebruiken we de spelers voor onze advertenties, maar soms maken we gebruik van plaatselijke acteurs.'

Ze bekeek het visitekaartje en googelde het castingbureau. Ze zou nog een paar maanden in Seattle blijven, en misschien nog langer als ze besloot om door te gaan met haar borstverkleining. Ze moest iets bedenken om te doen met haar tijd, behalve televisiekijken, naar nachtclubs gaan, Mark Bresslers e-mails beantwoorden en afspraken met makelaars maken. Als het castingbureau haar niet aanstond, wist ze dat zodra ze naar binnen was gelopen. Dan was er geen man overboord. Ze zou haar cv meenemen en vertrekken.

Maandag belde ze op weg naar haar werk met het castingbureau en maakte een afspraak voor dinsdag, als Mark Derek aan het coachen was. Een uur later wisselde ze van auto en reed ze Mark naar de bezichtiging in Bellevue. Het herenhuis met een oppervlakte van zeshonderdvijftig vierkante meter aan de waterkant in Newport Shores had parketvloeren en massief eiken balken. De ramen aan de achterkant van het huis keken uit op een enorme tuin met wellnessruimte naast het zwembad. Het had een bar en een wijnkamer met een vaste temperatuur. Het huis had net zo veel uitstraling als het huis waar Mark nu in woonde, maar kostte een miljoen dollar minder.

Toen ze in de voorraadkamer stonden, die even groot was als Bo's hele appartement, zei hij: 'Ik heb zo'n groot huis niet nodig.'

Chelsea wist vrij zeker dat ze hem het aantal vierkante meters had verteld voordat ze hiernaartoe waren gereden.

'En ik wil niet achter een hek wonen,' ging hij verder.

Hij had nog nooit gezegd dat hij een hekel aan hekken had, maar als hij de informatie over het huis had gelezen die ze voor hem had geprint, had hij het kunnen weten. Toen ze bij het huis wegreden, keek ze naar hem en vroeg: 'Bedenk je speciaal manieren om lastig te zijn of is het een natuurlijke reflex? Zoals ademhalen?'

Hij zette de bril met spiegelglazen op zijn neus. 'Ik vind dat ik vandaag aardig ben.'

'Echt?'

'Ja.' Hij haalde zijn schouders op.

Ze schudde haar hoofd. 'Ik heb het niet gemerkt.' Ze begon erop te letten terwijl ze hem naar de tandarts reed. Ze bedacht dat hij gelijk had als de ongemakkelijke stilte voor hem aardig zijn betekende. Maar toen ze hem een uur later van de tandarts naar huis reed, verpestte hij het weer helemaal met zijn commentaar op haar rijstijl. Vreemd genoeg kon ze daar beter mee omgaan dan met zijn pogingen om aardig te zijn.

'Het verkeerslicht staat bijna op rood.'

'Het is nog oranje,' zei ze terwijl ze de kruising overstak. 'Ik dacht dat je vandaag aardig zou zijn.'

'Dat kan ik niet als ik me zorgen maak dat ik doodgereden word. Weet je zeker dat je een geldig rijbewijs hebt?'

'Ja. Uitgegeven door de staat Californië.'

'Oké, dat verklaart alles.'

Ze rolde met haar ogen achter haar zonnebril veranderde van gespreksonderwerp. 'Had je gaatjes?'

'Zo'n afspraak was het niet. De tandarts wilde mijn implantaten controleren.'

Chelsea was bekend met implantaten. Ze had een vriendin die haar voortanden was kwijtgeraakt bij een surfongeluk. De tandarts had schroeven in haar bovenkaak gedraaid, en had daarna porseleinen kronen op de punten gezet. Als je niet wist dat het haar eigen tanden niet waren, zou je het niet geloven. 'Hoeveel heb je er?'

'Drie implantaten en vier kronen.' Hij wees naar zijn linkerbovenkaak. 'Ik heb geluk gehad.'

Ze vroeg zich af wat hij als pech beschouwde.

Dinsdagmiddag bracht ze haar portfolio naar het castingbureau in het centrum van Seattle. Ze had een afspraak met de eigenares, Alanna Bell, die haar een beetje deed denken aan Janeane Garafalo. Maar dan de Janeane van tien jaar geleden, voordat de actrice zo verbitterd was geraakt over haar leven.

'Wat is je echte haarkleur?' vroeg Alanna terwijl ze door een map bladerde.

'De laatste keer dat ik het gecontroleerd heb was het bruin.'

'Ik kan meer werk voor je krijgen als je haar één kleur heeft. Zou je het willen verven als ik je dat vraag?'

Ze keek naar de posters en gesigneerde foto's aan de muur van Alanna's kantoor. Er hing een prettige sfeer, en zij kon het weten. Ze had een flink aantal waardeloze agenten meegemaakt. 'Daar zou ik zeker over na willen denken.'

'Ik zie dat je de toneelacademie hebt gedaan.'

'Ja. En ik heb een paar jaar aan de universiteit in LA gestudeerd.'

Alanna gaf haar een monoloog uit *White Oleander*. Chelsea hield er niet van om een rol voor te lezen, maar het was onderdeel van de procedure. Ze haalde diep adem, maakte haar hoofd leeg, keek naar de woorden voor zich en begon te lezen.

Toen ze klaar was, legde ze het papier op het bureau en wachtte zoals ze al ontelbare keren had gedaan. Dit keer voelde het echter anders. Ze voelde het acteervirus nog steeds, hoewel ze vijftienhonderd kilometer bij Hollywood vandaan was, maar het was minder intens. Ze hoefde in Seattle aan niemand iets te bewijzen en vooral niet aan zichzelf. Ze voelde geen druk om de juiste mensen te ontmoeten of te vechten voor die ene rol die haar carrière zou lanceren. Hier kon ze gewoon acteren. Ze kon zich ontspannen en er plezier aan beleven. Iets wat ze al een hele tijd niet meer had gedaan.

'Misschien heb ik dit weekend wat achtergrondwerk voor je.' Ze keek naar Chelsea's cv. 'HBO filmt dit weekend bij de Seattle Music Experience.'

Chelsea kreunde inwendig. Ze vond het niet prettig om urenlang achtergrondwerk te doen, maar het was een begin en het was te combineren met haar baan bij Mark. 'Dat klinkt geweldig.'

'Ik neem aan dat je een lidmaatschapskaart van de vakbond hebt?'

Chelsea haalde hem uit haar portemonnee en schoof hem over het bureau. Even later gaf ze Alanna een hand en reed ze naar Medina. Het was een goed idee om met acteren bezig te blijven en aan haar techniek te werken voordat ze terugkeerde naar LA. Ze had gehoord dat beroemde acteurs en actrices nadat ze een paar grote films hadden gemaakt, uit de schijnwerpers stapten om te acteren in kleine producties in New York, waarna ze fris en met een helder hoofd terugkeerden. Ze had het nooit begrepen, maar nu wel. Haar hoofd leek ook helderder. Doordat ze tien jaar lang haar droom had nagejaagd, was ze haar plezier in acteren kwijtgeraakt. Het fijne gevoel om een tijdje iemand anders te kunnen spelen.

Ze reed de straat in waar Mark woonde en remde naast de stoep. Het was even na tweeën en Mark stond in het midden van zijn lange oprit, met een hand op zijn stok en de andere op zijn heup. In plaats van zijn gewone uniform – een wit shirt en een trainingsbroek – droeg hij een donkergroene polo en een spijkerbroek. Een beige baseballpet verborg zijn ogen. Derek stond een paar meter verderop, met een hockeystick in zijn hand, en sloeg een puck heen en weer. Chelsea parkeerde op straat om hem voldoende ruimte te geven. Een zacht windje speelde met haar haar en de zoom van haar Burberry-plooirok toen ze naar Derek toe liep. Ze droeg een donkere zonnebril. 'Hoe lang moet je dat doen?' vroeg ze aan de jongen.

'Tot hij het kan terwijl hij zijn hoofd rechtop houdt,' antwoordde Mark. Hij zag er groot en imposant uit vergeleken met het magere kind.

Chelsea liep naar Mark toe en schoof haar zonnebril op haar hoofd. 'Willen jullie iets hebben?'

Hij keek naar haar. De schaduw van de pet kwam tot de welving van zijn bovenlip. 'Zoals wat?'

'Water? Gatorade?'

Een mondhoek ging langzaam omhoog. 'Nee. Dat is niet wat ik wil hebben.'

'Wat wil je dan wel?'

Zijn blik ging van haar ogen via haar mond en haar keel naar haar witte blouse. Zijn aandacht voelde bijna als een fysieke liefkozing. Haar maag werd helemaal licht en haar adem bleef in haar longen steken terwijl zijn blik op haar middenrif bleef hangen, waarna deze naar haar rok en haar blote dijbenen afdaalde. Ze voelde de hitte van zijn bruine ogen, en ze verwachtte half dat hij zou zeggen dat hij haar wilde hebben.

'Hoe was je afspraak?' vroeg hij.

'Welke afspraak?'

'Met je agent.' Hij draaide zich om en keek naar Derek, waardoor ze weer kon ademhalen. 'Daar ben je toch geweest?'

'O, die afspraak. Dat ging goed. Ze heeft achtergrondwerk voor me bij de Seattle Music Experience bij de Space Needle.'

'Wat is achtergrondwerk?' vroeg hij terwijl hij naar Derek bleef kijken.

'Precies wat het woord zegt. Het betekent dat ik op de achtergrond sta en net doe alsof ik met iets belangrijks bezig ben.' Ze duwde haar haar uit haar gezicht. 'Ze heeft me gevraagd om mijn haar in één kleur te verven.'

'Hoofd omhoog en vanuit je polsen draaien,' riep hij naar Derek. 'Heb je gezegd dat je dat niet doet?'

Ze keek naar hem op en haar lippen gingen verbaasd uit elkaar. 'Je haat mijn haar.'

'Ik haat het niet.'

'Je zei dat ik eruitzag als een bootvluchteling.'

'Ik had het over je kleren.' Hij keek naar haar en opnieuw kwam de schaduw van zijn pet tot de welving van zijn bovenlip. 'Je haar is niet zo erg. Ik ben eraan gewend geraakt.'

'Probeer je opnieuw aardig te doen?'

'Nee. Als ik aardig probeerde te doen, zou ik tegen je zeggen dat je er goed uitziet.'

Chelsea keek naar haar witte blouse en Burberry-plooirok. 'Omdat het conservatiever is dan wat ik normaal gesproken draag?'

Hij grinnikte. 'Omdat het een kort rokje is.' Hij wees met zijn stok naar Derek. 'Je mag stoppen. Ik denk dat je klaar bent voor wat passes.' Hij liep naar de garage en kwam even later terug met een ijshockeystick, die hij naar Chelsea gooide. 'Derek, schiet de puck naar Chelsea.'

'Naar mij?'

'Naar haar? Maar zij is een vrouw.'

'Dat klopt,' beaamde Mark, en ze verwachtte half dat hij een seksistische opmerking zou maken. 'Ze is klein en snel, dus je kunt maar beter je best doen.'

Ze pakte de hockeystick en wees naar haar voeten. 'Ik draag hakken van 7,5 centimeter.'

'Je hoeft niet te bewegen. Je hoeft alleen de puck te stoppen.'

'Ik draag een rok.'

'Dan denk ik dat je goed je best moet doen om niet voorover

te buigen.' Hij grinnikte. 'Ik vind het niet erg, maar we moeten het netjes houden omdat Derek minderjarig is.'

'Wat ik niet allemaal overheb voor mijn baan.' Ze schopte haar schoenen uit en schoof haar zonnebril op haar neus.

Mark liep een paar meter weg en wees naar Derek. 'Beweeg over het ijs. Neem de puck mee en schiet hem naar haar toe.'

Derek schaatste over de oprit. Hij was nauwelijks in staat om rechtop te blijven staan. Niet alleen kon hij niet schaatsen, maar hij kon ook niet met de hockeystick omgaan. Hij viel een paar keer bijna, en toen hij eindelijk schoot, ging de puck ver naast en moest Chelsea erachteraan rennen.

'Je kijkt naar de puck,' zei Mark tegen hem. 'Hou je hoofd omhoog en je ogen op het punt waar je wilt dat de puck terechtkomt.' Hij probeerde het opnieuw, en weer bleef hij nauwelijks op zijn skates staan en moest Chelsea achter de puck aan rennen. Na de vierde keer begon ze een beetje geïrriteerd te raken.

'Ik begin er genoeg van te krijgen om achter de puck aan te rennen,' klaagde ze terwijl ze de puck naar het midden van de oprit bracht.

'Derek, wat is de eerste regel van ijshockey?'

'Geen gejank, coach.'

Chelsea fronste haar voorhoofd en keek van Dereks rode gezicht naar Mark. 'Is dat een officiële regel?'

'Ja. Net als het belang van elkaar beledigen.' Terwijl Mark zijn rechterbeen recht hield, bukte hij zich om de puck op te pakken. 'Goed, laat maar wat horen,' zei hij terwijl hij hem aan Derek gaf.

'Oké, coach.' Derek schaatste weer naar haar toe en zei: 'Je haar is stom en je kijkt gemeen.' Hij schoot, de puck raakte Chelseas ijshockeystick en ketste weg.

'Wat zei je?'

'Je kijkt gemeen. '

Ze raakte haar zonnebril aan. 'Is dat zo?'

Derek lachte en Mark schudde zijn hoofd. 'Nee. Beledigingen hoeven niet waar te zijn. Ze moeten alleen afleiden.' Hij pakte de puck en gooide hem naar Derek. 'Dat was een goeie. Het gaat beter als je minder je best probeert te doen.'

Toen Derek weer naar Chelsea toe schaatste, had ze iets bedacht wat bij hem en zijn leeftijd paste. 'Je bent zo mager dat je kunt hoelahoepen met een Cheerio,' zei ze terwijl ze zichzelf behoorlijk slim vond.

Derek schoot. Hij ging een beetje naast, maar ze kon hem tegenhouden zonder dat ze te ver hoefde te rennen. Hij schudde zijn hoofd. 'Dat was stom.'

En dat zei hij, terwijl hij had gezegd dat ze gemeen keek? Ze keek naar Mark, die zijn schouders ophaalde. 'Misschien moet je op je beledigingen oefenen.'

Ze was niet de enige. Behalve de gemene blik had Derek niet meer beledigingen in zijn repertoire. Nadat hij haar drie keer zo had genoemd, stond ze op het punt om hem een mep met haar hockeystick te geven. Dus toen hij struikelde over zijn skates en viel, kon ze nauwelijks medelijden met hem hebben.

'Au.' Hij rolde op zijn rug en keek naar de lucht.

'Is alles goed met je?' vroeg Mark terwijl hij naar hem toe liep.

'De stick raakte mijn ballen.'

'O.' Mark liet zijn adem tussen zijn tanden door ontsnappen. 'Dat is ellendig. Een klap tegen je ballen is het ergste bij ijshockey.'

Derek zag er niet uit alsof hij veel pijn had. Hij kronkelde niet of zo, en Chelsea kon een paar dingen bedenken die erger waren dan een beetje pijn in je ballen. Zoals een puck die je gezicht raakte en je tanden uit je mond sloeg.

'Het doet heel veel pijn.'

'Ik dacht dat je niet mocht janken bij ijshockey,' zei ze.

Mark wierp haar een boze blik toe alsof ze iets heel ongevoeligs had gezegd. 'Je mag janken over een geplette bal.'

'Is dat echt een van de regels?'

'Als het niet zo is, zou het dat moeten zijn. Dat weet iedereen.' Hij ging op één knie naast hem zitten. 'Gaat het een beetje?' Derek knikte. 'Ik denk het wel.' Hij ging zitten.

'Laten we er voor vandaag mee stoppen,' stelde Mark voor terwijl hij Derek overeind trok.

Chelsea wilde dolgraag stoppen. Ze liep naar de plek waar ze haar schoenen had achtergelaten en veegde haar voetzolen af. Daarna leunde ze op de stick om haar pumps aan te trekken.

Derek trok zijn skates uit en stopte ze in zijn rugzak. Hij gaf Mark de hockeystick en stapte voorzichtig op zijn fiets. 'Denk je dat je naar huis kunt fietsen? Moet ik je anders een lift geven?' vroeg Mark, maar Derek schudde zijn hoofd.

'Het gaat wel, coach.'

Het was blijkbaar niet erg om hem te laten fietsen terwijl hij uitgeput was, maar het was wel erg met een geplette bal.

Toen Derek wegreed, liep Mark naar de garagedeuren. 'Wat ga je de rest van de dag doen?' vroeg hij.

'E-mails van je fans beantwoorden.' Ze liep achter hem aan en liet haar blik van zijn nek en brede schouders naar zijn smalle middel en gespierde achterwerk gaan. Alles stond hem goed. 'Waarom?'

'Morgenavond komen er een paar jongens pokeren. Ik hoopte dat jij naar de winkel kon gaan om bier en hapjes te halen, als ik een lijst voor je maak.'

'Nu?'

'Ja.' Hij pakte haar stick aan en legde hem op een plank voor een grote sporttas. 'Ik zal je geld geven.' Hij haalde zijn portemonnee uit de achterzak van zijn spijkerbroek en maakte hem open. 'Oké, dat is vervelend. Ik heb maar vijf dollar,' zei hij terwijl hij zijn portemonnee terugstopte. 'Dan moeten we samen gaan.'

Ze trok haar wenkbrauwen op. 'Ga jij zelf boodschappen doen? Ben je daar niet te bekend voor?'

'Je verwart me met een van je sterren.' Hij liep naar de achterdeur en kwam even later terug met een sleutelbos, die hij naar haar toe gooide. 'Aan het eind van de straat is een supermarkt.'

'Ga je commentaar geven tijdens het rijden?'

'Nee.'

Ze hield voet bij stuk en weigerde in de auto te stappen. 'Beloof je dat?'

Hij stak zijn rechterhand op, maar het zag er eerder uit alsof hij zijn middelvinger naar haar opstak dan dat hij een eed zwoer. 'Zelfs niet als je tegen een boom knalt en me ombrengt.'

'Breng me niet in de verleiding.' Ze trok het portier open en ging zitten. De stoel stond zo ver naar achteren dat ze niet bij het stuur kon, laat staan bij de pedalen. 'Heb je gereden?'

'Nee.' Hij keek weg en deed de deur dicht. 'Ik zocht gisteren iets.'

'Wat dan?'

'Iets.'

Hij wilde het haar dus niet vertellen, maar zolang hij zijn commentaar voor zich hield, mocht hij zijn geheim hebben. Het was heel verrassend dat hij zich aan zijn woord hield. Hij klaagde helemaal niet over haar rijstijl, zelfs niet toen ze hem testte door verder te rollen bij een stopbord.

De supermarkt was zo'n winkel waar ze er heel trots op waren dat ze natuurlijke en biologische voedingsmiddelen verkochten aan mensen die zich dat konden permitteren. Het soort winkel dat heerlijke delicatessen en een fantastische bakkerij had. Het soort dat Chelsea over het algemeen vermeed als ze haar eigen boodschappen moest betalen.

Ze pakten een winkelwagentje en vonden het bier in het eerste gangpad. Mark nam het plaatselijke merk. Ze hadden hier alle soorten bier, van Red Hook en Pyramid tot merken waarvan ze nog nooit had gehoord. Mark pakte zakken chips en biologische salsa, crackers en drie soorten kaas, prosciutto en dun gesneden salami.

'Weet jij hoe je nacho's moet maken?' vroeg hij terwijl ze naar de zuivelafdeling liepen.

'Nee.' Er waren bepaalde grenzen die ze niet passeerde met werkgevers. Zich uitsloven in hun keuken was er daar één van.

'Dat kan niet al te moeilijk zijn.'

'Dan doe jij het toch.'

'Ik heb het een keer geprobeerd.' Hij zette een liter zure room en een vierliterpak melk in de kar. 'Ik heb mijn hand verbrand en kon mijn handschoen een week lang niet dragen.'

'Arme schat.'

'Dat kun je wel zeggen. Die brandwond was de belangrijkste reden dat ik de Art Ross Trophy dat jaar niet heb gewonnen.'

'De wat?'

'Art Ross. Dat is de trofee die wordt gegeven aan de speler die aan het eind van het reguliere seizoen de meeste punten heeft gehaald. Sidney Crosby heeft hem gewonnen. Hij had me met vijf punten verslagen, en dat was allemaal de schuld van de nacho's.'

Ze giechelde. 'Is dat echt waar?'

Hij glimlachte en stak zijn slechte hand op alsof hij een padvinder was. Daarna pakte hij een paar zakken geraspte kaas. 'Het is heel gemakkelijk. Je hoeft de kaas niet eens te raspen.'

'Sorry. Ik word niet betaald om nacho's te maken.'

Hij liet de zakken cheddar in het winkelwagentje vallen. 'Hoeveel krijg je eigenlijk betaald?'

'Waarom wil je dat weten?'

'Ik ben gewoon nieuwsgierig waarom je elke dag terugkomt.'

'Mijn intense en eeuwige toewijding aan mensen die die nodig hebben,' loog ze.

Hij schudde zijn hoofd. 'Dat kun je beter.'

Ze lachte. 'Oké, ik krijg vijftien dollar per uur.'

'Vijftien dollar per uur om e-mails te beantwoorden en in mijn auto te rijden? Dat is gemakkelijk verdiend.'

Gesproken als een typische etter. 'Ik zit niet alleen met jou, maar ook met Derek opgescheept.'

'Derek is net een helikopter. Je moet zorgen dat personeelszaken je gevarentoeslag geeft.'

Hij had blijkbaar niet over de bonus gehoord. Ze vroeg zich af of zij het hem moest zeggen. De Chinooks-organisatie had niet gezegd dat ze het aan niemand mocht vertellen. Het was volgens haar geen geheim, maar iets hield haar tegen. 'Misschien doe ik dat als hij de volgende keer mijn scheenbeen raakt.'

'Eerst moet hij op zijn skates blijven staan.' Hij glimlachte, een glimlach die zich verspreidde naar de rimpeltjes in zijn ooghoeken.

'Hallo, Mark.'

Hij keek over zijn schouder naar de lange vrouw die achter hem stond en zijn glimlach verdween. 'Chrissy.'

'Hoe is het met je?' De vrouw had platinablond haar en turkooizen ogen. Ze was adembenemend, als een supermodel, maar net als veel modellen was ze niet perfect. Haar neus was een beetje te lang. Zoals Sarah Jessica Parker in *The Family Stone*. Niet de Sarah Jessica uit de *Sex and the City*-film. Die Sarah Jessica was veel te mager.

Hij spreidde zijn armen. 'Goed.'

Terwijl Chrissy naar Mark keek, keek Chelsea naar Chrissy's vintage Fendi-tas met de klassieke, zwarte sluiting. De tas was buitengewoon moeilijk te krijgen.

'Je ziet er goed uit.'

'Ben je nog steeds getrouwd met die oude man?'

Au. Dat klonk verbitterd. Chelsea nam aan dat Chrissy een ex-vriendin was. Ze was het soort vrouw met wie Chelsea hem verwachtte te zien.

'Howard is niet oud, Mark. En ja, we zijn nog steeds bij elkaar.'

'Niet oud? Hij is toch vijfenzeventig?'

'Vijfenzestig,' corrigeerde Chrissy hem.

Vijfenzestig was niet oud, behalve als je vijfendertig was. Zo oud zag de vrouw er in elk geval uit. Maar wie was Chelsea om daarover te oordelen? Misschien was zij ook wel met een oude man getrouwd om die vintage Fendi in handen te krijgen.

De vrouw richtte haar aandacht op Chelsea. 'Is dat je vriendin?'

Het was heel grappig dat iemand haar voor Marks vriendin hield. 'O, ik ben...'

'Chelsea,' onderbrak hij haar. 'Dit is Christine, mijn ex-vrouw.'

Vrouw? Ze herinnerde zich dat Mark had verteld dat zijn ex-vrouw haar neus had laten opereren. Ze vroeg zich af hoe groot hij daarvoor was geweest. 'Leuk je te ontmoeten.' Ze stak haar hand uit.

Chrissy's vingers raakten die van Chelsea nauwelijks, waarna ze haar aandacht weer op Mark richtte. 'Ik heb gehoord dat je tot afgelopen maand in een revalidatiecentrum hebt gezeten.'

'Ik heb je bloemen gekregen. Erg attent van je. Weet Howard daarvan?'

Ze deed de riem van haar tas goed. 'Ja, natuurlijk. Woon je nog steeds in ons huis?'

'Mijn huis.' Hij legde zijn hand op Chelseas rug. Ze schrok van het gewicht van zijn hand, die haar huid door het katoen van haar blouse heen verwarmde en tintelingen over haar wervelkolom en billen verspreidde. Dit was Mark Bressler. De man voor wie ze werkte. Ze mocht niets voelen. 'Ik verhuis zodra ik een nieuwe woning heb gevonden,' voegde hij eraan toe. 'Chelsea helpt me daarbij.'

'Ben je makelaar?' vroeg Chrissy aan Chelsea.

'Ik ben actrice.'

Chrissy lachte. 'Echt waar?'

'Ja,' antwoordde Mark voor haar. 'Chelsea heeft veel verschillende rollen gespeeld.'

'Zoals?'

'*The Bold and the Beautiful, Juno, CSI Miami* en een cheerleadercommercial.'

Ze was verbaasd dat hij het zich herinnerde. 'Hillshire Farms,' legde ze uit. Ze keek naar hem en daarna weer naar zijn ex-vrouw. 'Ik speel voornamelijk in het horrorgenre.'

Chrissy trok één wenkbrauw neerbuigend op. 'Slasherfilms?'

Marks stem was een diep fluwelen gebrom toen hij zei:

'Chelsea kan heel goed schreeuwen. Je weet dat ik altijd verzot ben geweest op schreeuwende vrouwen.' Hij glimlachte met een langzame, sexy welving van zijn lippen.

'Dat was een van je problemen.'

'Dat was nooit een probleem.'

Misschien was het zijn glimlach. Misschien was het de warme aanraking van zijn hand, maar Chelsea kon er niets aan doen dat ze zich afvroeg wat Mark precies deed om ervoor te zorgen dat vrouwen schreeuwden. Ze had nog nooit geschreeuwd. Ze was er een keer dichtbij geweest, maar ze had nooit echt hardop geschreeuwd.

Chrissy's ogen vernauwden zich. 'Ik merk dat het ongeluk je niet heeft veranderd. Je bent nog steeds dezelfde lompe Mark.'

'Ik zie je wel weer, Chrissy.' Hij haalde zijn hand van Chelseas rug en duwde het winkelwagentje bij zijn ex vandaan.

Chelsea keek vanuit haar ooghoeken naar hem op. 'Dat was interessant.'

'Voor wie?' vroeg hij terwijl ze langs de ontbijtgranen liepen.

'Voor mij. Ze is precies het type vrouw dat ik bij jou vind passen.'

'Wat voor type vrouw is dat dan?'

'Lang. Mooi. Duur.'

'Ik heb geen type.' Hij gooide twee dozen Wheaties in de kar. 'Niet meer, in elk geval.'

13

Mark droeg de laatste tassen met boodschappen de keuken in en zette ze op het kookeiland. Hij zette zijn stok tegen het granieten aanrechtblad en pakte de melk en de kaas. Voordat Derek was gearriveerd, had zijn dijbeen pijn gedaan en had hij een paar Vicodin geslikt. Nu de pijn onderdrukt was bewoog hij vrij makkelijk.

'Je hoeft de boodschappen niet op te bergen,' zei hij tegen Chelsea, die kasten openmaakte tot ze vond waar hij het zout bewaarde.

'Wat moet ik anders het laatste uur doen?' De zoom van haar rok schoof langs haar benen omhoog toen ze het zeezout wegzette.

Mark deed zijn mond open, maar was vergeten wat hij wilde zeggen. Zijn ogen hadden zich vastgezogen aan haar billen en zijn voeten waren aan de vloer genageld, alsof hij een tiener was die wanhopig wachtte op een glimp van een vrouwelijk achterwerk in plaats van een volwassen man die meer billen had gezien dan hij zich kon herinneren. Ze liet haar arm zakken en hij liep naar de koelkast en deed de deur open. 'Je kunt de volgende keer dat Derek komt misschien beter een broek aantrekken.' Hij zette de melk en de kaas in de koelkast, maar liet de deur open en liep terug naar het kookeiland.

Ze draaide zich om en keek naar hem met een frons op haar

voorhoofd, alsof ze het antwoord op haar vraag niet leuk zou vinden. 'Waarom?'

'Ik denk dat ik je in het doel neerzet.'

Haar mond viel open en ze schudde haar hoofd. 'Ik dacht het niet. Dat joch zei dat ik gemeen kijk.'

'Ik heb tegen je gezegd dat het gewoon beledigingen zijn. Iedere ijshockeyer moet leren om de tegenspelers te beledigen. Ik moest het ook leren toen ik wedstrijden ging spelen.'

'Hoe oud was je toen?'

Hij pakte de zure room en het vlees en liep terug naar de koelkast. 'Tien.'

'Was je er goed in?'

Hij glimlachte. 'Ik was op het ijs goed in veel dingen. Afleiden was maar een van mijn vele talenten.'

Ze pakte het aanrecht achter zich met twee handen vast en kruiste haar voeten. 'Zoals vrouwen laten schreeuwen.'

'Wat?' Hij deed de koelkastdeur dicht. 'Heb je het over mijn gesprek met Chrissy?'

'Ja. Dat was nogal ongepast, midden in de supermarkt.'

Hij had gewoon geprobeerd een reactie van zijn ex-vrouw te krijgen en dat was gelukt. Hij had de ergernis in haar ogen gezien. Niet omdat het geen gepast gesprek was voor een supermarkt, maar omdat hij haar terug had laten denken aan alle keren dat hij haar had laten schreeuwen. Het interessante was dat het hem allang niet meer kon schelen wat Chrissy deed of dacht.

'Hou je nog steeds van haar?'

'Jezus, nee.' Maar waarom had hij zijn ex-vrouw dan doelbewust op stang gejaagd? Hij wist het niet helemaal zeker, maar het had iets te maken met de manier waarop zijn ex naar zijn assistente had gekeken. Mark kende die blik. Alsof ze beter was omdat ze seks had met een oude vent voor meer aanzien in de countryclub.

Chelsea zette zich af van het aanrecht en liep naar hem toe.

De hakken van haar pumps tikten verleidelijk op de tegels. 'Hoe lang zijn jullie gescheiden?'

'Iets meer dan een jaar.'

Ze pakte de dozen Wheaties en liep naar de kast naast het fornuis. Ze deed de deur open en ging op haar tenen staan. Een hiel glipte uit haar schoen en de zoom van haar rok gleed omhoog. De ontbijtgranen hoorden in de voorraadkamer, maar hij was niet van plan de voorstelling te stoppen. 'Wat is er misgegaan?' vroeg ze terwijl ze de dozen op de bovenste plank probeerde te zetten.

'Chrissy houdt van geld. Veel geld.' Hij ging achter haar staan en pakte de dozen van haar aan. 'Ze heeft me in de steek gelaten voor iemand met meer geld en meer aanzien in de country-club.'

'Een oudere, rijkere man?'

'Ja.' Hij zette de dozen in de kast.

Ze keek over haar schouder naar hem. 'Ik kan me niet voorstellen dat je alleen voor geld een relatie hebt.'

'Dan ben je anders dan de meeste vrouwen.' In elk geval de vrouwen die hij kende.

Hij had tegen zijn erectie gevochten vanaf het moment dat ze over de oprit naar hem toe was gelopen terwijl de wind met haar haar en de zoom van haar rok speelde. Jezus, hij had ertegen gevochten sinds de eerste droom, een paar weken geleden. Hij legde zijn handen op haar schouders en trok haar tegen zich aan. Hij deed zijn ogen dicht en wreef over haar armen. Hij wilde er niet meer tegen vechten.

'Mark?'

Ze was warm en zacht en haar billen duwden tegen de rits van zijn spijkerbroek.

'Mark, ik werk voor je.'

'Je werkt voor de Chinooks.'

Ze draaide zich om en keek met haar heldere blauwe ogen naar hem op. Hij vroeg zich af hoe lang het zou duren voordat ze weer troebel van begeerte waren. 'Je kunt me laten ontslaan.'

'Waarom zou ik dat doen?'

In plaats van die vraag te beantwoorden zei ze: 'Ik ben je assistente. Er is een grens die we niet kunnen overschrijden.'

'Dat hebben we de vorige keer al gedaan.'

'Dat was verkeerd van me. Dat had ik niet moeten doen.'

Tot de avond van zijn ongeluk was hij altijd uitermate gedisciplineerd geweest. Hij vertrouwde nu op die discipline en deed een stap naar achteren. 'Waarom heb je het eigenlijk gedaan?'

Ze liep naar het midden van de keuken. 'Tja, ik...' Ze keek naar haar voeten en schudde haar hoofd. 'Ik weet het niet zeker. Je ziet er goed uit.' Er lag een sinaasappel op het granieten kookeiland en ze pakte hem op. 'Het is belachelijk. Ik heb eerder voor knappe mannen gewerkt, en ik heb nooit iets gedaan wat ongepast was.' Ze rolde de sinaasappel tussen haar handen en zijn buik verstrakte. 'Ik heb er nooit behoefte aan gehad.'

Hij liep naar haar toe. 'Nooit?'

'Nee.' Ze draaide zich met een gefronst voorhoofd naar hem om. 'Misschien komt het omdat ik al zeven maanden geen relatie heb gehad.'

'Hoelang heb je geen seks gehad?'

'Ik weet het niet.'

'Als je dat niet weet, moet het slechte seks zijn geweest. Wat in de meeste gevallen erger is dan helemaal geen seks.'

Ze knikte. 'Misschien komt het doordat ik het allemaal opgekropt heb.'

Jezus. Hij pakte haar vrije hand en wreef met zijn duim over haar vingers. 'Dat is niet gezond.' Hij kon het weten. Hij had zo veel opgekropte begeerte dat hij op het punt stond te exploderen. Hij was een man die gewend was aan extreme discipline, maar hij was ook een man die gewend was om te krijgen wat hij wilde. 'Je hebt zachte handen.' Hij wilde haar handen op zijn lichaam voelen. Overal. Haar lippen gingen uit elkaar, maar ze zei niets. Hij duwde haar handpalm tegen zijn borstkas en schoof hem naar zijn schouder. 'En een heel zachte mond. Daar denk ik veel aan.'

Ze slikte en hij voelde het bloed in haar pols onder zijn duim pulseren. 'O.'

Hij legde zijn vrije hand op haar gezicht en wreef met zijn knokkels over haar kaak. 'Ik zou je nooit laten ontslaan, Chelsea. Niet voor de dingen die we doen, of misschien niet doen. Zo'n klootzak ben ik niet.' Hij liet zijn mond dalen en glimlachte vlak boven haar lippen. 'Meestal.'

'We moeten stoppen voordat we te ver gaan.'

Hij legde zijn handpalm in haar nek en trok haar hoofd naar achteren. 'Dat kan,' zei hij, maar te ver gaan bestond niet. Hij wilde haar naakt en bevrijding vinden tussen haar zachte dijbenen. 'Maar ik vind jou heel aantrekkelijk en jij vindt mij heel aantrekkelijk. In elk geval een beetje. Je bent nog steeds hier, nadat ik je een imbeciel heb genoemd en heb gezegd dat je onaantrekkelijk bent en je een vibratiering heb laten kopen.'

'Misschien vind ik je inderdaad een beetje aantrekkelijk.' Haar ademhaling werd oppervlakkig. 'En je hebt me nodig,' zei ze.

Hij had haar de komende vijftien minuten inderdaad heel hard nodig. Hij legde zijn hand in haar taille en ze hield haar adem in. Haar lippen gingen een stukje uit elkaar in een uitnodiging die hij absoluut niet van plan was te weerstaan. Hij kuste haar, langzaam en verleidelijk. Haar mond smaakte zoet, en hij vocht tegen de impuls om haar op de grond te duwen en de binnenkant van haar dijbenen te kussen. Om langzaam omhoog te gaan, steeds verder, en te testen of ze daar ook zo zoet smaakte. In plaats daarvan bleef hij haar kussen, een langzame en verleidelijke ontdekking van haar mond, terwijl hij haar de kans gaf om te stoppen als ze dat wilde. Om zich om te draaien en hem met een pijnlijke erectie achter te laten.

De sinaasappel viel uit haar hand. Ze ging op haar tenen

staan en sloeg haar armen om zijn nek. Haar borsten duwden tegen hem aan, een zacht gewicht tegen zijn borstkas. Hij liet zijn hand van haar middel naar haar billen glijden. Langzaam trok hij haar dichter tegen zich aan, tot haar rok zijn gulp raakte. Hij voelde zich weer vijftien jaar, toen de kleinste aanraking van zijn kruis hem zo hard als staal had gemaakt. Maar hij had nu meer zelfbeheersing. Een beetje.

Zonder zijn lippen van haar mond te halen tilde hij haar op en zette haar op het kookeiland. Haar mond zoog zich aan hem vast, ze gaf en kreeg vochtige kussen terwijl ze met haar vingers door zijn haar woelde. Hij liet zijn hand naar boven glijden en omvatte haar borst.

Ze trok zich terug en verstijfde. Hij zag de begeerte in haar halfgesloten ogen. 'Mijn borsten zijn niet erg gevoelig,' zei ze. Ze likte over haar gezwollen lippen. 'Sommige mannen zijn daar teleurgesteld over.'

'Ik ben niet sommige mannen.' Hij keek in haar ogen en knoopte haar blouse tot haar middel open. 'Ik ben altijd in maar twee dingen goed geweest, ijshockey en seks.' Hij keek naar haar grote borsten in de witte zijden beha en naar haar platte buik. 'Mijn ijshockeycarrière is voorbij, zodat er nog maar één ding overblijft.' De tailleband van haar plooirok kwam tot net onder haar navel. 'Trek je blouse uit.' Nadat ze had gedaan wat hij vroeg, kuste hij haar keel en schouder. Hij voelde zich misschien alsof hij vijftien was, maar hij was geen onhandige tiener die niet wist wat hij met een beha moest doen. Hij haakte hem met gemak open, trok de bandjes naar beneden en gooide hem opzij. Hij zag de smalle roze striemen op haar schouders en kuste ze. Hij ging verder naar beneden, waar haar perfect geproportioneerde donkerroze tepels op zijn aandacht wachtten. Ze kromde haar rug en hij legde zijn hand op een borst. Hij wreef met zijn duim over haar tepel tot hij verstrakte, raakte hem met het puntje van zijn tong aan en duwde hem naar binnen. Toen hij de reactie kreeg die hij wilde, rolde hij haar tepel tussen zijn tong en nam de tijd om hem te bewerken tot hij keihard was. Zijn scrotum was zo strak dat zijn buik er pijn van deed. Hij zoog haar tepel in zijn mond en wist niet wie er harder kreunde, hij of zij.

Haar hoofd viel naar achteren en ze maakte sexy geluidjes. 'O. Dat is zo lekker. Ga alsjeblieft door.' Ze kronkelde tegen zijn spijkerbroek en hij explodeerde zowat. Hij kuste haar andere borst tot haar ademhaling onregelmatig werd en hij wist dat er geen weg terug was. Ze zou hem geven wat hij wilde hebben. Ze zou hem alle dingen laten doen waarover hij al zo lang droomde.

Hij liet zijn mond over haar zachte buik naar haar navel glijden. Hij wilde haar dijbenen kussen en de hongerige, verscheurende behoefte die bevrijding eiste bevredigen.

Hij duwde haar rok omhoog, toen de eerste pijnscheut door zijn dijbeen trok. Hij verstijfde en hoopte dat het weg zou gaan. Verdomme! Zijn spieren verkrampten en hij pakte het granieten blad beet om niet te vallen. 'Shit!'

'Wat is er?'

De pijn straalde uit naar zijn heup en hij kon zich niet bewegen.

'Is alles in orde?'

Zijn hoofd hing naar beneden en hij pakte het graniet nog steviger beet. 'Nee.' Hij liet zich zo voorzichtig mogelijk naar de grond zakken, voordat hij viel, ging met zijn rug tegen het kookeiland zitten en pakte zijn dijbeen vast. Hij ademde in door zijn neus en uit door zijn mond. Hij wist niet wat erger was. De pijn in zijn lichaam of de pijn omdat zijn lichaam hem in de steek liet voordat hij zichzelf en de halfnaakte vrouw op het aanrecht had kunnen bevredigen. Waarschijnlijk het laatste. De pijn in zijn lichaam zou wegtrekken. De vernedering zou een tijd blijven.

'Mark.' Chelsea knielde naast hem. Ze had haar beha en haar blouse weer aan. 'Wat kan ik voor je doen?'

'Niets.' Hij haalde diep adem en klemde zijn tanden op elkaar. 'Geef me een paar minuten.'

'Heb ik... heb ik je op de een of andere manier pijn gedaan?' Tot dat moment dacht hij dat zijn vernedering compleet was. 'Nee.'

'Wat is er gebeurd?'

Zijn spieren begonnen te ontspannen en hij keek in haar mooie gezicht, met de lippen die gezwollen waren van zijn kussen. 'Soms vergeet ik mijn beperkingen. Als ik te snel of op de verkeerde manier beweeg krijg ik kramp in mijn dijbeen.'

'Zal ik je masseren?'

'Nee.' Hij lachte terwijl de pijn langzaam uit zijn dijbeen wegtrok. 'Mijn been is niet de enig pijnlijke plek. Als je wilt, mag je mijn erectie masseren.'

Ze beet op haar lip. 'Dat staat niet in mijn taakomschrijving.'

'Liefje, niets van wat we net hebben gedaan, staat in je taakomschrijving.'

Ze ging op haar hurken zitten. 'Ik had me niet moeten laten ompraten om mijn blouse uit te trekken.'

'We hebben niet veel gepraat.'

'Ik weet het.' Haar wangen werden net zo rood als de onderkant van haar haar. 'Soms kan ik mijn impulsen niet onder controle houden, maar ik kan geen seks met je hebben. Het is verkeerd.'

'Nee, dat is het niet.'

'Ja, dat is het wel.' Ze schudde haar hoofd en duwde haar haar achter haar oor. 'Ik werk voor je, en er zijn grenzen die ik niet kan overschrijden. Vraag me dat alsjeblieft niet. Ik wil deze baan niet kwijt.'

Ze waren weer terug bij af. Hij haalde diep adem. Het laatste restje pijn verdween uit zijn lichaam, maar hij wist dat die met één verkeerde beweging terug zou zijn. Hij leunde met zijn hoofd achterover en deed zijn ogen dicht. 'Ik zei tegen je dat je niet ontslagen wordt.'

'Ik zou toch weg moeten. Het zou daarna gewoon te onge-makkelijk zijn. Dan is het net alsof ik betaald word om seks met je te hebben. Ik weet dat je het misschien niet gelooft na wat er net gebeurd is, maar moreel en ethisch gezien kan ik het gewoon niet.'

Moreel en ethisch gezien had hij er geen probleem mee om seks te hebben met zijn assistente. Helemaal niet, maar hij was nooit het soort man geweest om een vrouw die geen seks wilde onder druk te zetten.

'Ik weet niet wat ik verder nog moet zeggen.'

Hij keek naar haar. Plotseling voelde hij zich moe. En oud. Alsof hij net een verlenging met Darren McCarty achter de rug had. 'Je hoeft niets te zeggen. Ik heb een paar Vicodin genomen voordat je hier kwam en wist niet wat ik deed.' Ze ging staan en hij keek naar haar blote benen. 'Hebben die pillen anders ook dat effect op je?'

Nee, zij had dat effect op hem. 'Het maakt me vergeetachtig, en dan vergeet ik dat ik geen seks met je kan hebben.' Maar hij zou het niet nog een keer vergeten. Hij had blauwe ballen en zij stond op het punt om de deur uit te lopen, net als de vorige keer. Ze was knap en sexy en hij vond haar leuk, maar er waren veel knappe, sexy vrouwen die hij leuk vond. Knappe, sexy vrouwen die zich niet stoorden aan zaken als moraal en ethiek als het om een hete, wellustige vrijpartij ging.

Als Mark geen kramp in zijn been had gekregen, had Chelsea seks met hem gehad. Boven op het granieten aanrechtblad. Daar twijfelde ze geen moment aan. Hij was niet de enige die niet had geweten wat hij deed. Ze twijfelde er ook geen moment aan dat het heerlijk geweest zou zijn. Goddelijk, paradijselijk, zinnen-strelend heerlijk.

Ze wist niet waarom ze haar regels en plannen, wie ze was en wat ze met haar leven wilde doen, vergat als ze bij hem was. Het moest meer zijn dan zijn knappe uiterlijk en zijn prachtige lichaam, de warmte van zijn bruine ogen en de aanraking van zijn vaardige handen en mond.

Ze had eerder gewerkt met mannen die er fantastisch uitzagen. Mannen die haar op subtiele en minder subtiele manieren duidelijk hadden gemaakt dat ze seks met haar wilden. Ze was nooit in de verleiding gekomen. Voor hen was ze gewoon een vrouw die ze aantrekkelijk vonden. Een lichaam. Het was niet persoonlijk geweest.

Met Mark was het anders. Er was iets aan de manier waarop hij soms naar haar keek. Niet alsof hij haar wilde, maar alsof hij haar nodig had. Het omringde hem als een gloeiende, magnetische kracht die haar aantrok, haar hersenen verdoofde en haar zenuwuiteinden blootlegde, waardoor er alleen verlangen overbleef en ze haar voorzichtigheid en gezonde verstand overboord gooide, samen met haar kleren, en haar naakte lichaam tegen hem aan wilde duwen. Hem overal wilde aanraken en door hem aangeraakt wilde worden.

Ik ben altijd in maar twee dingen goed geweest, ijshockey en seks, had hij gezegd. *Mijn ijshockeycarrière is voorbij, zodat er nog maar één ding overblijft.*

Ze had hem nooit ijshockey zien spelen, maar ze kon zich voorstellen dat zijn aanpak identiek was. Ze kon zich voorstellen dat hij dezelfde aandachtige precisie gebruikte om doelpunten te scoren. Hij concentreerde zich en nam de tijd. Hij overhaastte niets en deed wat hij moest doen om het werk voor elkaar te krijgen.

In de supermarkt had ze zich afgevraagd wat hij deed om vrouwen te laten schreeuwen. Nu wist ze het, en ze maakte zich zorgen dat de volgende paar dagen, of eerder de volgende maanden, een marteling zouden zijn.

Ze had zich geen zorgen hoeven maken. De volgende dag gedroeg Mark zich weer als vanouds en negeerde hij haar. Hij negeerde haar de dag daarna ook. Eigenlijk praatte hij de weken daarna alleen met haar als ze hem naar afspraken bracht of rondreed om huizen te bezichtigen. Hij bekeek zo veel woningen dat ze bang was dat hij nooit iets zou vinden. Het huis was te groot of te klein. Als de indeling hem aanstond, vond hij de omgeving niets en vice versa. Het was te afgelegen of de huizen stonden te dicht op elkaar. Hij was de Goudhaartje van de huizenjagers en kon niets vinden wat precies goed was.

Zijn vrienden haalden hem regelmatig op, hij trainde in de fitnessruimte of was op de golfbaan achter zijn tuin te vinden. Tijdens de zeldzame gelegenheden dat hij wel met haar praatte, was hij zo beleefd dat ze hem op zijn arm wilde slaan en tegen hem wilde zeggen dat hij ermee moest stoppen. Dat hij haar op pad moest sturen voor een stomme boodschap of dat hij haar kleren en haar haar moest beledigen.

In plaats daarvan vroeg hij haar hoe het met acteren ging. Ze vertelde hem over het achtergrondwerk dat ze had gedaan voor HBO. Ze was ingehuurd voor een reclamefilm in een lokale koffiebar, en ze had auditie gedaan voor de rol van Elaine Harper in een lokale productie: *Arsenicum en oude kant.* Ze kreeg de rol niet, waardoor ze een beetje teleurgesteld was, maar niet heel erg. Het toneelstuk zou pas in september op de planken komen. Ze wist niet hoe lang ze na september nog in Seattle zou blijven.

Het was heel raar dat ze meer over hem nadacht naarmate hij minder aandacht aan haar schonk. Dat haar meer dingen opvielen naarmate hij haar meer negeerde. Ze luisterde naar zijn stem als ze in het kantoor stond en door het raam zag hoe hij Derek trainde. Zijn stijl van coachen bestond uit gelijke delen aanmoediging en ergernis, en hij was zowel geamuseerd als geïrriteerd door Dereks absolute gebrek aan coördinatie.

Het viel haar op hoe hij rook. Een dodelijk lekkere combinatie van zeep en deodorant en huid. En ze lette op de manier waarop hij liep. Hij droeg zijn spalk niet meer, en had zijn stok naar zijn rechterhand verplaatst. Hij leek makkelijker te lopen.

Soepeler. Ze zag dat hij meer op zijn gemak leek en dat zijn mond niet meer tot een streep vertrok van de pijn. En ze merkte dat hij overdag minder vaak in slaap viel, maar dat hij uitgeput leek als ze 's middags om vijf uur naar huis ging.

Dat viel haar allemaal op, maar hij leek niet op haar te letten. Soms droeg ze kleren in zulke felle kleuren dat ze zeker wist dat ze een reactie zou krijgen. Niets. Het was alsof die middag in zijn keuken nooit had plaatsgevonden. Alsof hij haar nooit had aangeraakt en gekust en ervoor had gezorgd dat ze meer wilde.

En toch… toch dacht ze een paar keer een glimp in zijn ogen te zien van de verzengende begeerte die net onder de oppervlakte brandde, het nauwelijks beheerste verlangen. Maar dan draaide hij zich om en vroeg zij zich af of ze het zich had verbeeld.

In de periode erna begon ze hem te beschouwen als een verboden traktatie. Iets waar ze naar hunkerde, zoals chocolade-toffee-ijs. Iets wat slecht voor haar was, maar waar ze meer naar verlangde, al was het maar een hapje, naarmate ze vaker tegen zichzelf zei dat ze het niet mocht hebben. En net als bij chocolade-toffee-ijs wist ze dat één hap niet genoeg was. Eén hap zou leiden tot twee, twee tot drie, drie tot vier, tot het helemaal op was en er alleen spijt en buikpijn over waren. Ze wist ook waar ze naar hunkerde bij Mark. Dat was de plek waar de halslijn van zijn T-shirt zijn nek raakte. Ze zou het kuiltje in zijn keel net onder zijn adamsappel kussen.

Het was zowel moeilijk als gemakkelijk om voor hem te werken. Ze hoefde er niet voor te zorgen dat hij werd uitgenodigd voor de juiste feesten en hoefde geen bijeenkomsten te organiseren, zoals ze voor haar vroegere werkgevers had gedaan. Ze hoefde geen designers te bellen en ervoor te zorgen dat hij de juiste kleren had. Ze hoefde niet veel voor hem te doen, maar zijn nonchalante houding maakte het vaak moeilijk.

Drie dagen voor het Stanley Cup-feest bedacht Mark plotseling dat hij een nieuw pak moest kopen, omdat hij sinds het ongeluk drie centimeter kwijt was rond zijn nek, borstkas en taille.

Chelsea reed hem naar Hugo Boss en zat op een stoel naast de driedelige spiegel terwijl hij verschillende pakken paste. Hij koos er een in klassiek donkergrijs. Daarbij probeerde hij twee verschillende overhemden. Eerst een in donkergrijs met zwart, en daarna een spierwitte.

De verkoper liet hem een selectie stropdassen zien en hij koos een eenvoudige, blauw-groen gestreepte bij het witte overhemd. Chelsea keek naar hem via de spiegel terwijl hij de kraag omhoogvouwde en de stropdas om zijn nek deed. Ook al waren zijn vingers een stuk soepeler geworden, zijn stijve middelvinger bleef in de weg zitten.

'Shit,' vloekte hij na de derde poging.

Chelsea stond op en ging voor hem staan. 'Laat mij het maar doen,' zei ze, en ze duwde zijn handen weg en bepaalde de lengte.

'Heb je dit vaker gedaan?'

Ze knikte en concentreerde zich op de zijden stof in plaats van op zijn mond, die maar een paar centimeter van haar voorhoofd verwijderd was. 'Ontelbare keren.' Ze sloeg het brede deel over het smalle deel. 'Een halve of een hele windsor?'

Hij schudde zijn hoofd. 'Dat maakt me niet uit.'

'Ik vind een halve mooier. Dat is eleganter.' Hij rook heerlijk, en ze vroeg zich af wat hij zou doen als ze haar hoofd een stukje achteroverboog. Haar vingers raakten zijn borstkas en haar duim schuurde langs zijn keel en ze bedacht of ze op haar tenen zou gaan staan om zijn warme huid te kussen. Om zijn knopen los te maken en haar handen over zijn naakte huid te laten glijden... natuurlijk zou ze dat nooit doen.

'Kijk niet zo naar me,' fluisterde hij. 'Ik zweer je dat als je daarmee doorgaat, ik je tegen de muur zet en hier en nu seks met je heb.'

Ze keek op en zag de brandende woede in zijn ogen. 'Wat?'

Hij duwde haar handen weg. 'Vergeet het.' Hij pakte een eind van de stropdas en trok hem van zijn nek.

Hij was blijkbaar boos op haar. Ze was zo verstandig om weg

te lopen en bij de toonbank op hem te wachten, waar hij meer dan drieduizend dollar betaalde voor een pak, twee overhemden en een stropdas.

Tijdens de rit naar Marks huis was het pijnlijk stil in de auto. In elk geval vond Chelsea het pijnlijk en ze ging vroeg naar huis. Toen Bo die avond thuiskwam, zochten de zusjes in Chelseas kast naar jurken die ze konden dragen voor het Stanley Cupfeest. Hoewel Chelsea geen drieduizend dollar had om aan kleding uit te geven, had ze toch een kleine maar indrukwekkende designercollectie.

Na een halfuur besluiteloosheid koos Bo een zwarte tafzijden Donna Karan. De jurk had een striksjerp en een diepe V-rug. Chelsea had hem drie jaar daarvoor gedragen naar een Oscarfeest in Holmby Hills. Natuurlijk paste hij Bo perfect en hij stond haar fantastisch.

Chelsea hoefde niet na te denken over de jurk die ze zou dragen. Vorig jaar had ze een nauwsluitende roomkleurige jurk van Herve Leger gevonden in een vintagewinkel. De bandjes waren afgezet met gouden versieringen. Ze had nog geen kans gehad om hem te dragen.

De dag van het bekerfeest verwenden de tweelingzusjes zich. Chelsea liet haar haar in een mooie, zomerblonde tint verven. Ze koos voor een steil kapsel, terwijl Bo voor krullen ging. Daarna lieten ze hun vinger- en teennagels doen. Chelsea had lang geleden geleerd dat een van de beste en goedkoopste plaatsen om haar make-up professioneel te laten aanbrengen de make-upcounter van een luxe winkel was. Ze reden naar het winkelcentrum in Bellevue, waar Chelsea zich liet zich opmaken met MAC, terwijl Bo voor Bobbi Brown koos.

De laatste keer dat Chelsea zo veel plezier had gehad met Bo was de avond van hun eindexamengala geweest. Dat feest was geëindigd in een ramp toen hun afspraakjes hadden besloten dat ze van tweelingzus wilden ruilen, maar tot dat moment hadden Bo en zij het fantastisch gehad.

'Je borsten lijken enorm in die jurk,' zei Bo terwijl ze op het bed zat om haar rode pumps aan te trekken.

'Mijn borsten zíjn enorm. Net als die van jou.' Chelsea draaide zich opzij en keek naar zichzelf in de spiegel. De jurk was niet haar gewone stijl. Hij viel om haar heen als een tweede huid en de kleur was erg rustig.

'Kun je daarin zitten?'

'Natuurlijk.' Ze stak haar voeten in een paar met juwelen afgezette sandalen met hakken van twaalf centimeter en ging naast Bo zitten om de bandjes rond haar enkels vast te maken. Die ochtend had ze een plastisch chirurg gebeld en een afspraak gemaakt voor een gesprek. Ze had het juiste moment afgewacht om het aan Bo te vertellen. Ze hadden het zo leuk samen dat ze aannam dat dit een goed moment was. 'Ik ga het geld dat ik van de Chinooks-organisatie krijg voor een borstverkleining gebruiken,' flapte ze er uit.

'Ik wil er niets over horen.'

Chelsea keek op en richtte haar aandacht weer op haar schoenen. 'Ik meen het.'

'Waarom zou je zoiets verschrikkelijks met je lichaam willen doen?'

'Ik laat ze er toch niet af snijden. Heb jij nooit kleinere borsten gewild?'

Bo schudde haar hoofd. 'Niet genoeg om mezelf te verminken.'

'Het is geen verminking.'

Bo stond op. 'Waarom wil je altijd anders zijn?'

'Ik doe het niet om anders te zijn. Ik doe het omdat ik niet krom wil lopen als ik vijftig ben, zoals mama.' Ze was klaar met haar schoenen en kwam overeind. 'Ik heb over twee weken een afspraak met een plaatselijke plastisch chirurg. Ik zou het fijn vinden als je met me meegaat.'

'Dit keer steun ik je niet.' Bo schudde haar hoofd. 'Ik wil er niet eens over praten.'

Chelsea pakte haar met kralen bezette tasje van de ladekast.

De enige persoon ter wereld die haar zou moeten begrijpen en haar beslissing zou moeten steunen, deed dat niet. De enige andere persoon die haar leek te begrijpen, praatte op dit moment helemaal niet met haar.

14

De Sycamore Room in het Four Seasons glansde in het gouden kaarslicht. De tafels waren gedekt met goudkleurige tafellakens en verfijnd wit porselein, en gedecoreerd met bloemstukken met exotische bloemen. Achter de ramen, die van vloer tot plafond reikten, fonkelden de lichten van de stad en van Elliot Bay als diamanten. Op een podium voor in de zaal stond de heilige graal van het ijshockey: de Stanley Cup. Het licht ketste van het gepoetste zilver alsof het een discobal was en Chelsea moest toegeven, zelfs vanaf haar plek achter in de zaal, dat het een indrukwekkend gezicht was. Bijna net zo indrukwekkend als Jules indigo-wit gestreepte pak en fuchsia overhemd.

Toen het dessert was geserveerd, ging coach Nystrom naast de trofee op het podium staan en begon over de hoogte- en de dieptepunten van het ijshockeyseizoen te praten. Hij noemde de dood van de eigenaar, Virgil Duffy, en het ongeluk dat Mark bijna het leven had gekost.

'We waren er kapot van. Niet alleen op professioneel vlak, maar belangrijker nog, op persoonlijk vlak. Mark Bressler heeft de afgelopen acht jaar voor onze club gespeeld en is de afgelopen zes jaar onze aanvoerder geweest. Hij is een van de écht grote spelers, een leider en een fantastische man. Hij is familie, en toen we hoorden over zijn ongeluk, stond de wereld stil. Niemand wist of een lid van onze familie zou blijven leven of zou sterven. Maar hoe bezorgd we ook waren over Mark, we konden niet stoppen. We moesten aan de rest van het team denken. We moesten snel iets bedenken als we het seizoen wilden redden. We moesten iemand zoeken die de plaats van Mark kon innemen. Een man die onze spelers en ons programma zou respecteren. Die man hebben we gevonden in Ty Savage.'

Terwijl de coach over Ty praatte, boog Chelsea zich naar links en fluisterde in Jules' oor: 'Waar is Mark Bressler?' Bo en zij waren gearriveerd toen de eerste gang werd geserveerd en er waren meer dan honderd mensen in de zaal, van wie de meesten veel langer waren dan de zusjes.

'De eigenarentafel voor in de zaal.' Van de paar gesprekken die ze met Jules had gehad, wist ze dat hij niet alleen de assistent van de eigenaar was, maar dat hij ook een goede vriend van haar was. 'Waarom zit jij niet aan de tafel van de eigenaar?'

'Ik was uitgenodigd, maar ik wilde bij Bo en jou zitten.'

Ze boog een stukje naar voren en keek naar haar zus, die links van Jules zat. Bo's mond was een strakke streep. Misschien was vanavond toch niet het goede moment geweest om haar over de afspraak met de chirurg te vertellen.

Er werd geapplaudisseerd en Chelseas aandacht werd getrokken door twee mannen die opstonden en naar het podium liepen. Ze hadden allebei donker haar dat de kraag van hun donkere pak raakte. Ze hadden allebei brede schouders. De een was Mark Bressler. Chelsea hoefde zijn gezicht niet te zien om te weten dat hij het was.

Ze voelde de trots in zich opkomen. Hij was sterk en had veel overwonnen. Hij liep soepel naar het podium. Als ze niets had geweten over het ongeluk, dan had ze het vanavond niet gezien. Zijn voetstappen waren zelfverzekerd, tot hij bij het trapje naar het podium kwam. Hij wachtte even voordat hij de leuning vastpakte en de paar treden op liep. Hij zag er gezond en knap uit in zijn witte overhemd, gestreepte stropdas en wollen pak. Ze was trots op hem, maar ze voelde ook nog iets anders, een pijnlijk hartstochtelijk gevoel dat absoluut tegen de regels was.

'Goedenavond,' zei Mark met een lage stem vol zelfvertrouwen. 'Mijn oma zei altijd dat als je voor je familie zorgt, je familie ook voor jou zorgt. De afgelopen acht maanden heeft mijn Chinooks-familie absoluut goed voor me gezorgd. Daar ben ik heel dankbaar voor.'

De lamp boven zijn hoofd scheen op zijn haar en het licht weerkaatste van zijn spierwitte overhemd. 'Het was een eer en een privilege om de afgelopen acht jaar voor de Chinooks te spelen. Iedereen in deze zaal weet dat er meer voor nodig is dan een speler om wedstrijden te winnen. Er is meer voor nodig dan fantastische spelers. Er is goede coaching voor nodig en een toegewijd bestuur dat bereid is om te luisteren en te investeren in het team. Daarom wil ik wijlen meneer Duffy, de coaches, de trainers en de rest van de staf bedanken. Maar ik wil vooral de dames van het reisbureau bedanken, die er altijd voor gezorgd hebben dat ik een kamer uit de buurt van de liften kreeg.'

'We houden van je, Mark,' riep een vrouw.

'Dank je, Jenny.' Hij grinnikte. 'Ik wil iedereen bedanken die na het ongeluk contact met me heeft opgenomen om me beterschap te wensen. Ik wil alle spelers met wie ik ooit heb gespeeld bedanken. De meesten zijn hier aanwezig. Maar ik wil vooral de man bedanken met wie ik nooit heb gespeeld, Ty Savage. De afgelopen zes jaar zijn Savage en ik elkaar regelmatig tegengekomen op het ijs om vriendelijkheden met elkaar uit te wisselen. Meestal zette hij vraagtekens bij mijn afkomst, terwijl ik vraagtekens zette bij zijn seksuele geaardheid. Maar een van de dingen waar ik nooit vraagtekens bij heb gezet was zijn talent. Op het ijs én als aanvoerder. Ik weet dat iedereen in de Chinooks-organisatie hem heeft bedankt voor het fantastische werk dat hij heeft geleverd door het team onder moeilijke omstandigheden naar de overwinning te leiden.' Mark draaide zich om en keek naar de man die een stukje achter hem stond. 'Daar wil ik mijn dank aan toevoegen.'

Ty deed een stap naar voren en ze gaven elkaar een hand. Chelsea herinnerde zich de dag dat Mark Ty een klootzak had genoemd, en ze vroeg zich af of hij van mening was veranderd. De twee mannen zeiden een paar woorden tegen elkaar en daarna ging Ty bij de microfoon staan. 'Binnenkomen als aanvoerder van de Chinooks was zowel een van de gemakkelijkste als een van de moeilijkste dingen die ik ooit heb gedaan. Gemakkelijk omdat Mark een fantastische aanvoerder was die leiding gaf door het goede voorbeeld te geven. Moeilijk omdat hij heel lastig te vervangen was. Zoals iedereen weet, verdient niemand van dit team het meer dan Mark om zijn naam op de cup te hebben staan.'

De zaal applaudisseerde en nadat er nog wat speeches waren gegeven, liepen de mensen naar voren om de ijshockeycup beter te kunnen bekijken. Chelsea bleef achter in de zaal met Bo en Jules, maar haar blik was gericht op de man die naast de glanzende trofee stond. Zelfs van deze afstand leek hij ontspannen en in zijn element. Chelsea had Mark Bressler de ijshockeyspeler en supersportman nooit gekend. Ze kende deze kant van hem en dit deel van zijn leven niet. Ze vroeg zich af of ze hem had gemogen. En ze besefte dat ze ondanks zijn onbeleefde gedrag en onaangename karakter meer om hem gaf dan verstandig was.

'Kun je niet een avond ontspannen?' vroeg Jules aan Bo, waarmee hij Chelseas aandacht trok. 'Neem wat wijn. Relax. Het is verdomme een feest.'

Bo stond op en pakte haar clutch van de tafel. 'Ik ben zo terug. Sommigen van ons moeten werken. Ik moet praten met de fotografen van The Times,' zei ze, waarna ze de zaal uit liep.

Jules pakte zijn wijnglas en dronk het leeg. 'Ga mee. Ik wil je aan iemand voorstellen.'

Chelsea stond op en pakte haar tasje. 'Is er iets gebeurd tussen jou en Bo?'

Hij trok zijn paisley stropdas recht en pakte haar elleboog. 'Je zus is verschrikkelijk humeurig.'

Bo? Bo was veel dingen. Gespannen en gedreven stonden boven aan de lijst, maar ze was niet humeurig. 'Is er iets gebeurd?' Chelsea voelde zich een beetje als een zalm die stroomopwaarts zwom terwijl ze naar het voorste deel van de zaal liepen.

'Ik zei tegen haar dat ze er mooi uitzag, maar in plaats van me te bedanken, zoals iedere normale vrouw zou doen, werd ze razend. Ze zei dat ik dat alleen zei omdat ze een designerjurk droeg.'

Chelsea glimlachte. 'Aha.' De gasten begonnen van de Sycamore Room naar de balzaal te lopen, waar het echte feest op het punt stond te beginnen. 'Nu begrijp ik het. In groep zeven was Bo verliefd op Eddy Richfield. Dus stompte ze hem op zijn arm. Hij rende huilend weg en de relatie is nooit opgebloeid.'

Jules keek haar aan. 'Heeft dat verhaal nog een clou?'

Chelsea knikte en duwde haar gladde haar achter een oor. 'Bo reageert anders dan andere vrouwen.'

'Dat hoef je mij niet te vertellen.'

'En ze haalt altijd uit naar de mannen die ze echt graag mag.'

'Waarom?' vroeg hij terwijl ze naar de eigenarentafel liepen, waar Faith Duffy zat. De vrouw was van dichtbij zelfs nog mooier.

'Om te controleren of je huilend wegrent.'

'Dat is niet logisch.'

'Dat is Bo.' Faith keek naar Chelsea en Jules stelde hen aan elkaar voor.

Faith glimlachte en gaf haar een hand. 'Het is zo leuk om je te ontmoeten, Chelsea. Jules heeft me al heel veel over je verteld.'

Ze gaf Faith een hand terwijl een paar meter achter haar Marks donkere lach klonk, die kleine tintelingen langs haar wervelkolom stuurde. Ze stond met haar rug naar hem toe, maar ze hoefde hem niet te zien om te weten dat hij bij een groep mensen stond die de cup bewonderden.

'De avond dat de Chinooks wonnen was ik in de Key,' zei ze

tegen Faith. 'Bo en ik vonden die kus aan het eind een van de meest romantische dingen die we ooit hebben gezien.'

'Romantisch en schokkend.' Faith glimlachte en keek om zich heen. 'Waar is Bo?'

'Je kent haar.' Jules zuchtte geërgerd. 'Altijd aan het werk.' Hij fronste zijn voorhoofd en pakte Faiths linkerhand. 'Is dat een verlovingsring?'

'Ty heeft me ten huwelijk gevraagd.'

'En je hebt niet tegen hem gezegd dat hij naar de maan kan lopen?'

Ty ging achter Faith staan en legde zijn hand rond haar middel. 'Waarom zou ze dat doen?'

Ze leunde tegen Ty aan en glimlachte. 'Ik ben van plan om jou als mijn bruidsmeisje te vragen, Jules.'

Ty lachte, maar Jules keek woedend. 'Heel grappig.'

'Ik maak geen grapje. Ik wil dat jij me met de bruiloft helpt.'

Terwijl ze met zijn drieën over de bruiloft praatten, verontschuldigde Chelsea zich. De zaal was inmiddels bijna leeg en ze liep naar het podium. Ze ging naast Mark staan en voelde het warme, opgezwollen gevoel in haar borstkas weer. Ze zou het heerlijk vinden om zichzelf wijs te maken dat het alleen werd veroorzaakt door trots, maar hoewel ze een goede actrice was, was ze een erg slechte leugenaar. Vooral tegen zichzelf.

Hij zei niets terwijl hij naar het symbool van zijn prestaties staarde. Zijn levensdoel. Zijn droom. Hij keek ernaar alsof hij betoverd was. Gehypnotiseerd door de glans ervan. Of misschien negeerde hij haar gewoon weer.

'Hij is groter dan ik dacht,' zei ze. 'En waarschijnlijk behoorlijk zwaar.' Ze kon zich de emoties die hij voelde heel goed voorstellen. Ze wist dat als ze ooit een Oscar of zelfs een Emmy won, ze hysterisch zou worden. Of helemaal verlamd. 'Ik weet niet veel over ijshockey, maar het is heel indrukwekkend om al die namen op de cup gegraveerd te zien. Zoals de eerste keer dat ik bij het Lincoln Memorial stond.' Hij zei nog steeds niets. 'Vind jij niet?'

'Je jurk is te krap,' zei hij zonder naar haar te kijken. 'Dat vind ik.'

'Wat?' Ze draaide zich om en keek naar hem. 'Dat is belachelijk. Hij komt bijna tot mijn knieën.'

'Hij heeft dezelfde kleur als je huid.'

'Ik dacht dat je hem mooi zou vinden, omdat het een rustige kleur is.'

Mark keek naar haar grote blauwe ogen en roze lippen. Hij vond hem mooi. Heel mooi. Maar hij zou hem nog veel mooier vinden als ze alleen waren. 'Je ziet er naakt uit.' En prachtig.

'Ik zie er niet naakt uit.'

'Hallo, Kleine Baas.'

Mark kreunde inwendig.

'Hallo Sam,' zei ze.

'Je ziet er fantastisch uit.'

Mark voelde de irrationele drang opkomen om Sam te vermoorden. Of hem in elk geval een stomp op zijn hoofd te geven. Het was een hele tijd geleden dat Mark iemand op zijn hoofd had gestompt. Misschien zou het hem goeddoen.

Chelsea glimlachte naar de verdediger. 'Dank je. Jij ook.'

'Wat denk je ervan om samen met mij naar de andere zaal te gaan. Dan koop ik een drankje voor je.'

Mark sloeg zijn armen over elkaar. 'De drankjes zijn gratis, stommeling.'

Sam lachte en legde zijn hand op Chelseas elleboog. 'Gratis drank. Dat is zelfs nog beter.'

'Heb je niemand meegenomen?' vroeg Mark aan de man die hij altijd als een vriend had beschouwd.

'Nee. Dit keer niet. De meeste andere jongens ook niet.'

Geweldig. Een groep hitsige ijshockeyspelers en Chelsea in een naakte jurk. Hij zag ze weglopen en voelde zijn maag branden. Het was een ongewoon gevoel en zeldzaam voor hem, maar hij herkende het. Hij was stikjaloers en dat beviel hem helemaal niet.

'Mini Pit heeft haar haar geverfd.'

Mark keek over zijn schouder naar doelman Marty Darche. 'Dat is Mini Pit niet. Dat is haar tweelingzus, Chelsea.'

'Ze ziet er naakt uit in die jurk.'

'Ja.' Zijn blik gleed langs haar wervelkolom naar haar billen. Hij wilde helemaal niet weten in welke richting Marty's gedachten gingen.

De doelman vertelde het toch. 'Denk je dat haar borsten echt zijn?' vroeg hij.

Dat waren ze, en Mark voelde opnieuw de behoefte om een teamgenoot op zijn hoofd te stompen. 'Grote borsten zoals die van haar veroorzaken schouder- en rugpijn,' hoorde hij zichzelf zeggen. Het klonk zo sullig dat hij vuurrood werd.

De doelman lachte alsof Mark een grapje had gemaakt. 'Ik vraag me af of ze haar borsten laat zien als ik haar dronken voer.'

'Gedraag je niet als een eikel, Marty.'

'Wat?' Marty keek naar Mark alsof er plotseling een hoorn uit zijn voorhoofd groeide en hij zijn voormalige aanvoerder niet herkende.

In het verleden had dat soort opmerkingen hèm niet kunnen schelen. Jezus, misschien had hij er zelf één of twee gemaakt. Of drie. Maar er waren grenzen. Zo praatte je niet over de vrouw of vriendin van een teamgenoot. 'Niets, vergeet het.' Mark schudde zijn hoofd en liep weg. Chelsea was zijn vrouw of zijn vriendin niet. Ze was zijn assistente, en hij had zijn uiterste best gedaan om haar te behandelen alsof ze werkte voor de Chinooks-organisatie en geen levende, ademende seksuele fantasie was die ze in zijn huis hadden neergezet om hem knettergek te maken. Hij had geprobeerd het beeld van haar zoals ze halfnaakt op zijn kookeiland had gezeten, uit zijn hoofd te krijgen. Dat was mislukt, en toen ze bij Hugo Boss had gekeken alsof ze ter plekke met hem wilde vrijen, had dat niet geholpen. Absoluut niet.

Hij liep van de Sycamore Room naar de overvolle foyer. Muziek stroomde door de deuren van de balzaal naar buiten terwijl de band het eerste nummer inzette.

'Hallo, Bressler.'

Mark draaide zich naar rechts en stond oog in oog met een van de grootste vechtjassen die ooit in de NHL hadden gespeeld. 'Rob Sutter, hoe is het met je?' Hij stak zijn hand uit.

'Dat is een hele tijd geleden.' Rob was de vechtjas van de Chinooks geweest tot een groupie hem had neergeschoten, waarmee zijn carrière in 2004 was geëindigd. 'Mark, dit is mijn vrouw, Kate.'

'Leuk om je te ontmoeten, Kate.' Mark gaf de mooie roodharige vrouw met de grote bruine ogen een hand en liet zijn arm langs zijn zij vallen. 'Waar hou jij je tegenwoordig mee bezig?'

'We hebben een sportwinkel en een supermarkt in een klein stadje in Idaho,' antwoordde Rob. 'Mijn oudste dochter woont bij ons, en we hebben twee zoontjes.'

'Rob leert hun vliegvissen,' zei Kate. 'Het is heel grappig.'

Rob grinnikte. 'We zijn net de Three Stooges.' Zijn glimlach verdween en hij fronste zijn voorhoofd. 'Hoor eens, ik vond het heel erg om over je auto-ongeluk te horen.'

Mark keek naar de neuzen van zijn zwarte leren schoenen. 'Het heeft alles veranderd.'

'Ik weet wat je bedoelt.' Als er iemand was die wist hoe het was als je leven verpletterd was, dan was het Rob 'de Hamer' Sutter. 'Het ene moment heb je alles en het volgende moment niets.'

Mark keek naar hem.

'Ik dacht dat mijn leven nooit meer fijn zou worden, maar nu is het beter dan ik me ooit had kunnen voorstellen. Soms heeft God zijn eigen plan. Soms gebeurt iets met een reden.'

Jezus, hij miste de Hamer. Niemand kon zo tegen de boarding geramd worden en er na de wedstijd zo filosofisch over praten als Rob. 'Je klinkt als een Hallmark-kaart.'

Rob lachte. 'Waarom niet?'

'Hou je mond of ik barst in tranen uit.'

'Je bent altijd al een wijf geweest.' Hij lachte en schudde zijn hoofd. 'Vooral tijdens je menstruatie was je een emotioneel wrak.'

'Rob?'

De mannen keken naar Kate. Ze fronste haar voorhoofd alsof ze haar echtgenoot niet herkende.

Rob knipperde met zijn ogen en werd rood. 'Sorry, Kate.'

Mark lachte. 'Heb je Luc gezien?'

Rob keek om zich heen. 'Martineau? Nog niet. Maar ik heb met Fishy gepraat.'

Mark had Bruce Fish niet meer gezien sinds hij een paar jaar geleden was gestopt. Hij liep samen met de Sutters door de foyer naar de balzaal. Rond de dansvloer stonden tafels met kaarsjes en de dorstige menigte werd verzorgd bij twee bars. Mark keek rond in de schaars verlichte zaal en zag een vertrouwde roomkleurige jurk. Chelsea stond bij een groepje mensen en ze lachte alsof Sam een geweldige grap had verteld.

Hij draaide zich naar Kate. 'Het was heel leuk om je te ontmoeten.' Daarna gaf hij Rob een hand. 'En goed om jou weer eens te zien.'

'Zorg goed voor jezelf.'

Terwijl Mark door de zaal liep, op weg naar Chelsea, kwam hij Hugh Miner en zijn vrouw Mae tegen. Hugh was een legende in het Seattle-hockey. Een woeste man die voor de Chinooks in het doel had gestaan tot hij een jaar nadat Mark bij Seattle had getekend, werd verkocht aan Dallas.

Toen Mark in Chelseas richting keek, was ze verdwenen. Hij keek de zaal rond en zag haar op de dansvloer, waar ze zich in allerlei bochten wrong met Walker Brooks. Hij boog zich dichter naar Hughs vrouw om te horen wat ze vertelde, maar hield zijn ogen op Chelsea gericht. Oké, misschien wrong ze zich niet in allerlei bochten, maar ze danste met haar armen in de lucht en draaide met haar heupen alsof ze een buikdanseres was. Ze was niet bepaald gecoördineerd, maar ze zag er zo mooi uit in die jurk dat het niet uitmaakte dat ze niet kon dansen.

Nadat Mark met Hugh en Mae had gepraat, werd hij tegengehouden door algemeen directeur Darby Hogue, die hem vertelde dat de positie van assistent-coach nog steeds beschikbaar was. Hij wilde dat Mark maandagochtend naar kantoor kwam om er met hem over te praten. Mark zei dat hij dat zou doen, maar op dit moment had hij iets anders aan zijn hoofd. Iets wat een meter of zes verderop danste. Terwijl hij luisterde naar Darby, zag hij Chelsea dansen met Frankie, en daarna met Sam.

'Vergeet het,' mompelde hij, en hij liep naar de dichtstbijzijnde bar. Hij had besloten om niet naar haar toe te gaan, vooral omdat hij niets te zeggen had en niet wilde dansen.

De meeste ijshockeyers waren vrij goed op de dansvloer. Ze hadden een natuurlijk ritme in hun lichaam. Mark deed het ook niet slecht, maar dat betekende niet dat hij van plan was om de dansvloer op te gaan. Hij voelde zich goed vanavond. Goed genoeg om zijn stok thuis te laten. Hij had geen pijnstillers genomen, en op een schaal van een tot tien kreeg zijn pijn een drie. Nauwelijks aanwezig dus. Maar ook al voelde hij een overweldigende drang om Chelsea vast te pakken en naar de dansvloer te trekken, er was geen garantie dat hij niet zou vallen. Zoals die dag in zijn keuken, toen hij haar bijna naakt had en zijn handen centimeters van haar kruis verwijderd waren. Maar in plaats van met haar te vrijen was hij hijgend van pijn en stikkend in zijn vernedering op de vloer terechtgekomen.

Hij nam een flinke slok uit een flesje Beck's en zag dat Jules Chelsea meenam naar de dansvloer. Jules was jong en gezond en zou niet vallen. Jules trok haar dicht naar zich toe, en het zuur in Marks maag steeg naar zijn borstkas en vrat aan een plek net onder zijn borstbeen.

Hij liet het flesje zakken en zag haar glimlachen. Op de een of andere manier waren zijn gevoelens voor haar in de afgelopen twee maanden volkomen veranderd. Eerst probeerde hij haar kwijt te raken, nu zocht hij haar in de menigte. Twee maanden geleden ontweek hij haar omdat hij haar niet mocht, nu ontweek hij haar omdat hij haar te graag mocht. Zij was de vrouw die hem het gevoel gaf dat hij weer heel was. Een man.

Jules draaide haar rond en trok haar weer tegen zich aan. Plotseling voelde Mark zich moe en oud. Hij zette het bierflesje op een leeg blad en liep naar de deur. Het was verschrikkelijk ironisch dat degene die bezit van hem had genomen hem eraan herinnerde dat hij leeg was.

15

Chelsea keek over Jules' schouder terwijl de bandleden hun versie van *Harder to Breathe* speelden. Ze voelde het gewicht van zijn hand in haar middel en de warmte van zijn handpalm. Ze mocht Jules graag. Hij zag er goed uit en had een indrukwekkend lichaam, maar er was een andere goed uitziende man met een indrukwekkend lichaam naar wie ze uitkeek in de donkere balzaal. Een paar minuten geleden had ze Mark bij de bar gezien, maar daar was hij niet meer.

'John Kowalsky is een paar jaar geleden opgenomen in de Hall of Fame,' zei Jules tegen haar. 'Hij was een van de spelers, zoals Bressler en Savage, die door hun omvang domineerden en die een schot hadden dat is geklokt op meer dan honderdzestig kilometer per uur.'

'Waar is hij?'

'Dat vertelde ik net. Luister je wel naar me?'

'Nee. Sorry, de muziek staat te hard.'

'Het is die grote man die danst met de lange brunette links van je. Deze zaal is gevuld met ijshockeylegenden.'

Jules klonk heel opgewonden en stond op het punt om weer over zijn statistieken te beginnen. 'En, wanneer ga je mijn zus eens officieel mee uit vragen?' vroeg ze voordat hij haar doodverveelde met dat slaapverwekkende onderwerp.

Jules stopte midden in een danspas. 'We maken te veel ruzie.'

'Dat komt doordat jullie seksueel gefrustreerd zijn.' Chelsea

207

bleef staan en keek in zijn groene ogen. 'Jullie zijn net katten die janken en elkaar krabben. Jezus, ga mijn zus zoeken en doe het gewoon.'

Jules deed zijn mond open om iets te zeggen, maar sloot hem meteen weer. De muziek stopte en Chelsea liep naar een van de ronde tafels om haar tas te pakken. Ze liep naar de foyer en keek om zich heen, op zoek naar de toiletruimte. Ze zag Mark bij een groep mannen en vrouwen een paar meter verderop. Hij hield zijn hoofd schuin terwijl hij aandachtig naar Faith Duffy luisterde. Hij had een pand van zijn donkergrijze jasje naar achteren geduwd en had een hand in de zak van zijn broek gestoken. Alsof hij haar aanwezigheid in de foyer voelde, keek hij over de schouder van Faith naar Chelsea. Zijn bruine ogen staarden, eerst naar haar ogen en toen naar haar mond. Hij glimlachte en zei iets tegen de eigenaar van het team, maar zijn blik gleed van Chelseas keel naar haar borsten. Een warme rilling liep over haar wervelkolom en ze ging langzamer lopen. Ze dwong zich om de ene voet voor de andere te zetten en steeds verder bij hem vandaan te lopen tot ze in de koele toiletruimte was. Waarom moest ze, van alle beschikbare mannen die er waren, uitgerekend gevoelens hebben voor de enige man die ze niet kon krijgen?

Ze ging naar het toilet en waste haar handen. Waarom moest haar lichaam, met zo veel mannen op deze planeet, juist op hem reageren? Ze maakte zichzelf niet wijs dat ze liefde voor hem voelde. Ze hield niet meer van hem dan hij van haar hield. Tussen hen was alleen begeerte. Het intense soort dat laaiend en verwoestend brandde, maar uiteindelijk snel doofde.

Ze droogde haar handen af en deed nieuwe lippenstift op. Ze had dat soort complicaties niet nodig in haar leven. Ze wist wat ze wilde, ze had een plan, en hij was de enige die dat kon ruïneren. Ze kon Mark het beste vermijden, net als hij haar vermeed. Wat natuurlijk onmogelijk was. Vooral omdat hij met zijn rug tegen de deur naar de brandtrap geleund stond toen ze naar buiten kwam. De deur van de toiletruimte sloeg achter haar dicht en door zijn intense blik had ze het gevoel dat ze aan de grond genageld stond.

'Ben je op zoek naar het herentoilet?'

Hij schudde zijn hoofd. 'Ik ben op zoek naar jou.'

'O. Heb je iets nodig?'

Zijn ogen gingen naar haar keel. 'Ja.'

Er kriebelde een zenuwachtig gevoel in haar maag, en ze dwong zich naar hem toe te lopen. 'Wat dan?'

Hij knipperde met zijn ogen en keek naar haar gezicht. 'Heb je het naar je zin met de mannen?' vroeg hij in plaats van antwoord te geven.

'Ze zijn aardig.' Ze had het fijner gevonden om bij hem te zijn. 'Ik zag dat je met Ty Savage stond te praten. Meende je wat je zei? Dat je hem dankbaar bent?'

'Misschien. Hij is een aardige vent.' Eén mondhoek ging omhoog. 'Voor een klootzak.'

Haar nerveuze lachje klonk een beetje ademloos. 'Heb je de ring gezien die hij aan Faith Duffy heeft gegeven?'

'Die is nauwelijks te missen. Het is alsof hij dacht dat ze wel ja moest zeggen als hij er een kocht die groot genoeg was.'

'Het is moeilijk om nee te zeggen tegen zo'n ring.'

'Een grote ring betekent niet dat je getrouwd blijft.' Hij leunde met zijn hoofd tegen de deur en keek naar haar door halfgesloten ogen. 'Geloof me. Ik kan het weten.'

Hij zag er moe uit, zijn gezicht was een beetje vertrokken. 'Zal ik een taxi voor je bellen?'

'Nee.'

'Het is een kleine moeite.'

'Stop daarmee. Ik ben niet hulpeloos.'

'Ik weet het.' Ze maakte haar tas open en haalde haar mobiel eruit. 'Maar als...'

'Ik ben hiernaartoe gereden.'

Ze keek naar hem. 'Wat?'

Hij haalde zijn schouders op. 'Ik ben hiernaartoe gereden.'

'In je auto?'

'Hoe anders?'

Ze liet haar mobiel in haar tas vallen. 'Als je geen taxi kon krijgen, had je mij moeten bellen.'

'Chelsea…' Hij wreef over zijn gezicht. 'Ik rij al een maand zelf.'

'Maar…' Ze had hem de vorige middag nog naar een doktersafspraak gebracht. 'Maar ik heb je gisteren nog gereden.'

'Ik weet het.' Hij liet zijn armen langs zijn zij vallen.

'Ik begrijp het niet.' Of zij was gek of hij was het. Ze koos ervoor om het laatste te geloven. 'Je haat mijn rijstijl.'

'Dat is waar, maar ik geniet van de manier waarop je rok over je dijbenen omhoogglijdt als je rijdt.' Hij pakte haar hand en trok haar naar zich toe. 'Wat draag je onder die jurk?'

Misschien was alles uiteindelijk toch haar schuld, omdat ze antwoordde: 'Niets.' Ze wist heel goed waar dat toe zou leiden. Ze wist dat zijn intense blik daardoor op haar zou branden.

Dat gebeurde ook. 'Neem me niet in de maling.'

'Dat doe ik niet. Ik heb een string geprobeerd, maar ik zag hem door mijn jurk heen. Dus moest ik hem uittrekken en zonder string gaan.'

Hij maakte de deur achter zich met zijn vrije hand open en trok haar het trappenhuis in.

'Mark!'

'Denk je nu echt dat je me zoiets kunt vertellen en dat ik je daarna met Sam weg laat gaan?' Hij duwde haar tegen de deur en zette zijn handen aan beide kanten van haar hoofd. 'Dat gaat niet gebeuren.'

Ze pakte zijn revers vast en keek naar zijn gezicht. 'Ik was helemaal niet van plan om met Sam of iemand anders mee te gaan.'

'Inderdaad.' Hij duwde het bandje van haar jurk naar beneden. 'Je gaat namelijk met mij mee.'

Haar handen streelden zijn borstkas onder zijn jasje. 'Waarom?'

'Om te vrijen. De hele nacht.'

Ze wilde dolgraag de hele nacht vrijen. 'Je weet dat dat een heel slecht idee is. Ik werk voor je.'

Hij schudde zijn hoofd, streelde haar arm en legde zijn hand daarna op haar gezicht. 'Nee, dat is niet zo. Ik betaal je niet.'

'Ik krijg betaald om voor je te werken.'

'Het is zaterdag. Je bent dus niet aan het werk.'

In haar met verlangen gevulde hoofd was dat een goede reden, en ze ging op haar tenen staan en kuste zijn nek. 'Technisch gezien word ik dus niet betaald om dit te doen.'

Hij kreunde en omvatte haar billen. Ze zoog zijn warme, zoutige huid in haar mond en maakte zijn stropdas los. 'Of dit.' Ze maakte de bovenste drie knopen van zijn overhemd los en ontblootte het kuiltje in zijn keel. 'Ik wil je, Mark Bressler.' Ze gleed met haar tong over zijn hals. 'Ik wil je overal kussen.'

Zijn vingers woelden door haar haar en hij hield zijn mond vlak boven de hare. 'Niet voordat ik je eerst gekust heb,' zei hij. Ze voelde zijn hete ademhaling op haar huid, waardoor haar borsten verstrakten en haar dijbenen gloeiden. De kus veranderde onmiddellijk in een koortsachtige razernij van behoefte en gretigheid en dominantie. Zijn handen waren ineens overal, trokken aan het bovenlijfje van haar jurk tot haar borsten eruit vielen en haar tepels tegen het voorpand van zijn overhemd schuurden. Ze voelde elke vezel tegen haar gevoelige tepels. Hij had een arm om haar heen geslagen terwijl ze haar lichaam tegen zijn harde borstkas en zijn nog hardere penis duwde. Ze kronkelde tegen hem aan en voelde zijn erectie van haar bekken tot haar buik.

Mark schoof zijn warme hand onder haar jurk en legde zijn hand op haar kruis. Hitte verspreidde zich door haar lichaam en haar knieën knikten. Zijn greep verstrakte, zodat ze niet viel. 'Je bent nat.'

'Jij bent hard.'

Hij leunde met zijn voorhoofd tegen haar voorhoofd. 'Laten we daar iets aan doen.'

'Hier?'

Hij schudde zijn hoofd en haalde zijn hand tussen haar benen vandaan. 'Kom over vijf minuten naar buiten.'

Ze likte langs haar lippen. 'Waar gaan we naartoe?' vroeg ze, hoewel het haar niet kon schelen. Ze zou hem volgen waar hij naartoe wilde.

'Naar huis. Mijn huis.'

Ze trok haar rok over haar dijbenen naar beneden. Ze nam aan dat het verstandiger was dan seks in het trappenhuis. 'Ik ben hier met mijn zus gekomen.'

'Je vertrekt met mij.'

Ze beet op haar lip terwijl ze haar jurk over haar borsten omhoogtrok. 'Hoe zie ik eruit?'

Zijn mondhoek ging omhoog. 'Opgewonden. Alsof je op het punt staat om een beurt te krijgen.'

Ze streek over haar haar. 'Beter?'

'Nee.' Hij trok aan het lijfje van haar jurk en legde zijn handen op haar borsten om ze goed te doen. Daarna boog hij naar achteren en keek naar haar. 'Je kunt zo niet naar binnen gaan.'

Ze keek naar haar tepels, die twee heel duidelijke punten vormden in haar jurk. Ze legde haar handen erop en duwde ze naar binnen.

Mark trok de stropdas van zijn nek en stopte hem in zijn zak. 'Die krijg je zo niet weg.' Hij deed zijn jasje uit en hing het over haar schouders. 'Je krijgt vijf minuten.' Hij pakte de revers en trok het jasje om haar heen. 'Als je over vijf minuten niet buiten bent, kom ik terug om je te halen.'

'Ik zal er zijn.'

Chelsea gooide Marks jasje op het kookeiland, terwijl hij de doos condooms uit de la pakte. Ze trok de uiteinden van zijn overhemd uit zijn broek en tegen de tijd dat ze de korte afstand naar de lift hadden afgelegd, waren haar schoenen uit en lag zijn overhemd op de grond. Op weg naar de eerste verdieping maakte ze zijn riem los en trok hem uit de lussen. Zijn sokken en schoenen lagen verspreid in de gang naar zijn slaapkamer en hij kuste haar terwijl hij achteruit naar de bank liep. Hij maakte de rits van haar jurk los, waarna zij zijn broek openritste. Hun kleren vielen op de grond en ze liet één hand over zijn harde borstkas glijden terwijl haar andere hand onder het elastiek van zijn boxer verdween. Behalve zijn ondergoed waren ze allebei naakt. Ze stonden zo dicht bij elkaar dat haar tepels het haar op zijn borstkas raakten.

Mark hield zijn adem in en trok zich terug om naar haar te kijken terwijl zij haar hand op zijn hete, enorme penis legde. Ze fronste haar voorhoofd van bezorgdheid terwijl ze met haar duim over de uitpuilende aderen wreef. Het was één ding om zich af te vragen hoe het zou zijn om te vrijen met een man die net zo zwaar geschapen was als een pornoster. Het was iets heel anders om het echt te doen.

Hij gooide de doos condooms op de bank, legde zijn hand op die van haar en bewoog hem heen en weer over zijn dikke schacht. 'Je kijkt bezorgd.'

'Dat ben ik ook.'

'Ik zorg dat het fijn voor je is.'

Ze geloofde hem en duwde zijn boxer over zijn benen naar beneden. Ze knielde voor hem, likte de druppel heldere vloeistof weg en liet haar tong over zijn hete eikel glijden.

Hij kreunde en ze keek in zijn ogen, die brandden van begeerte. 'Vind je dat fijn?'

'Ja.'

'Wil je meer?'

'Jezus, ja.' Ze glimlachte en nam hem zo veel mogelijk in haar mond. Zijn hoofd viel achterover en hij woelde met zijn vingers door haar haar. Ze zoog hard, terwijl ze zijn ballen vastpakte en de gevoelige plek onder zijn eikel met haar tong liefkoosde. Binnen de kortste keren spoot hij zijn hete zaad in haar mond.

'Dank je wel,' zei hij terwijl hij haar tegen zijn borstkas trok. Hij kuste haar en hield haar tegen zich aan terwijl hij met haar op de bank ging zitten. Haar knieën lagen naast zijn dijbenen en ze zat naakt op zijn schoot. Hij had net een orgasme gehad, maar zij was nog verschrikkelijk opgewonden en haar handen gleden over zijn schouders en armen en nek. Een afschuwelijke gedachte viel haar in, en ze trok zich terug om naar hem te kijken.

'Kun je hem weer omhoog krijgen?'

Hij lachte. 'Is dat een vraag of een bevel?'

'Allebei.'

'Ja. Ik denk dat dat wel lukt.' Hij ging met zijn handen naar haar middel. 'Ga eens op de bank staan,' zei hij tegen haar.

'Wat?'

'Het is mijn beurt.' Zijn greep verstevigde en hij trok haar omhoog. Ze zakte een beetje in het leer weg en hij keek naar haar en begon de binnenkant van haar dijbenen te kussen. 'Hier droom ik al weken van,' zei hij. Hij scheidde haar schaamlippen en nam haar in zijn warme mond.

'O, Mark,' kreunde ze. Zijn tong bewerkte haar en hij gaf haar de meest fantastische orale seks van haar leven. Hij wist precies wat hij deed. Hij combineerde plagerige, zachte aanrakingen met kussen alsof hij het sap uit een rijke perzik zoog. Hij bleef doorgaan tot een intens orgasme door haar lichaam trok. 'O god, Mark,' riep ze. Toen het voorbij was waren haar armen en benen slap en liet ze zich langzaam naar beneden glijden. Marks mond gleed over haar buik en maag. Hij kuste haar borsten en haar hals. Ze ging op zijn schoot zitten en hij pakte een condoom en rolde dat over zijn schacht. Ze keek naar zijn gezicht en terwijl hij bij haar naar binnen probeerde te dringen, sperde ze haar ogen open. 'Ik weet niet of het lukt.'

Hij haalde diep adem. 'Laat me niet in de steek.' Hij staarde intens naar haar. 'Je kunt me nu niet in de steek laten.'

'Ik laat je niet in de steek.'

'Je bent heel strak.'

'Jij bent heel groot.' Centimeter voor centimeter liet ze zich naar beneden zakken. Hij legde zijn handen op haar dijbenen en duwde haar voorzichtig naar beneden. Ze voelde geen pijn, maar het was ook geen prettig gevoel. Hij legde zijn handen op haar billen. 'Je bent zo mooi.'

Hij keek naar haar met een warme, fluweelachtige blik waardoor ze zich prachtig voelde. 'Dank je.'

'Ben je er klaar voor?'

Ze knikte. Het was jammer dat hij een condoom moest dragen, omdat ze het gevoel van hete huid op hete huid heerlijk zou hebben gevonden. Dikke aderen tegen gladde schede. Zijn penis raakte haar g-spot en ze voelde de hartstocht weer opkomen. Langzaam bewoog ze op en neer tot ze het perfecte ritme hadden gevonden, dat met elke stoot een beetje sneller werd. Ze greep zijn schouders en volgde zijn ritme. Ze liet haar hoofd achterovervallen en wilde dat het nooit zou eindigen.

'O god.' Het genot werd steeds groter. Misschien riep ze zijn naam, ze wist het niet zeker, maar het gevoel werd steeds intenser, tot ze een tweede orgasme kreeg dat nog heftiger was dan het eerste. Haar spieren trokken samen en de verzengende hitte verspreidde zich door haar lichaam. Al haar zenuwuiteinden stonden in brand, en ze opende haar mond voor een geluidloze schreeuw terwijl hij in haar bleef stoten, opnieuw en opnieuw, tot zijn greep rond haar billen verstrakte en hij verstijfde. De spieren van zijn armen en borstkas veranderden in steen. De lucht schoot uit zijn longen en hij vloekte lang en hard. Het mannelijke equivalent van een schreeuw. Chelsea glimlachte.

'Heb ik je pijn gedaan?'

'Nee.' Ze voelde zich een beetje rauw, maar zo tevreden dat het haar niet kon schelen.

Een van zijn mondhoeken ging omhoog. 'Je orgasme duurde een hele tijd.'

'Was je bang dat je het niet lang genoeg vol kon houden?'

'Nee. Ik kan het lang genoeg volhouden.' Hij schudde zijn

hoofd en ging met zijn handen over haar dijbenen naar haar middel.

Ze begroef haar gezicht in zijn warme nek. 'Kunnen we dat nog een keer doen?'

Hij streelde haar rug. 'Liefje, dat gaan we de hele nacht doen.'

Ze deden het nog drie keer voordat Chelsea uit bed gleed en haar jurk van de vloer pakte. De zon scheen door de kieren van de jaloezieën naar binnen toen ze in haar jurk stapte. Ze waren om een uur of vier in slaap gevallen, een tijd nadat Mark pizza had gemaakt.

Chelsea trok de rits van haar jurk omhoog en liep naar de deur. Ze wierp een laatste blik op de slapende man die onder de gekreukelde lakens lag voordat ze de gang in liep. Ze liep stilletjes de trap af en de keuken in, pakte haar schoenen en tasje en haalde haar mobiel eruit. Ze belde een taxi en liep de frisse buitenlucht in.

Een paar keer had ze zich de volgende ochtend geschaamd nadat ze seks met iemand had gehad. Vreemd genoeg was dat niet zo met Mark. Ze schaamde zich niet, hoewel dat wel zou moeten. Het was niet goed geweest om met hem te vrijen en waarschijnlijk zou ze er spijt van krijgen, later. Maar op dit moment... voelde ze zich kalm, ontspannen en gelukkig.

16

Chelsea liep met haar schoenen in haar hand op haar tenen Bo's appartement in.

'Waar heb jij vannacht geslapen?'

Haar schoenen vielen uit haar hand en ze draaide zich om. Jules stond in de keuken, opnieuw zonder overhemd. 'Jezus,' hijgde ze terwijl ze een hand op haar hart legde. 'Wat doe jij hier?'

Hij haalde zijn schouders op. 'Koffiezetten.'

Koffie klonk goed. 'Ik ben zo terug,' zei ze, waarna ze naar haar slaapkamer ging. Ze kleedde zich om in een capuchonsweatshirt en een afgeknipte joggingbroek. Haar bed was opgemaakt en het was duidelijk dat er niemand in had geslapen. Ze liep door de gang en keek in de slaapkamer van haar zus. Bo lag naakt op de gele lakens te slapen.

Chelsea liep naar de keuken en pakte een beker. 'En, vertel.' Ze schonk koffie voor zichzelf in en keek naar de man die aan de tafel zat. 'Ga je een eerbare vrouw van mijn zus maken?'

Hij keek op van zijn krant. 'Gaat Bressler een eerbare vrouw van jou maken?'

'Wie zegt dat ik bij Mark Bressler ben geweest?' Jezus, ze hoopte dat niemand anders erachter kwam.

'Toen je wegging droeg je zijn jasje.'

O ja. 'Hoe weet je dat het van hem was?'

'Er waren maar twee mannen met een donkergrijs Hugo Boss-pak. Mark en Ty Savage.'

Jezus, je kon het aan Jules wel overlaten om zoiets te zien.

'Ik weet dat je niet met Ty naar huis bent gegaan,' ging Jules verder. 'Bovendien vertelde Bo dat je hem naar huis hebt gebracht.'

'Dat betekent niet dat ik met hem geslapen heb. Je weet wel, met hem gesláper heb, zoals jij en Bo.' Ze ging tegenover hem zitten en nam een slok koffie. 'Marks huis heeft zes slaapkamers.' Daarna vertelde ze een grote leugen met een volkomen uitgestreken gezicht. 'Mark Bressler mag me helemaal niet.' Ze fronste haar voorhoofd. Misschien was het toch niet zo'n leugen. Natuurlijk, hij mocht haar als ze hem bereed als de mechanische stier bij Gilley's. En hij had haar gemogen in zijn whirlpool en later in zijn bed.

'En heb jij in een van die andere slaapkamers geslapen?' Hij keek sceptisch, alsof hij niet wist of hij haar moest geloven.

Ze knikte terwijl ze aan de vorige avond terugdacht. Jezus, ze had zich nog nooit zo heerlijk gevoeld. Mark vroeg geen toestemming om iets te doen. Hij deed het gewoon, en hij deed het zo goed dat ze hem had gesmeekt om niet te stoppen. Haar wangen werden rood en ze keek weg.

'Je liegt.'

'Heb je nu een relatie met mijn zus? Of was dit een onenightstand?'

Hij fronste zijn voorhoofd. 'Probeer niet van onderwerp te veranderen.'

Chelsea glimlachte en herhaalde haar vraag.

'Ik mag Bo erg graag. Heel erg graag. Ik zou haar nooit gebruiken.' Zijn antwoord klonk scherp.

Het grappige was dat Chelsea zich niet gebruikt voelde. Misschien was ze een beetje ongerust omdat ze niet wist hoe Mark haar aanstaande maandag zou behandelen, maar ze voelde zich absoluut niet gebruikt.

'Wanneer ben jij thuisgekomen?' vroeg Bo terwijl ze de keuken in liep en een badjas rond haar middel dichtknoopte.

'Een paar minuten geleden.' Bo deed haar mond open om iets

te zeggen, maar Chelsea stak haar hand op. 'Mark heeft zes slaapkamers. Ik heb er één gekozen.' Wat de waarheid was. Ze had die van hem gekozen.

'Ik weet niet wat ik ervan moet denken,' zei Jules.

Chelsea haalde haar schouders op en keek naar haar zus, die een kop koffie voor zichzelf inschonk. Bo keek met een glimlachje rond haar lippen naar Jules. Hij zag het en glimlachte terug. Afgelopen nacht was voor allebei meer dan alleen seks geweest. Meer dan gezamenlijke bevrediging.

Chelsea stond op. Plotseling werd ze overspoeld door alle spijt die ze had gedacht te voelen, maar het was niet de spijt die ze had verwacht. Het speet haar niet dat ze de nacht met Mark had doorgebracht. Nee, het speet haar dat hij nooit zo naar haar zou kijken als Jules naar Bo keek.

'Ik ga nog even naar bed,' zei ze. De ongerustheid die ze in de keuken had gevoeld werd nog een graadje erger. Wat moest ze maandagochtend tegen Mark zeggen? En zou hij zijn gewone gedrag vertonen en haar negeren?

Ze hoefde niet tot maandag te wachten voordat ze dat wist. Mark belde haar om twaalf uur. Ze lag vast te slapen, maar ze wist dat hij het was voordat ze haar ogen opendeed. Niet omdat ze helderziend was, maar omdat ze zijn ringtone herkende.

'Waar ben je?' vroeg hij. De klank van zijn stem gaf haar een doezelig, warm gevoel.

'Ik lig in bed.'

'Hoe lang duurt het voordat je klaar kunt zijn?'

Ze ging zitten. 'Om wat te doen?'

'Om naar Issaquah te rijden.'

'Waarom moet ik naar Issaquah rijden?'

'Ik wil het huis daar nog een keer bezichtigen. Jij gaat met me mee.'

Typisch van hem om het niet te vragen. 'Het is mijn vrije dag.'

'En?'

'Je zult het moeten vragen.'

Hij zuchtte en ze kon zijn ademhaling bijna in haar oor voelen. 'Chelsea, wil je alsjeblieft met me meegaan naar Issaquah?'

Ze zwaaide haar voeten over de rand van het bed. 'Om naar het huis te gaan kijken dat je vorige maand hebt bezichtigd?'

'Ja. Is het nog steeds op de markt?'

'Ik weet het niet. Waarom heb je dat niet eerder gezegd?'

Hij lachte. 'Omdat ik wilde dat je me meer huizen liet zien.'

Dat was volslagen waanzin.

'Kun je over een halfuur klaar zijn?'

Ze dacht aan haar zus en Jules. 'Geef me een uur en wacht buiten op me.' Ze wilde niet dat Bo en Jules zagen dat ze vertrok met de man voor wie ze werkte, maar ze had zich geen zorgen hoeven maken. Toen ze onder de douche vandaan kwam waren Bo en Jules weg.

Chelsea kleedde zich comfortabel in een blauwe enkellange rok en een kraagloze blouse. Ze deed haar haar in een paardenstaart en trok een paar met stras bezette slippers aan. Toen ze de deur van het appartement achter zich dichttrok, stopte de Mercedes van Mark voor het complex. Hij parkeerde recht voor Chelsea en het portier zwaaide open. Een grote hand pakte het dak en hij trok zich uit de auto. Mark droeg zijn gebruikelijke witte T-shirt en blauwe trainingsbroek en Chelsea zag dat hij vandaag een beetje langzamer liep.

'Is alles goed?'

'Prima.' Hij fronste zijn voorhoofd alsof hij ergens boos over was. Niet zo erg als de keer dat hij had gedreigd haar te vermoorden, maar toch boos. Of misschien had hij pijn.

'Je ziet er…' Hij drukte zijn mond op de hare en maakte haar midden in de zin ademloos. Net als veel dingen die hij gisteravond met haar had gedaan, was de kus min of meer een aanranding. Op het moment dat ze zich er betrokken bij begon te voelen, trok hij zich terug en zei: 'Ik wil niet dat je ooit nog stiekem mijn huis uit sluipt.'

Ze raakte haar vochtige onderlip aan. 'Ik sloop niet.'

'Je sloop wel.'

Was hij echt boos omdat ze vanochtend was vertrokken? 'Ben je van streek omdat ik je niet wakker heb gemaakt voordat ik wegging?'

'Ik ben niet van streek.' Hij keek weg. 'Ik ben nooit van streek.'

Dat was hij wel. 'Het spijt me, het was niet mijn bedoeling je te kwetsen.'

Hij keek naar haar en zuchtte gefrustreerd. 'Ik ben niet gekwetst. Ik ben geen meisje.'

Het was een belachelijke opmerking en ze probeerde niet te glimlachen, maar dat mislukte. 'Ik weet dat je geen meisje bent. Ik denk dat je dat vannacht wel hebt bewezen.'

Eén mondhoek trilde. 'Heb je last?'

'Een beetje. Ik heb een tijdlang geen oefening gehad.'

Hij nam haar gezicht tussen zijn handen en keek in haar ogen. 'Je bent geen vrouw die ik in een bar heb opgepikt, Chelsea. Je bent geen onenightstand. Sluip niet meer weg.'

Als ze geen onenightstand was, wat was ze dan wel? 'Oké.'

Hij pakte haar hand en liep met haar naar de passagierskant. 'Ik heb razende honger. Wil je hier eten of in Issaquah?'

Ze draaide zich om en keek naar hem. Misschien was ze geen onenightstand, maar ze was ook niet zijn vriendin. Ze was zelfs niet op die mistige plek waar alle relaties begonnen. Ze werkte voor Mark. Ze kon geen relatie met hem hebben, dus wat deed ze in zijn auto? 'Hoe ver is het naar Issaquah?'

'We zijn er een paar weken geleden geweest.'

'We zijn de afgelopen weken naar zo veel huizen geweest.' Ze keek naar hem. 'Ik kan ze niet allemaal uit elkaar houden.' Aan de andere kant gingen ze gewoon een broodje eten. Een broodje betekende niets. Dat kostte vijf pond en ze kon het zelf betalen.

'Een minuut of tien.' Hij sloeg het portier dicht, liep naar de andere kant van de auto en ging naast haar zitten. 'Of we kunnen overgaan op plan B. We gaan naar mijn huis, bestellen pizza en eten die in bed op.'

Ze lachte. 'Was Issaquah gewoon een smoes?'

'Nee, maar we eindigen toch in mijn huis en mijn bed. Waarom zouden we tijd verspillen?' Hij zette de Mercedes in zijn achteruit en reed de parkeerplek af.

Ze moest waarschijnlijk beledigd zijn dat hij zonder meer aannam dat ze weer met hem naar bed zou gaan. Misschien moest ze wat tegengas geven. Een beetje moeilijker te krijgen spelen. Of helemaal niet toegeven aan de verleiding. 'Wil je het huis niet zien?'

'Ik kan er morgen met de makelaar naartoe gaan.' Hij keek naar haar, zijn ogen en stem waren een pure liefkozing. 'Jij mag kiezen.'

'Plan B.' Ze was zwak. Een zondaar die geen kracht had om de verleiding te weerstaan.

Hij grinnikte. 'Goed antwoord. Je zult er geen spijt van krijgen.'

En dat kreeg ze niet. Ze aten pizza in de recreatieruimte en keken films op het enorme televisiescherm. Natuurlijk had hij zowat elke zender.

'Zelfs je televisie heeft het magnum pakket,' zei ze.

Hij grinnikte en pakte haar lege bord. 'Er is maar één pakket waar jij je zorgen over hoeft te maken,' zei hij terwijl hij het bord op de vloer naast de chaise longue zette. Hij trok haar boven op zich tot ze schrijlings op zijn schoot zat. Ze legde haar handen op zijn brede borstkas en keek in zijn donkerbruine ogen.

'Toen ik wakker werd wilde ik je weer.'

'We hebben het vier keer gedaan.' Jezus. De laatste keer dat ze het vier keer in een nacht had gedaan was... waarschijnlijk nooit.

Hij streelde haar dijbenen met zijn warme handen. 'Het was niet genoeg. Ik wil meer. Ik wil jou.' Hij wreef met zijn duim over haar zijden string. Chelsea verstijfde. 'Zeg tegen me dat je mij ook wilt.'

Ze likte haar droge lippen en knikte.

Hij liet een duim onder het elastiek glijden en raakte haar kruis aan. 'Zeg het tegen me.'

Het leek belangrijk voor hem, dus zei ze: 'Ik wil je, Mark.' Ze pakte de zoom van haar blouse en trok hem over haar hoofd.

'Waarom?' Hij streelde haar met zijn duim en ze kreunde hardop.

'Omdat je precies weet hoe je ervoor moet zorgen dat ik je wil.' Ze hield haar gezicht vlak voor het zijne. 'Omdat ik je nodig heb.'

Ze bleef hem de rest van de middag nodig hebben. Ze kronkelde over Marks harde lichaam en was verhit en zweterig. Toen ze naar huis ging was het tien uur 's avonds, en ze viel uitgeput in haar eigen bed in slaap. Bo had een briefje neergelegd dat ze bij Jules sliep, en Chelsea zag haar zus niet voordat ze de volgende dag allebei naar hun werk vertrokken.

Tegen de tijd dat ze bij Mark was, lag de ongerustheid als een steen op haar maag. Het was maandagochtend en het weekend dat ze met Mark had doorgebracht was plotseling heel reëel. Ze had nooit een van die vrouwen willen zijn die een relatie hadden met de beroemdheid voor wie ze werkten. Ze had nooit een van die vrouwen willen zijn die achterbleven met een gebroken hart en niet eens een baan meer hadden.

De voordeur van Marks huis stond open. Hij zat in zijn kantoor achter de computer en typte iets met twee vingers. 'Het huis in Issaquah is twintigduizend dollar in prijs gedaald,' zei hij zonder op te kijken. 'Is dat niet het huis met de inloopkast die jij zo prachtig vond?' Hij drukte op 'zend' en pakte zijn stok, die tegen het bureau stond.

'Dat klopt. Met al die draaiende schoenenrekken.' Wat maakte het uit of ze het mooi had gevonden? 'Is alles goed met je? Je gebruikt je stok weer.'

'Op sommige dagen gaat het beter dan op andere.' Hij stond op en liep naar haar toe. 'Als je je zorgen maakt, kun je mee naar boven gaan om me een massage te geven.' Hij duwde een streng haar achter haar oor.

'Dat staat niet in mijn taakomschrijving.' Ze deed een stap

naar achteren voordat ze toegaf aan de verleiding en haar gezicht in zijn handpalm legde. 'Als ik voor je blijf werken, moeten we regels hebben.' Misschien werd ze niet zo'n zielig clichégeval als er regels waren.

Hij legde een hand op zijn heup. 'Wat voor regels?'

'Geen seks van maandag tot vrijdag.'

'Dat is belachelijk. Dan blijft alleen het weekend over.'

'Goed,' gaf ze toe. 'Geen seks tijdens kantooruren.' Ze meende het. Als ze het kleine beetje waardigheid dat ze overhad wilde bewaren, moest ze in elk geval proberen om haar werk en persoonlijke relatie met Mark gescheiden te houden.

'Ik zal proberen eraan te denken.'

Dat deed hij niet. Hij probeerde het niet eens. Zij was degene die sterk moest blijven en afstand moest bewaren. Ze moest hem eraan herinneren dat het geen gepast gedrag was om zijn hand op haar onderrug of haar dijbeen te leggen. En haar billen aanraken tijdens de hockeytraining met Derek was absoluut illegaal contact, ook al was ze op haar achterwerk gevallen. Later, toen Derek vertrokken was en het vijf uur was, mocht Mark het beter kussen.

Ze zag haar zus die week niet veel, maar dat verbaasde haar niet. Zo was Bo nu eenmaal. Of het nu een baan of een nieuwe vriend was, ze gooide zich er met heel haar hart in. Meestal eindigden haar relaties in liefdesverdriet, maar Chelsea had een goed gevoel over Jules. Ze had het gevoel dat het dit keer goed zou gaan. Ze wilde dat ze dat ook over zichzelf kon zeggen.

Ze wist niet waar haar relatie met Mark toe zou leiden. Het was nieuw en anders en angstaanjagend. Het meest angstaanjagende was dat teruggaan naar LA zijn aantrekkingskracht begon te verliezen. Ze wilde niet een van die vrouwen zijn die hun dromen opgaven voor een man. Haar hart en haar hoofd waren in oorlog, en ze was doodsbang dat haar hart het gevecht zou winnen.

'Ik heb je ringtone veranderd,' zei ze tegen Mark toen ze in bed naar *Big Trouble in Little China* lagen te kijken. Voor een ijshockeyspeler was hij verrassend goed in het onthouden van dialogen. Hij pakte zijn telefoon van het nachtkastje en toetste haar nummer in. *Trouble* van Pink begon in haar tas te spelen.

'Je bent een probleem,' zei hij. 'Dat is duidelijk.'

'Jij bent het probleem.'

Hij pakte haar hand en kuste haar vingers. 'Je hebt aan één stuk door problemen veroorzaakt sinds de dag dat je op mijn trap zat te wachten.' Ze vroeg zich opnieuw af waar hun relatie toe zou leiden.

De zaterdag na het Stanley Cup-feest verraste Mark haar met kaartjes voor *Oklahoma!* en haar hart won een stukje terrein op haar hoofd. 'Hou je van musicals?'

'Ja.'

Wat een leugenaar.

Na de musical gingen ze naar zijn huis. In plaats van haar mee te nemen naar zijn bed, pakte hij haar hand, liep met haar door het donkere huis en deed de openslaande deuren naar de salon open. Midden in de kamer stond de Stanley Cup op het witte tapijt. In de cup lag een fles Dom Pérignon in ijs. De zilveren beker fonkelde in het licht van de kristallen kroonluchter.

'O mijn god.' Chelsea liep naar de enorme trofee. 'Je hebt hem toch een dag genomen.'

'Ja.'

Ze keek om zich heen. 'Ik dacht dat er altijd een vertegenwoordiger van de Hall of Fame aanwezig moest zijn.'

'Niet altijd.' Hij ging achter haar staan en sloeg zijn armen rond haar middel. 'De andere spelers hebben de cup meegenomen naar stripteaseclubs of sportcafés. Walker heeft hem meegenomen naar de top van de Space Needle, en Daniel heeft ermee rondgereden in zijn convertible. Alle spelers die de cup winnen dromen erover wat ze ermee gaan doen. Het is tijd dat ik mijn droom waarmaak.' Hij kuste de scheiding in haar haar. 'Als je het goedvindt, wil ik champagne over je naakte lichaam gieten en met je vrijen naast de cup.'

'Is dat de droom die je altijd hebt gehad?'

Hij schudde zijn hoofd en zijn lippen raakten haar haar. 'Dit is beter dan de droom die ik had.'

Ze maakte de rits van haar zomerjurk los. Haar hart zwol zo op dat haar borstkas pijn deed. Op dit moment, in deze kamer, kon ze geen enkele goede reden bedenken waarom ze deze man ooit zou willen verlaten. Van alle mensen die het verdienden om dit moment met hem te delen, had hij haar gekozen.

Haar jurk gleed op de vloer en ze stond voor hem in haar beha, string en slangenleren pumps met hakken van tien centimeter.

'Hou je schoenen aan,' zei hij terwijl hij de fles champagne pakte en het ijzerdraad eraf haalde. 'Die winden me op.'

Voor zover Chelsea het kon beoordelen wond alles hem op. 'Je bent gemakkelijk.'

'En goedkoop.'

Nauwelijks. Ze trok haar beha en string uit en hij duwde met zijn duimen tegen de kurk. 'Je maakt het tapijt nat en kleverig.'

'Ik ben van plan jou nat en kleverig te maken.' Met een zachte plop vloog de kurk door de kamer en raakte de gesloten gordijnen. Een fijne mist krulde uit de flessenhals en een stroom schuim volgde. Mark zette de fles aan zijn mond en nam een paar flinke slokken. 'Doe je ogen dicht.'

Ze deed wat hij vroeg en voelde de koude damp van de champagne tegen haar lichaam. Het rook naar rozenblaadjes. 'Dat is koud,' klaagde ze.

'Ik warm je zo meteen op.' Hij kuste haar terwijl hij de fles boven hun hoofd leegschonk. Het vocht stroomde over haar gesloten ogen en haar gezicht. Het contrast van de koude champagne met zijn hete mond verstrakte haar tepels, en ze werd vochtig van verlangen. Hij gooide de lege fles opzij en gleed met zijn handen en mond over haar natte, kleverige lichaam.

Zijn aanraking was op de een of andere manier anders, minder dwingend, en hij schonk aandacht aan al haar erogene zones. Hij nam de tijd en had absoluut geen haast. Zelfs toen ze aan zijn kleren trok tot hij net zo naakt was als zij, ging hij door met haar schouders en hals likken. Hij ging met zijn mond over haar borsten naar haar buik en legde haar naast de Stanley Cup neer. De vonken die van de cup af schoten raakten haar borsten en buik en de zijkant van zijn gezicht. Hij keek in haar ogen.

'Slik je de pil?'

Ze wist waarom hij het vroeg, en de gedachte aan hete huid tegen hete huid maakte haar nog opgewondener. 'Ik heb mijn jaarlijkse onderzoek en driemaandelijkse Depo-injectie gehad voordat ik hiernaartoe kwam. Ik ben zo schoon als een maagd.'

Hij glimlachte. 'Na mijn ongeluk heb ik alle testen gehad die er bestonden. Ik ben schoon, maar ik ben niet bepaald een maagd.' Hij bewoog tot zijn gezicht net boven het hare was. 'Vertrouw je me?'

'Ja. Vertrouw jij mij?'

In plaats van antwoord te geven drong hij haar lichaam binnen, hete huid tegen hete huid. Het was zo heerlijk dat ze kreunde. 'O god.'

Hij omvatte haar gezicht met zijn handen en staarde naar haar. 'Jij en de cup,' zei hij. 'Mijn grootste twee fantasieën.' Hij kuste het puntje van haar neus terwijl hij langzaam begon te bewegen. Haar lichaam stond in vuur en vlam door zijn aanraking. Hij stootte in haar, telkens weer, en bracht haar razendsnel naar een orgasme. Op het moment van de explosie versplinterde haar hart en ziel en riep ze zijn naam.

Toen het voorbij was, nam hij haar mee naar de douche en waste haar. Zijn aanraking was zacht, zachter dan die ooit was geweest. 'Dank je.'

'Ik moet jou bedanken.' Ze droogde zijn rug en schouders af. 'Ik ben verbaasd dat je deze nacht met mij wilde delen.'

'Met wie anders?' Hij pakte de donzige handdoek van haar af en legde hem rond haar schouders. 'Je bent bij me gebleven toen ik probeerde je weg te sturen.' Hij keek in haar ogen. 'Dat betekent iets voor me.'

'Wat dan?'

'Ik weet het niet zeker. Misschien dat je koppig bent.' Hij duwde een natte pluk haar achter haar oor. 'Of misschien dat je een zwak hebt voor ijshockeyers die hebben afgedaan.'

Ze moest hem vertellen over de bonus. Zijn duim wreef over haar kaak en zijn ogen waren intens fluweelbruin. 'Je hebt niet afgedaan.' Nu. Ze moest het hem nu vertellen. Ze deed haar mond open, maar in plaats daarvan kwam er iets anders uit. 'Je had me nodig.' En misschien had zij hem ook een beetje nodig gehad.

'Ik heb je nog steeds nodig.'

Ze deed haar ogen dicht en voelde een steek in haar hart. Als ze niet voorzichtig was, zou het ondenkbare gebeuren. Als ze niet voorzichtig was, dan viel ze voor Mark Bressler. En dat zou erg zijn. Zo erg dat ze zichzelf daartegen moest beschermen.

Dat lukte haar tot de ochtend dat hij met haar meeging naar haar consult met de plastisch chirurg. Mark zat in de wachtkamer een golftijdschrift te lezen terwijl zij het gesprek had, en tijdens de rit naar huis wilde hij dat ze hem vertelde hoe het was gegaan.

'De dokter zei dat ik waarschijnlijk minder gevoelig word,' zei ze terwijl ze over de pontonbrug reden. Nu ze meer over de risico's wist, was ze een beetje bang.

'Hoe lang?'

Ze haalde haar schouders op. 'Het kan zes tot twaalf maanden duren, maar het kan ook voor altijd zijn.' Ze kende de bijeffecten en risico's, maar nu ze het van de chirurg had gehoord, waren ze ineens heel reëel.

Mark keek naar haar vanachter zijn zonnebril.

'Misschien kan ik geen borstvoeding geven.' Ze keek naar haar handen, die gevouwen op haar schoot lagen. Hoewel ze nu alles wist, wilde ze het toch laten doen. Ze keek naar zijn profiel. 'Mijn familie wordt stapelgek,' zei ze, maar wat ze eigenlijk wilde weten was hoe Mark erover dacht. Ze was te bang om het hem te vragen. Te bang dat hij zou proberen haar om te praten.

De stilte hing een tijdje tussen hen in. 'Ik ben gek op je lichaam,' begon Mark. 'Je bent prachtig zoals je bent.' Hij pakte haar hand en ze verwachtte dat hij haar zou vertellen dat hij het eens was met haar familie. 'Maar als jij niet tevreden bent met de maat van je borsten, moet je er iets aan laten doen.' Hij wreef met zijn duim over haar knokkels. 'Je moet doen wat jou gelukkig maakt.'

Dat was het moment waarop het gebeurde. Haar hart sprong op in haar keel. Haar ogen brandden en op het moment dat ze de afrit naar Medina namen, wist ze dat ze van Mark Bressler hield. Ze hield zo veel van hem dat het haar ademloos maakte. Ze hield van hem, ook al wist ze dat het niet goed was.

De derde maandag in augustus stapte Mark in zijn Mercedes en reed naar het hoofdkantoor van de Chinooks. Hij had een afspraak om te praten over de positie van assistent-coach en hij stond er niet zo negatief meer tegenover als hij een paar maanden geleden had gedaan. Als hij eerlijk was begon hij warm te lopen voor het idee. Het kon geen kwaad om te luisteren naar wat ze te vertellen hadden.

Hij stuurde de oprit af en reed naar het centrum van Seattle. Hij had een baan nodig. Het rondhangen en nietsdoen maakte hem stapelgek. Hij moest iets te doen hebben, iets anders dan zich afvragen hoe hij Chelsea zover kon krijgen dat ze haar 'geen seks tijdens kantooruren'-regel vergat.

Wat natuurlijk grote onzin was. Hij had er alleen mee ingestemd omdat hij dacht dat hij haar wel van gedachten kon laten veranderen, maar ze week niet van de regel af. De eerste week niet en de tweede week ook niet. Zelfs niet toen ze terugreden van de bezichtiging van een huis in Queen Anne en hij met zijn hand over haar dijbeen naar boven was gegleden en zijn vingers in haar string had laten glijden. Ze was vochtig geweest, en ze liet hem even zijn gang gaan voordat ze zijn hand wegduwde. Hij had de rest van de dag tegen zijn erectie gevochten, tot ze om vijf uur 's middags naar de garage was gekomen, waar hij de sticks en pucks wegruimde die hij voor de training met Derek had gebruikt. 'Mijn werkdag zit erop,' zei ze, waarna ze zich op hem stortte. Hij had haar over de motorkap van de Mercedes gelegd, had haar rokje omhooggeduwd en was bij haar binnengedrongen. Het was heftig, snel en primitief geweest.

En teder.

Maar lang niet zo teder als de nacht dat ze naast de Stanley Cup hadden gevrijd. Hij had seks gehad met veel vrouwen, en hij had seks gehad met Chelsea, maar die nacht was anders geweest. Hij had het gevoel gehad dat elke cel in zijn lichaam explodeerde. Het had hem verscheurd, en toen hij weer bij zijn positieven kwam, waren de manier waarop hij naar zijn leven keek en de manier waarop hij naar Chelsea keek veranderd.

Hij kon niet zeggen dat hij van Chelsea hield. Het soort liefde dat een grote diamant en een huwelijksbelofte vereiste. Hij had al eens op zo'n manier van iemand gehouden, maar dit voelde anders. Dit was comfortabel, alsof je in een warm bad ging zitten in plaats van een whirlpool.

Nee, hij kon niet zeggen dat hij van haar hield, maar hij miste haar als ze er niet was. Hij miste het geluid van haar stem en haar hakken op zijn tegelvloeren.

Hij vond het fijn om bij haar te zijn. Hij vond het fijn om met haar te praten en haar aan het lachen te maken. Hij genoot van de vreemde kronkels die haar hersenen maakten en haar gevoel voor humor. Hij vond het prachtig dat ze zichzelf impulsief vond terwijl ze alles heel duidelijk onder controle had. Hij genoot van de blik in haar ogen als ze vastbesloten was om haar zin te krijgen, en hij genoot vooral van de blik in haar ogen als ze vastbesloten was om hem te verleiden.

Hij hield van de manier waarop ze hem aanraakte en kuste en de leiding nam. Hij hield van wat ze met haar handen en haar mond deed en de ademloze kleine geluidjes die ze maakte als hij haar aanraakte. Hij hield ervan om naar haar gezicht te kijken als hij diep in haar was gedrongen. De manier waarop haar ogen wazig werden als hij in haar stootte. En hij genoot ontzettend van de samentrekkingen van haar schede, die hem kneedden en vasthielden en zijn orgasme uit de kern van zijn ziel haalden.

Hij dacht terug aan de dag waarop ze voor het eerst op zijn trap had gezeten en aan haar koppige vastbeslotenheid om te blijven. Hij was blij dat het hem niet was gelukt om haar weg te krijgen. God weet dat ze waarschijnlijk een betere baan kon krijgen, die ook nog eens beter verdiende.

Hij was niet de man die hij acht maanden geleden was geweest. Hij was geen gevierde ijshockeyer meer. Sportverslaggevers waren niet langer in hem geïnteresseerd en hij kreeg geen miljoenencontracten meer aangeboden. Hij was een sportman die had afgedaan, die wakker werd met pijnlijke spieren en de helft van de tijd een wandelstok nodig had.

Hij reed de garage in en parkeerde naast de lift. Chelsea leek dat niet erg te vinden. Ze gaf hem het gevoel dat hij leefde, dat hij een man was. Maar het was meer dan alleen seks. Als dat het enige was geweest, zou iedere vrouw volstaan. Het was de manier waarop ze naar hem keek. Alsof ze zijn littekens en verwoeste leven niet zag. Ze bleef bij hem terwijl anderen weggelopen waren. Hij wist niet waarom ze bleef, maar hij dankte God op zijn blote knieën dat ze nog steeds in zijn leven was.

Hij was twee maanden geleden voor het laatst in de Key geweest. Acht maanden geleden had hij zijn laatste wedstrijd gespeeld. Die avond had hij een hattrick tegen de Penguins gescoord. Hij had gedacht dat hij een fantastisch leven had. Hij was dolgelukkig geweest.

Hij nam de lift naar de tweede verdieping. Soms gebeurde het onvermijdelijke en veranderde een leven. Het was tijd om vooruit te kijken en niet in het verleden te blijven hangen. De liftdeuren gingen open en hij zag Connie Backus, manager van de afdeling nazorg, staan. Hij kende Connie van zijn ruzies om de verpleegkundigen die de Chinooks hadden gestuurd.

'Hallo, Mark.'

Hij hield de deur voor haar open. 'Hoi, Conny.'

'Je ziet er goed uit,' zei ze tegen hem terwijl ze een handvol folders tegen zich aan drukte.

'Dank je. Ik voel me ook goed.'

'Ik heb gisteren een gesprek gehad met Chelsea Ross. Ze vertelde dat jullie goed met elkaar overweg kunnen.'

Dat kon je wel zeggen. 'Het gaat prima. Je hoeft je nergens zorgen over te maken.'

'Mooi. We waren een beetje bezorgd toen we zagen dat ze het jasje van een man droeg tijdens het feest van een paar weken geleden. We dachten dat het misschien van jou was.'

Hij keek op zijn horloge. Hij was al twee minuten te laat. 'Dat klopt. Ze had het koud, meer niet.'

'Daar ben ik blij om.' Connie stapte in de lift. 'We zouden het een heel vervelend idee vinden als ze probeert om haar bonus op een andere manier te verdienen.' Connie drukte op de liftknop en lachte alsof ze een grap deelden.

De deuren schoven dicht, maar Mark stak zijn hand uit en duwde ze weer open. 'Wat voor bonus?'

17

Chelsea zat aan Marks bureau en beantwoordde verveeld e-mails terwijl hij een belangrijke bespreking had in het kantoor van de Chinooks. Hij had haar niet verteld waar de bespreking over ging en ze had geen idee wanneer hij terug zou zijn. Ze leunde met haar hoofd achterover en keek naar de foto's en posters van hem aan de muren. Haar blik bleef hangen bij de foto waarop hij de puck met het getal 500 erop vasthield. Een paar dagen eerder had hij haar verteld dat het de puck was waarmee hij de vijfhonderdste goal van zijn carrière had gescoord. Ze had geglimlacht alsof ze begreep hoe belangrijk het was, en hij had gelachen omdat ze er geen flauw idee van had.

'Dat is een van de dingen die ik leuk aan je vind,' had hij gezegd. 'Je bent niet onder de indruk van geld of sterrendom.'

'Ach, ik weet het niet.' Ze had gedacht aan de bonus en dat ze het hem moest vertellen, maar het leek het juiste moment niet. Niet nu ze het erover hadden dat ze niet geïnteresseerd was in geld. 'Ik zou het heerlijk vinden om zo beroemd te zijn dat er speciaal voor mij filmrollen werden geschreven,' zei ze in plaats daarvan.

'Dat is anders. Dat is motivatie omdat je iets doet wat je fantastisch vindt, in plaats van je motivatie halen uit het geld of de roem die je ermee kunt verdienen. Ik ken veel spelers die geld en een sterrenstatus najaagden terwijl ze zich hadden moeten concentreren op het verbeteren van hun ijshockeyspel.'

Ze had om zich heen gekeken. 'Ben jij nooit gemotiveerd door geld?'

Hij haalde zijn schouders op. 'Misschien in het begin een beetje. Maar dat bleek een vergissing te zijn.'

Het geld was in het begin ook haar motivatie geweest, maar ze kon het geen vergissing noemen. Niet nu ze van hem hield en er geen weg terug meer was.

Ze ging staan, liep naar de foto en keek naar Marks glimlachende gezicht. Haar vingers gleden over het gladde oppervlak. Ze voelde zich gelukkig en vol leven. Ze kon niet terug naar de dagen waarop ze had gevonden dat hij een ongelofelijke klootzak was. Het was te laat. Ze hield van alles aan hem. Ze hield van de klank van zijn stem en zijn lach. Ze hield van zijn geur en de manier waarop hij haar arm of haar onderrug aanraakte. Ze hield van de manier waarop hij naar haar keek als ze een kamer binnen liep. Ze hield van zijn ruwe bolster waarin een blanke pit zat.

Ze wist echter niet wat hij voor haar voelde. Natuurlijk, het was duidelijk dat hij haar graag mocht. Van alle mensen die hij had kunnen kiezen om zijn nacht met de cup mee te delen, had hij haar gekozen. Maar het was geen liefde. Ze wist dat hij graag seks met haar had, maar seks was geen verbintenis.

Ze liet haar hand langs haar zij vallen. De angst vormde een knoop in haar maag, net onder haar gelukkige hart. Ze stond op het punt om haar leven aan te passen aan een man die haar graag mocht. Ze had nog nooit iets veranderd voor een man, en ze doorliep een mentale lijst met alle redenen waarom het een goed idee was om in Seattle te blijven. Redenen die niets met Mark te maken hadden.

Ze genoot van het weer en de sfeer in Seattle. Het was fijn om bij haar zus te zijn en ze had het leuk gevonden om de commercials te maken. Misschien moest ze nog een keer proberen om een toneelrol te krijgen. Maar niet in *Oklahoma!* Ze kon niet zingen en Mark had duidelijk een hekel aan musicals. Ze glimlachte, maar haar vrolijkheid duurde maar even. Ze moest hem vertellen over de bonus. Het drukte op haar en ze wist dat ze het moest zeggen. Hopelijk was het geen probleem als ze het had uitgelegd. Het geld had niets te maken met haar gevoelens voor Mark. Ze had het aanbod van de bonus geaccepteerd voordat ze hem had ontmoet. Ze was voor hem gevallen, ondanks haar pogingen dat niet te doen, maar de laatste tijd begon het te lijken alsof ze een geheim voor hem had.

Ze zag een beweging in de deuropening en draaide zich om. Mark stond naar haar te kijken, met een schouder tegen de deurpost, en haar gelukkige hart zwol op toen ze hem zag.

'Ik heb je auto niet gehoord.'

Hij vouwde zijn armen over elkaar en bekeek haar van top tot teen. 'Tienduizend dollar is veel geld. Je bent goed, Chelsea. Misschien ben je het zelfs waard.'

Ze was bang dat hij het niet als een compliment had bedoeld, en ze had het gevoel alsof ze in haar borst werd gestoken. 'Heb je het over de bonus?'

'Ja.' Hij zag er niet boos uit. Wat goed was. 'Ze hebben het me net verteld.'

'Ik was van plan om het tegen je te zeggen.' Nee, hij was niet boos. Eerder afstandelijk, zoals in het begin. Ze kon het echter uitleggen. Hij zou het begrijpen. 'Ik wachtte op het juiste moment.'

'Een goed moment zou de dag zijn geweest dat je voor mijn deur stond. En als dat geen goed moment was, wat denk je dan van alle andere keren waarop ik dacht dat je hier was omdat je hier wilde zijn? Wat denk je van alle keren dat ik mezelf voor schut heb gezet omdat ik dacht dat je iemand was die je niet bent?'

'Ik ben vandaag dezelfde persoon die ik gisteren was.'

'Ik weet niet wie je bent.'

'Dat weet je wel.' Ze liep naar hem toe. Ze kon het uitleggen. Ze kon het goedmaken. Daar was ze goed in. 'Ik had het je moeten vertellen. Dat wilde ik ook, maar ik denk dat ik bang was dat je het niet zou begrijpen.'

'Ik snap het. Ik snap dat je me een sukkel vindt.'

Ze schudde haar hoofd. 'Dat heb ik nooit gedacht.'

'Vroeger zag ik bijbedoelingen van een kilometer afstand, maar toen jij verscheen was mijn leven zo afschuwelijk dat ik niet helder kon denken. Je hebt je lichaam als een eersteklas hoer gebruikt en ik ben ervoor gevallen. Ik ben een sukkel.'

Ze bleef midden in de kamer staan. 'Wat? Ik heb mijn lichaam niet gebruikt. Zo was het helemaal niet.'

'Zo was het wel degelijk. Je hebt tienduizend dollar nodig voor de operatie. Ik ben gewoon een middel om te krijgen wat je wilt.' Hij rechtte zijn rug. 'Je had niet met me hoeven vrijen, Chelsea. Zover had je niet hoeven gaan.'

Ze hijgde en schudde haar hoofd. 'Dat is niet de reden waarom ik met je heb gevrijd. Ik probeerde het niet te doen, maar...' Ze stak haar hand op en liet hem weer vallen. 'Ik probeerde professioneel te blijven.'

'Zo hard heb je niet je best gedaan.'

Daar kon ze niets tegen inbrengen. Ze had inderdaad haar best niet gedaan. 'In het begin was ik hier voor de bonus. Tienduizend dollar is veel geld. Misschien niet voor jou, maar wel voor mij.' Ze wees naar zichzelf. 'Ik heb niet gevraagd om die bonus. De Chinooks hebben het aangeboden en ik heb mijn kans gegrepen. Daar ga ik mijn verontschuldigingen niet voor aanbieden. In het begin bleef ik inderdaad voor het geld. Je maakte het me knap lastig, maar de bonus is niet de reden waarom ik met je heb gevrijd en het is ook niet de reden waarom ik nog steeds hier ben.'

'Waarom ben je hier dan nog?'

Ze keek naar hem, naar zijn afstandelijkheid. Ze hield van hem. Ze hield meer van hem dan ze ooit van een man had gehouden. 'Omdat ik je leerde kennen en je veel voor me bent gaan betekenen.' Haar hart brak, en er was niets wat ze kon doen behalve de waarheid zeggen. De angstaanjagende waarheid. 'Ik hou van je, Mark.'

Hij lachte, maar het was geen vrolijke lach, en eindelijk zag ze boosheid in zijn ogen. Koude, starre boosheid. 'Leuk geprobeerd, maar ik trap er niet in. Vandaag niet, in elk geval.'

Ze had zich net blootgegeven en hij geloofde haar niet. Hoe was dat mogelijk? Zag hij niet hoeveel pijn het haar deed? 'Het is waar. Ik was niet van plan om van je te gaan houden, maar het gebeurde.'

'En je denkt dat ik dat geloof?' Hij klemde zijn kaken op elkaar. 'Nu, na alles wat er is gebeurd?'

Boosheid en pijn en wanhoop versmolten in haar maag en haar ogen brandden. De tranen sprongen in haar ogen en liepen over haar wangen. 'Het is waar.'

'Dat met die tranen doe je goed. Je bent een betere actrice dan ik dacht.'

'Ik acteer niet.' Ze veegde haar wangen droog en voelde zich misselijk worden. Hij moest het inzien. Ze moest ervoor zorgen dat hij haar geloofde. 'Ik hou van je.' Ze wees met haar vinger naar hem. 'Je hebt ervoor gezorgd dat ik van je ging houden, ook al wist ik dat het een slecht idee was. Je hebt ervoor gezorgd dat ik van alles aan je hou.' Ze liet haar hand langs haar zij vallen terwijl de tranen opnieuw over haar wang rolden. 'Je hebt ervoor gezorgd dat ik meer van je hou dan ik ooit van iemand in mijn leven heb gehouden.'

Hij schudde zijn hoofd. 'Natuurlijk.'

'Het is waar. Deze laatste paar maanden met jou hebben veel voor me betekend. Alsjeblieft, je moet me geloven.'

'Zelfs als ik je geloofde, zou het geen verschil maken.'

Het moest verschil maken. Ze had nog nooit bij een man gesmeekt. 'Ik hou van je.'

Hij keek in haar ogen en sloeg de laatste spijker in haar hart. 'Ik hou niet van jou.'

De lucht schoot uit haar longen alsof hij haar had geslagen en ze draaide haar gezicht weg. Hij hield niet van haar. Ze had het geweten, maar het deed meer pijn dan ze zich ooit had kunnen voorstellen om het uit zijn mond te horen. 'Ik wist dat je me zou kwetsen,' fluisterde ze. Het gevoel van rauwe pijn en woede, op hem en op zichzelf, was zo groot dat ze het niet kon binnenhouden. 'Ik heb vanaf het begin gelijk gehad over je. Je bent gewoon een beroemde sporter die denkt dat hij mensen kan gebruiken.'

'Liefje, jij hebt mij gebruikt om tienduizend dollar in handen te krijgen.'

'Ik heb je net verteld dat dat niet zo is. Ik gebruik geen mensen.' Ze keek naar hem. Naar zijn boze bruine ogen in het gezicht waarvan ze hield met heel haar gebroken hart en gekwetste ziel. 'Maar dat doe jij wel. Jij gooit de levens van andere mensen overhoop en gaat dan door met je eigen leven. Het kan je niet schelen. Het enige wat jou kan schelen is dat je krijgt wat je wilt.' Ze balde haar handen tot vuisten. Ze zou hem niet slaan, maar dat wilde ze wel.

'Je bent niet anders dan alle andere beroemdheden voor wie ik heb gewerkt. Je bent egoïstisch en verwend. Ik heb mezelf wijsgemaakt dat je anders was.' Ze slikte hard om de brok in haar keel weg te krijgen. 'Ik ben vergeten wie je echt bent. Jij bent de man die me de dag dat we elkaar ontmoetten beledigde. Je bent gewoon een enorme klootzak.'

Hij lachte opnieuw. Dezelfde bittere lach als daarstraks. 'En jij zei net dat je van me houdt.'

Het ergste was dat ze echt van hem hield, hoewel hij niet van haar hield en ze niets voor hem betekende. Hij had haar verleid, had haar in bed gekregen en nu was het voorbij. 'Je hebt gezegd dat je alleen wilt spelen als je kunt winnen. Gefeliciteerd, Mark. Jij wint. Ik verlies. Alles.'

Hij haalde zijn schouders op. 'De Chinooks weten niet dat je met me naar bed bent geweest en ik ga hun dat niet vertellen. Het duurt nog maar een paar weken tot je contract afloopt en dan is het geld van jou. Je hebt het verdiend.'

Ze draaide zich naar het bureau en pakte haar tas. Haar keel zat dicht en ze wrong zich langs hem om naar buiten te gaan. Het laatste wat ze wilde was instorten waar hij bij was. Het laatste wat ze wilde was hem horen lachen.

Op de een of andere manier redde ze het tot haar auto. Haar hand trilde terwijl ze de sleutel in het contactslot stak. Ze verwachtte half dat hij haar achterna zou rennen en tegen haar zou zeggen dat ze terug moest komen. Dat hij haar geloofde en dat hij alleen had gezegd dat ze niets voor hem betekende omdat hij boos was en zich gekwetst voelde. Dat ze het konden uitpraten. Dat was haar lichtgelovige kant. De kant die had geloofd dat haar relatie met Mark een gelukkige afloop zou krijgen. De andere kant, de rationele kant, wist dat hij haar niet achterna zou komen. Die kant wist dat ze meer kwijt was dan tienduizend dollar. Ze was iets kwijt wat belangrijker was dan geld. Ze was haar waardigheid en haar hart kwijt.

De tranen stroomden over haar gezicht terwijl ze de korte afstand naar Bo's appartement aflegde. Eenmaal binnen sloot ze zich op in haar kamer en liet alle pijn en boosheid naar buiten komen. Tegen de tijd dat ze Bo de deur hoorde opendoen, deed haar borstkas pijn van het huilen en waren haar ogen rood en brandden.

'Chels?' riep haar zus.

Chelsea wilde niemand zien, met niemand praten, maar het was een klein appartement en haar zus zou haar vinden. 'Ik ben hier.'

Bo verscheen in de deuropening, wierp één blik op haar en vroeg: 'Wat is er aan de hand? Is er iets gebeurd?'

Chelsea wist niet waar ze moest beginnen.

'Heeft Mark Bressler iets gedaan?'

Ze kon het aan haar tweelingzus overlaten om tot de kern van de zaak door te dringen zonder dat Chelsea antwoord hoefde te geven. Ze keek naar haar zus. Een traan rolde uit haar oog en viel op het kussen.

'Wat heeft hij gedaan?'

Niets. Behalve ervoor zorgen dat ze van hem hield. Ze kon natuurlijk een leugen verzinnen, maar haar zus zou het weten, en Chelsea was te uitgeput om iets geloofwaardigs te bedenken. 'Ik hou van hem. Ik probeerde het niet te doen, maar het gebeurde.' Ze schudde haar hoofd. 'Hij houdt niet van mij. Eigenlijk geeft hij helemaal niets om me.'

Bo ging op bed zitten. Chelsea verwachtte kritiek. Ze wachtte op een standje over haar impulsiviteit die haar altijd in de problemen bracht. Dat ze het nooit zou leren. In plaats daarvan ging haar tweelingzus, de andere helft van haar ziel, achter haar op bed liggen. Ze verwarmde de koude plekken met haar lichaam. Haar leven lag in duigen, het was een totale mislukking. Er was geen deel van haar dat niet van Mark hield, en ze wist niet hoe ze de volgende uren en dagen en weken moest doorkomen. Ze wilde dat de pijn wegging. Ze wilde verdoofd zijn.

Drie dagen later waren haar emoties nog steeds rauw, en het leek alsof ze niet kon stoppen met huilen. Haar leven was een chaos en de gedachte dat ze in dezelfde staat woonde als Mark en zijn gezicht misschien in een menigte zou zien, was ondraaglijk. Toch was de gedachte om weg te gaan uit Seattle en zijn gezicht nooit meer in een menigte te zien net zo ondraaglijk.

Ze leefde op de automatische piloot. Ze las personeelsadvertenties, at junkfood en keek junktelevisie.

'Georgeanne Kowalsky heeft een cateringbedrijf,' zei Jules tegen haar toen ze op donderdagavond zaten te eten in een sportcafé aan Twelfth Street. Jules leek een voorkeur te hebben voor sportcafés, wat Chelsea prima vond zolang hij geen statistieken begon te spuien. 'Tenminste, dat had ze een paar jaar geleden,' voegde hij eraan toe. 'Ik zou haar kunnen bellen om te vragen of ze nog iemand kan gebruiken.'

'Hoeveel betaalt het, denk je?' vroeg Chelsea terwijl ze een patatje in de ketchup doopte. Ze wist dat haar zus en Jules haar mee uit eten hadden genomen in een poging haar op te vrolijken. Het werkte niet, maar in elk geval vulden de sportprogramma's op de flatscreentelevisies eventuele pijnlijke stiltes.

'Ik weet het niet,' antwoordde hij terwijl hij zijn vork pakte. 'Waarschijnlijk meer dan je op dit moment verdient.'

Wat natuurlijk nul komma nul was. Ze had geld nodig. Ze had voldoende om de eerste maand huur plus de borg voor een appartement te betalen, maar ze had meer nodig. Vooral als ze besloot om naar LA terug te gaan.

'Misschien moet je je Gaultier-tuniek aantrekken als je gaat solliciteren,' stelde Jules voor. 'En kam je haar.'

'Ik denk dat je het fantastisch zult doen,' moedigde Bo haar aan. Ze pakte een crouton van Jules' salade en stopte die in haar mond. Die twee waren al in het stadium dat ze voedsel deelden. Mark en zij hadden nooit voedsel gedeeld. Champagne van elkaars lichaam likken telde niet.

'Misschien kan ik inderdaad catering gaan doen.' Zolang het niets te maken had met catering voor beroemdheden en sportmannen. En zolang ze niet wist wat ze met haar leven ging doen.

Het was voor het eerst dat ze geen plan had. Ze had zelfs geen vaag plan. Ze voelde nergens passie voor. Het gevoel van verdoving waarnaar ze zo had gehunkerd, ontnam haar de energie om iets te voelen.

Er verscheen een commercial op een aantal van de flatscreentelevisies en ze doopte nog een patatje in de ketchup. Ze zou haar borsten niet laten verkleinen. Dat was iets wat ze altijd had gewild, maar op dit moment kon het haar niet schelen. Haar agent had gebeld over kleine rollen in lokale producties, maar ze had ze afgewezen. Ze voelde zich uitgeput. Alsof haar leven van duizend heldere kleuren in twee kleuren grijs was veranderd.

Aan de andere kant van de tafel lachten Bo en Jules om iets wat duidelijk een grapje tussen hen tweeën was. Hij fluisterde iets in haar oor en Bo keek naar beneden en glimlachte. Chelsea was blij voor Bo. Ze was blij dat haar tweelingzus zo gelukkig en verliefd was, maar een deel van haar wilde dat zij dat ook was. Ze pakte haar vork met een vreemd gevoel van leegte en jaloezie.

Op het scherm achter Jules' schouder werd een persconferentie uitgezonden. Chelsea keek op en zag Darby Hogue, algemeen directeur van de Chinooks, coach Larry Nystrom en Mark Bressler. Alles om haar heen leek stil te staan terwijl ze naar het scherm staarde. Het geluid stond uit, maar het programma werd ondertiteld. Chelsea las dat Mark had getekend als assistent-coach van de Seattle Chinooks. Hij zat aan de persconferentietafel in het donkergrijze pak en het donkergrijs met zwarte overhemd die hij had uitgezocht bij Hugo Boss op de dag dat hij had gedreigd haar tegen de muur te zetten om seks met haar te hebben. De uiteinden van zijn donkere haar krulden onder de Chinooks-pet die hij op zijn hoofd had. Zijn bruine ogen waren zichtbaar onder de donkerblauwe rand, en haar dorstige ziel zoog hem op als koud water. Zijn gezicht was een beetje bruiner dan het een paar dagen geleden was geweest. Waarschijnlijk omdat hij Derek had getraind zonder zijn pet.

Bressler: 'Het is een eer om deze kans te krijgen. Ik heb de afgelopen acht jaar met veel van deze mensen gewerkt, en ik kijk ernaar uit om achter de bank te staan als we volgend jaar een poging doen om de beker voor de tweede keer te winnen', las ze terwijl zijn gezicht van een stuk of tien grote televisieschermen op haar neerkeek.

Haar hart verkrampte en ze legde haar vork neer. Het gevoel van liefde en verlies verscheurde haar, en het was net of haar hart opnieuw uit haar lichaam werd gerukt.

'Wat is er?' vroeg Bo, waarna ze zich omdraaide en achter zich keek. 'O.'

'Hij heeft de baan genomen,' fluisterde ze.

'Dat klopt. Hij heeft vanochtend getekend.'

Op het scherm stak hij zijn hand uit om de microfoon die voor hem op tafel stond goed te zetten. Zijn stijve vinger wees naar boven alsof hij zijn middelvinger opstak naar de wereld. Dezelfde grote, gewonde hand die langs haar dijbeen omhoog was gegleden en haar had verwarmd.

Hij had haar ervan beschuldigd dat ze met hem had gevrijd voor de bonus. Hij had haar gevoelens voor hem in haar gezicht teruggesmeten alsof ze niets waard waren, en toch reageerde haar hart toen ze hem zag. Toch hunkerde haar lichaam naar de aanraking van zijn handen.

'Gaat het wel?' vroeg Bo.

'Natuurlijk.'

De enige persoon die haar net zo goed kende als ze zichzelf kende liet zich niet in de maling nemen. Bo stond op en ging naast Chelsea zitten. 'Je komt eroverheen.'

Tranen vertroebelden haar zicht en ze keek naar haar zus. 'Hij heeft mijn hart eruit gerukt, Bo. Hoe moet ik daar ooit overheen komen?'

'Ik weet dat het je gaat lukken.'

'Hoe dan?'

Bo knikte. 'Je kunt het. Ik beloof het je.'

Chelsea was daar niet zo zeker van, maar Bo deed zo haar best om haar te overtuigen dat Chelsea knikte. 'Misschien wel.'

'Wat kan ik doen?' vroeg Jules aan de andere kant van de tafel.

'Je kunt Mark Bressler een trap onder zijn kont geven,' antwoordde Bo.

Chelsea keek naar Jules' gezicht en moest ondanks haar tranen bijna lachen. Hij zag eruit als een hert dat op de korrel werd genomen. 'Ze maakt een grapje, Jules.' Ze wilde Mark geen pijn doen. Zelfs nu niet. Zelfs niet nadat hij haar zo veel pijn had gedaan dat ze nauwelijks kon ademhalen.

Hij had de baan genomen, en als ze in Seattle bleef zou ze hem telkens op het nieuws zien. Dan zag ze hem achter de bank schreeuwen tegen de spelers. Hoe moest ze ooit over haar gevoelens voor hem heen komen als er een kans was dat hij vanaf tientallen televisieschermen naar haar zou staren?

Chelsea droogde haar tranen. Ze moest weg uit Seattle. Het was de enige manier om over Mark heen te komen. 'Kun je Georgeanne Kowalsky morgen bellen?' Ze had een baan nodig, misschien zelfs twee. Hoe eerder hoe beter. Hoe eerder ze voldoende geld bij elkaar had, hoe eerder ze verder kon gaan en de pijn en het verlies achter zich kon laten. Hoe eerder ze de pijn en het verlies achter zich liet, hoe eerder ze haar leven terug had. Een leven waarvan Mark geen deel uitmaakte.

18

Mark tilde een hoek van zijn kaarten op en stak een vinger op. De blackjackdealer gaf hem de klavervrouw en hij legde zijn kaarten weg. Hij had absoluut geen geluk. Dat was al zo geweest sinds hij vrijdagavond met de jongens in Vegas was gearriveerd. Dat was twee dagen geleden geweest en hij had al elfduizend dollar verloren. Om maar niet te spreken over de honderden dollars die hij had uitgegeven aan waardeloze lapdances in Scores.

Hij zat met Sam en Daniel aan een tafel in de Players Club in Mandalay Bay. Zijn heup deed pijn omdat het al laat was en zijn hoofd bonkte van te veel drank. Dit was natuurlijk Sams idee geweest. Een laatste uitspatting voordat Mark de nieuwste assistent-coach werd. Voordat hij niet langer een van de jongens was. Voordat hij officieel deel uitmaakte van de staf.

Hij had een goed gevoel over zijn beslissing. Het was goed om iets anders te doen dan thuiszitten terwijl het leven voorbijging. Als hij geen doelpunten kon scoren, was leidinggeven achter de bank een goed alternatief. Een paar maanden geleden had hij zo vol boosheid gezeten dat hij niet eens wilde nadenken over een functie als coach. Nu keek hij ernaar uit om weer deel uit te maken van het spel en een poging te wagen om de cup voor de tweede keer te winnen. Misschien kwam zijn naam er twee keer op te staan.

'Ik ben weg,' zei hij terwijl hij zijn chips oppakte.

Sam keek op van zijn kaarten. 'Het is nog vroeg.'

Het was na middernacht. 'Ik zie jullie morgen.' Hij verzilverde zijn chips en liep de exclusieve club uit en sloeg af naar de gang met de liften. Toen Sam hem vrijdagmiddag belde om te vertellen dat een paar spelers naar Vegas zouden gaan, had Mark de kans om de stad uit te komen met twee handen aangegrepen. Hij was sinds het ongeluk niet meer Seattle uit geweest en een reisje naar Sin City had een geweldig plan geleken. Hij kon nog één keer met de jongens feesten, naar stripteaseclubs gaan en gokken. Het zou beslist helpen om niet aan zijn problemen te denken.

Liever gezegd, zijn probleem. Hij had er maar één. Chelsea Ross.

Hij voelde zich voortdurend alleen, zelfs als hij door een casino vol mensen liep. Een duistere woede, die hij maanden niet had gevoeld, vrat aan hem. Hij was hard voor haar gevallen. Harder dan hij ooit voor een vrouw was gevallen. Harder dan hij zelfs maar had geweten dat mogelijk was. Ze had licht en gelach in zijn leven gebracht toen er alleen duisternis en boosheid waren. Ze was een komeet geweest, die langs de nachtelijke hemel was geschoten en hem voor een paar seconden had verlicht, maar nu was de duisternis terug.

Hij drukte op de liftknop en achter hem ging een deur open. Hij stapte in en ging naar boven.

Hij was voor haar gevallen, en zij was bij hem geweest voor het geld. Ze had gezorgd dat hij haar wilde en ze had hem laten geloven dat zij hem ook wilde. Terwijl ze de hele tijd geld wilde. Het vreemde was dat hij haar misschien had kunnen vergeven dat ze had gelogen. Tienduizend dollar was veel geld en hij wist waarvoor ze het nodig had. Jezus, hij gunde het haar en hij had haar bijna alles kunnen vergeven als dat betekende dat ze zijn leven nog een tijdje zou verlichten.

Alles behalve haar laatste leugen. Ze had gezegd dat ze van hem hield, en iets wat heet en boos en verbitterd was had hem hard geraakt. Recht in zijn maag, als een felle vuistslag. Hij was misschien niet de man die hij acht maanden geleden was geweest. Hij kon misschien geen weerstand bieden aan haar zoet ruikende huid en zachte handen, maar hij wilde niet in de maling genomen worden. Jezus, dacht ze echt dat ze in zijn gezicht kon liegen en dat hij zo wanhopig was dat hij haar geloofde?

Hij had gedacht dat hij Chelsea uit zijn hoofd kon krijgen als hij op stap ging met de jongens. Hij had het mis gehad. Ze was er voortdurend, wat hij ook deed of hoe ver hij ook wegrende.

Toen hij in zijn kamer was, kleedde hij zich op zijn boxer na uit en ging in bed liggen. Hij staarde naar het donkere plafond en probeerde Chelsea uit zijn hoofd te krijgen, wat niet lukte.

Je hebt ervoor gezorgd dat ik van je ging houden, ook al wist ik dat het een slecht idee was. Je hebt ervoor gezorgd dat ik van alles aan je hou, had ze gezegd terwijl de tranen over haar wangen rolden. *Je hebt ervoor gezorgd dat ik meer van je hou dan ik ooit van iemand in mijn leven heb gehouden.*

Hij wilde haar geloven. Hij wilde haar beetpakken en tegen zijn borstkas trekken tot haar leugen waarheid werd. Tot hij de leugen had verpletterd en gekneed tot die was wat hij wilde. Tot hij de leugen geloofde.

Mark pakte de afstandsbediening van het nachtkastje en zette de televisie aan. Hij zapte langs de zenders tot hij bij de betaalzender kwam. Hij bekeek het aanbod van pornofilms, maar niets leek interessant. Hij zapte verder en vond de horrorknop. Hij kon kiezen uit de nieuwste films en een aantal klassiekers, zoals *Psycho*, *The Omen* en *Slasher Camp*.

Hij fronste zijn voorhoofd en ging rechtop in bed zitten. Wie had gedacht dat *Slasher Camp* een klassieker was? Hij selecteerde hem en ging tegen de kussens liggen. De film begon heel onschuldig, met begeleiders die in de hutten trokken en het kamp klaarmaakten voor het seizoen. Na ongeveer tien minuten stapte Chelsea uit een schoolbus met een afgeknipte spijkerbroek en een klein hemdje dat tot net boven haar navel kwam. Haar blonde haar was achterovergekamd en vastgemaakt met een haarspeld en haar blauwe ogen keken over de rand van haar zonnebril. Ze had gelijk gehad, ze hadden haar gecast om haar borsten. Maar Marks aandacht werd getrokken door haar billen in de afge-knipte spijkerbroek. Hij had het gevoel alsof er een steen op zijn maag lag en zijn borstkas verstrakte.

'Hallo, allemaal,' riep ze terwijl ze een plunjezak op de grond liet vallen. 'Angel is er. Tijd om te feesten.' Ze zag eruit als een slet. Als een kampbegeleidersslet. Als de fantasie van elke tie-nerjongen. Als zijn fantasie.

De volgende tien minuten zag Mark de begeleiders boodschap-pen wegbergen en hutten uitvegen, maar zijn aandacht was hele-maal gericht op de paar shots van Chelsea. Hij luisterde naar haar stem en haar lach, en hij keek naar haar billen. Het verscheurde hem om haar in de vijf jaar oude horrorfilm te zien.

Een acteur met sluik bruin haar als een surfer en een groen Abercrombie-shirt vond een bijl in een muur. Hij trok hem eruit en legde hem op een plank naast het brandblusapparaat. Daar-na zocht hij in zijn zak en haalde een zakje wiet tevoorschijn. Mark herinnerde zich dat Chelsea hem had verteld dat de slechte jongen altijd de eerste was die werd vermoord, en Mark nam aan dat meneer Sluik Haar Surfer de eerste zou zijn. De camera zwaaide naar het raam, waar iemand met een masker op naar binnen stond te gluren.

De schemering viel in en Chelsea stond aan het eind van een steiger. De dalende zon doopte haar lichaam in goud terwijl ze haar short en topje uittrok. Ze droeg een wit slipje en Mark kreeg onmiddellijk een erectie. Ze sprong in het meer en zwom na een tijdje naar de oever. Het water liep over haar borsten ter-wijl ze het strand op liep. Een man stapte in beeld, met zijn rug naar de camera. Chelsea schrok even en glimlachte toen.

'Je liet me schrikken,' zei ze terwijl ze haar hand uitstak naar meneer Sluik Haar Surfer. Ze kuste hem lang en hard en ze lie-ten zich op het zand vallen. De surfer streelde Chelsea's rug en billen en gleed daarna met zijn hand over haar dijbeen omhoog. Mark had de irrationele behoefte om het joch in elkaar te slaan. Hij voelde zich misselijk worden door de genietende geluiden die uit Chelseas mond kwamen. Genot dat ze bij iemand anders vond.

Het was krankzinnig. Chelsea was niet van hem, maar ook al was ze dat wel, dan was dit een film, en bovendien waren de geluiden die ze tijdens het vrijen maakte anders. Hij wist tenslotte hoe ze klonk. Haar stem was ademlozer, lager tijdens het vrijen. Ze zei 'O god' of 'O mijn god'. En soms 'O god, Mark!' En als ze een orgasme kreeg, kwam haar gekreun van verder weg, en was het intenser.

Een grote, smerige hand pakte een handvol van het sluike haar van de surfer en hakte zijn hoofd eraf. Het bloed spoot over Chelsea heen en ze schreeuwde. Een bloedstollende schreeuw terwijl ze ging zitten en achteruit het bos in schoof. Mark herinnerde zich dat ze de jongens over deze scène had verteld. Hij wachtte op de bijl die haar keel doorsneed, en toen dat gebeurde keek hij weg.

Mark Bressler, voormalig captain van de Seattle Chinooks, had voldoende bloed gezien. Hij had gezien hoe messcherpe schaatsen door vlees sneden en lichamen met zo veel kracht tegen elkaar knalden dat hij botten hoorde breken. Dat was min of meer normaal voor hem, maar hier kon hij niet naar kijken. Hij kon niet aanzien dat iemand Chelsea pijn deed. Zelfs niet als hij nog steeds zo kwaad op haar was dat het een gat in zijn maag brandde. Zelfs niet als hij wist dat het allemaal nep was. De bijl. Het bloed. De schreeuw.

Ze was een actrice. Ze wist hoe ze het echt moest laten lijken. Net zo echt als toen ze 'Ik hou van je' had gezegd.

Hij zette de televisie uit, en de volgende ochtend gooide hij zijn kleren in een koffer en nam de eerste vlucht naar Seattle. Hij voelde zich eenzamer dan toen hij in Vegas was gearriveerd. Hij pakte het *In Flight*-tijdschrift en las over luxe appartementen aan een golfbaan in Scottsdale. Hij dacht aan de huizen die Chelsea en hij hadden bezichtigd. Hij zou binnenkort een beslissing moeten nemen.

Na de vlucht van twee uur liep hij zijn lege huis in en liet zijn koffer op de grond vallen. De leegte van de woning drukte op hem. Er wachtte niemand op hem. Geen licht. Geen gelach. Niemand die probeerde de baas over hem te spelen. Zijn leven was waardeloos. Net zo erg als toen hij over het stuk ijzel was gereden en zijn leven was verdwenen. En net als het stuk onzichtbare ijzel waren zijn gevoelens voor Chelsea verrassend en pijnlijk geweest.

De bel ging en hij realiseerde zich niet dat hij half verwachtte dat het Chelsea was, tot hij de deur opendeed en naar het gezicht staarde van een vrouw van middelbare leeftijd met kort zwart haar en een peervormig achterwerk. Binnen een tijdsbestek van drie seconden begon zijn hart te bonken en kwam het net zo plotseling tot stilstand.

'Ik ben Patty Egan. Uw nieuwe verpleegkundige.'

'Waar is Chelsea?'

'Wie? Ik ken geen Chelsea. Ik ben aangenomen door de Chinooks, in het kader van hun nazorgprogramma.'

'Ik heb geen verpleegkundige nodig.'

'Ik ben meer dan alleen een verpleegkundige.' Ze gaf hem een stapel post.

Chelsea was meer dan alleen een assistente geweest. Ze was zijn minnares geweest. Op de een of andere manier dacht hij dat hij niet hetzelfde probleem met Patty zou hebben, maar hij was nog steeds niet van plan om een verpleegkundige in zijn huis te dulden.

Er was een tijd geweest waarin hij de deur in Patty's gezicht had geslagen en hem dat niets had kunnen schelen. Chelsea had hem een egoïstische eikel genoemd. Hij dacht graag dat hij niet egoïstisch meer was. 'Bedankt, maar ik zie ervan af,' zei hij terwijl hij zijn post aanpakte. 'Ik heb je niet nodig.' Hij begon de deur dicht te doen en voegde eraan toe: 'En nog een fijne dag.'

De bel ging opnieuw, maar hij negeerde het geluid. Hij liep naar zijn kantoor en belde Connie Backus. Iemand had zijn relatie met Chelsea blijkbaar ontdekt, waardoor ze was ontslagen. 'Waarom staat er een nieuwe verpleegkundige voor mijn deur?' 'Het spijt me dat het zo lang heeft geduurd om iemand te vinden. Maar we waren nogal verrast toen Chelsea Ross zo plotseling ontslag nam.'

De post viel uit zijn hand op het bureau. 'Heeft Chelsea ontslag genomen?'

'Vorige week. Ik denk dat het dinsdag was.'

De dag nadat ze uit zijn leven was verdwenen. 'Heeft ze een reden opgegeven?'

'Ze zei iets over teruggaan naar LA.'

Chelsea stond met een glazuurspuitzak in haar hand en versierde veertig cakejes met hartjes. Er gleed wat glazuur aan één kant naar beneden. Niet vreemd, want ze had de laatste tijd voortdurend pech. Het was het ene na het andere. Een paar dagen geleden had ze een lekke band gehad en gisteren was ze haar mobiel kwijtgeraakt. De laatste keer dat ze hem had gezien was net voordat ze onder de douche was gegaan. Ze werkte nu drie dagen voor Georgeanne Kowalsky en ze kon niet zeggen dat het naar werk was. Ze had beslist slechtere baantjes gehad. Ze moest denken aan de keer dat ze het haar van een onnozel sterretje had vastgehouden terwijl zij in een ijsemmer kotste.

Ze had ook gesolliciteerd naar serveerstersbaantjes in verschillende restaurants en cafés, maar geen sportcafés. Er mochten geen televisies aan de muren hangen.

Georgeanne stak haar hoofd om een van de deuren van de grote keuken. 'Chelsea, er is hier iemand voor je.'

'Wie?'

'Ik,' antwoordde Mark terwijl hij de keuken in liep.

Chelseas hart sloeg tegen haar ribben en ze vergat adem te halen.

'Kan ik jullie alleen laten?' vroeg Georgeanne.

Nee. Chelsea knikte en haar bazin liep de keuken uit. 'Wat doe je hier?'

'Ik ben op zoek naar jou.'

Hij was net zo lang en knap als ze zich herinnerde. Haar hart kromp ineen bij zijn aanblik. Ze haalde diep adem en zei: 'We hebben elkaar niets meer te zeggen, Mark.'

'Ik heb heel veel te zeggen. Jij hoeft alleen maar te luisteren.'

'Je kunt me geen opdrachten meer geven.'

Hij glimlachte terwijl hij langs een professionele mixer naar haar toe liep. 'Liefje, je bent nooit goed geweest in het aannemen van opdrachten. Ik vraag je om te luisteren.'

'Hoe heb je me gevonden?'

'Jules.'

Jules kende het hele verdrietige verhaal. 'Heeft Jules het aan jou verteld?' De klootzak. Hij had moeten weten hoeveel pijn het zou doen om Mark te zien. Ze zou hem op haar beurt pijn doen als ze hem vanavond zag.

'Ik heb gedreigd hem in elkaar te slaan als hij het niet vertelde. Om de een of andere reden vond hij dat heel grappig.'

Jules had wat perverse trekjes. Waarschijnlijk was hij daarom zo gek op Bo.

Mark liep om de tafel heen naar haar toe. 'Waarom heb je ontslag genomen?'

Ze ontweek de intensiteit van zijn bruine ogen. Ze hoefde niet te vragen wat hij bedoelde en haalde haar schouders op. 'Ik kon niet blijven na alles wat er was gebeurd.'

Hij zweeg even en praatte toen verder. 'Ik heb een bod gedaan op het huis in Queen Anne. Het huis dat jij zo mooi vond.'

Was hij helemaal hiernaartoe gekomen om haar dat te vertellen?

'En ik heb de baan van assistent-coach aangenomen.'

'Ik weet het.' Ze hield van hem, maar het was zo bitterzoet om hem te zien dat ze het gevoel had dat haar hart opnieuw verscheurd werd. 'Ik moet weer aan het werk,' zei ze terwijl ze zich naar de cakejes omdraaide.

'Ik heb tegen je gelogen.'

Ze keek over haar schouder. 'Heb je de baan bij de Chinooks niet genomen?'

'Nee. Ja.' Hij schudde zijn hoofd. 'Ik heb voor die tijd gelogen.'

'Over het huis?'

'Ik heb gelogen toen ik tegen je zei dat je niets voor me betekent. Ik heb gelogen toen ik zei dat ik niet van je hield.'

'Wat?' Ze draaide zich naar hem om. 'Waarom?'

Hij haalde zijn schouders op. 'Omdat ik stom was. Omdat ik van je hield en bang was dat je alleen een rol speelde. Omdat ik dacht dat je me in de maling nam. En ik was boos omdat ik niet terug wilde naar mijn leven zoals het was voordat jij op mijn trap zat met je tweekleurige haar en je oranje jack. Ik heb gelogen omdat ik niet dacht dat je van me kon houden.'

Natuurlijk kon ze van hem houden. Ze kon er niets aan doen.

Hij pakte de glazuurspuitzak uit haar hand en legde hem op tafel. 'De Chinooks hebben me vanochtend een andere verpleegkundige gestuurd.'

'Heb je haar een imbeciel genoemd?'

'Nee. Door jou was ik heel aardig tegen haar.' Om de een of andere reden betwijfelde Chelsea of hij echt heel aardig was geweest. 'Ik ben een beter mens sinds jij in mijn leven bent gekomen,' ging hij verder. 'Ik wil beter zijn voor jou.'

Net als Jerry Maguire, alleen was Mark lekkerder dan Tom Cruise. En langer.

'Ik hou van je en het spijt me dat ik je niet geloofde toen je zei dat je van me hield.' Hij stak zijn hand in de zak van zijn spijkerbroek en haalde haar mobiel tevoorschijn.

'Waar heb je die vandaan?'

'Jules heeft hem voor me gepakt.' Hij gaf hem aan haar, pakte daarna zijn eigen mobiel en toetste een nummer in. 'Ik heb dit nummer gisteren op een radiozender met gouwe ouwen gehoord en ik kan het niet uit mijn hoofd krijgen.' Zijn wangen werden een beetje rood, alsof hij zich schaamde. 'Het is misschien sentimenteel, maar nu weet je elke keer als ik je bel wat ik voor je voel en dat ik je mis.' Het scherm van haar BlackBerry lichtte op en Glen Campbell begon te zingen.

Ze keek op terwijl haar hart opzwol en de tranen haar blik vertroebelden. 'Heeft Jules dit voor je gedownload?'

'Ik heb het zelf gedaan. Ik moest de cd kopen en het opnemen op je mobiel. Ik ben er een hele tijd mee bezig geweest.'

Ze glimlachte bij de gedachte. 'Ik wist niet dat je dat kon.'

'Ik kan veel dingen, Chelsea.' Hij stopte zijn mobiel in zijn zak. 'Ik kan van je houden en je gelukkig maken, als je dat goedvindt.' Hij haalde een ring tevoorschijn. Een grote diamanten ring.

Ze snakte naar adem. 'Is die echt?'

'Denk je dat ik een namaakring voor je zou kopen?'

Ze wist niet wat ze moest denken. Hij was hier. Hij hield van haar. Hij schoof een diamanten ring van vier karaat aan haar vinger. Het was allemaal heel onwerkelijk.

'Je hebt een keer gezegd dat het moeilijk was om nee te zeggen tegen een grote ring.' Hij legde zijn vingers onder haar kin en duwde hem omhoog. 'Chelsea, toen ik je op mijn trap zag zitten, wist ik dat je problemen zou veroorzaken. Je was bazig en irritant en je bracht zonlicht in een heel donkere periode van mijn leven. Je hebt me gered toen ik niet eens wist dat ik gered moest worden. Daarom hou ik van je. Daarom zal ik altijd van je houden.' Hij bracht haar hand naar zijn lippen en kuste haar knokkels. 'Zeg alsjeblieft dat je in mijn leven blijft en dat je altijd problemen blijft veroorzaken.'

Ze knikte en haar enorme glimlach was identiek aan zijn enorme glimlach. 'Ja, Mark, ik hou van je. Deze laatste paar dagen zonder jou zijn een hel geweest.'

Hij trok haar tegen zich aan alsof hij haar nooit meer los wilde laten en liet zijn mond op de hare zakken. De tedere kus raakte haar ziel en toen het voorbij was sloeg ze haar armen om zijn middel en legde haar wang tegen zijn harde borst. Ze luisterde naar het geluid van zijn hart. Haar ogen vulden zich met tranen en hij kuste de scheiding van haar haar. 'Ik weet dat je terug wilt naar LA om te acteren. Ik begrijp dat het belangrijk voor je is. Ik heb een alternatief. Je zou het plan B kunnen noemen.'

Ze glimlachte tegen zijn witte T-shirt. 'Wat is plan B?'

'Als je niet in een film of in een commercial speelt, kom je naar Seattle om bij mij te zijn. Buiten het seizoen kom ik bij jou in LA wonen.'

'Ik dacht het niet.' Ze schudde haar hoofd en keek omhoog. De blik in zijn ogen brak haar hart bijna. 'Als ik hier niet ben, wie zorgt er dan voor dat je niet vervalt in je oude, chagrijnige gedrag? Wie houdt je in toom en wie beantwoordt al je e-mails en speelt hockey met Derek?' Hij glimlachte en ze ging verder: 'Ik heb een plan C.'

'En dat is?'

'Je hebt me ooit verteld dat je goed was in twee dingen, ijshockey en seks. Je hebt jezelf tekortgedaan.' Ze ging op haar tenen staan en gaf een kus op zijn kin. 'Je bent goed in veel dingen, Mark. Je bent er goed in om mij van je te laten houden. Ik ga nergens naartoe. Ik blijf hier.'

Mark streelde haar schouders en haar hals en omvatte haar gezicht. 'Met mij.'

Ze glimlachte. 'Je bent een geluksvogel.'

Voormalig ijshockeyster en allround NHL-beest Mark Bressler keek in Chelseas blauwe ogen en grinnikte. Ze was bazig en drammerig en ze maakte hem dolgelukkig. 'Ja,' zei hij. 'Ik ben een geluksvogel.'

Gibson Omnibus

De eerste twee titels van succesauteur Rachel Gibson in een voordelige omnibus!

Undercover lover

Na net iets te veel internetdates met ongure types met namen als 'luvstick' en 'BigDaddy182' had Lucy Rothschild toch beter moeten weten. Maar nu zit ze tegenover 'hardluvnman' en hij lijkt anders – gevoelig, eerlijk en... sexy! Hij zegt dat hij loodgieter is en Lucy doet zich voor als verpleegster. In werkelijkheid is ze echter schrijfster van spannende romans die research doet voor haar volgende boek. Wat zij niet weet is dat haar date in het echt een undercoveragent is, op jacht naar een seriemoordenaar. En wat erger is: zij is zijn hoofdverdachte!

Niet alles is liefde

Clare's societybruiloft is duidelijk van de baan als ze haar verloofde met de wasmachinemonteur(!) betrapt. Als ze de volgende morgen wakker wordt met de ergste kater ever ontdekt ze dat ze weinig meer aan heeft dan een sexy niemendalletje en dat ze in bed ligt met Sebastian Vaughan, vroeger haar onbereikbare jeugdliefde, maar nu een sexy journalist die de wereld over reist. In luttele uren is haar leven veranderd in een complete puinhoop. Maar hoe dan?!

'Gibson is helemaal hot in Amerika en wij begrijpen wel waarom: Lezen dit boek!' – Lifestylelog.nl

ISBN: 978 90 6112 766 6